A DEVOÇÃO DO
SUSPEITO X

Keigo Higashino

A Devoção do Suspeito X

Tradução
Shintaro Hayashi

Estação Liberdade

Título original: *Yogisha X no kenshin*

© Keigo HIGASHINO, 2005
© Editora Estação Liberdade, 2025, para esta tradução
Todos os direitos reservados.

Edição original em japonês publicada pela Bungeishunju Ltd., em 2005. Direitos de tradução para o português no Brasil reservados à Estação Liberdade, sob licença de Keigo HIGASHINO, Tóquio, mediante acordo com Bungeishunju Ltd., Tóquio, através da Japan UNI Agency, Inc., Tóquio, e Patricia Natalia Seibel, Porto.

PREPARAÇÃO Marina Silva Ruivo
REVISÃO Fábio Fujita e Gustavo Katague
EDITOR ASSISTENTE Luis Campagnoli
SUPERVISÃO EDITORIAL Letícia Howes
EDIÇÃO DE ARTE Miguel Simon
EDITOR Angel Bojadsen

CIP-BRASIL. CATALOGAÇÃO NA PUBLICAÇÃO
SINDICATO NACIONAL DOS EDITORES DE LIVROS, RJ

H541d

Higashino, Keigo, 1958-
   A devoção do suspeito X / Keigo Higashino ; tradução Shintaro Hayashi. - 1. ed.- São Paulo : Estação Liberdade, 2025.
   352 p. ; 21 cm.

   Tradução de: Yogisha x no kenshin
   ISBN 978-65-86068-98-6

   1. Ficção japonesa. I. Hayashi, Shintaro. II. Título.

24-95369   CDD: 895.63
                                      CDU: 82-3(520)

Gabriela Faray Ferreira Lopes - Bibliotecária - CRB-7/6643
06/12/2024   09/12/2024

Nenhuma parte da obra pode ser reproduzida, adaptada, multiplicada ou divulgada de nenhuma forma (em particular por meios de reprografia ou processos digitais) sem autorização expressa da editora, e em virtude da legislação em vigor.

Esta publicação segue as normas do Acordo Ortográfico da Língua Portuguesa, Decreto nº 6.583, de 29 de setembro de 2008.

EDITORA ESTAÇÃO LIBERDADE LTDA.
Rua Dona Elisa, 126 | Barra Funda
01155-030 São Paulo – SP | Tel.: (11) 3660 3180
www.estacaoliberdade.com.br

容疑者Xの献身

1

Como de hábito, Ishigami deixou o apartamento pela manhã às sete horas e trinta e cinco minutos. Embora já fosse março, a brisa estava gelada. Mergulhou o queixo no cachecol e se pôs a caminhar, mas, antes de sair à rua, conferiu o estacionamento das bicicletas. Ainda restavam muitas por lá, exceto a verde, objeto de sua atenção.

Rumando ao sul por cerca de vinte metros, Ishigami atingia a Shin-Ohashi, uma larga avenida. Dobrando-se à esquerda, isto é, a leste, seguia-se em direção ao bairro de Edogawa. A oeste, chegava-se a Nihonbashi, com o rio Sumida bem à frente. A ponte Shin-Ohashi transpunha o rio.

A rota mais curta para chegar ao seu trabalho seguia dali diretamente ao sul. Mais algumas centenas de metros adiante se abria um jardim — o Kiyosumi Teien. Ishigami trabalhava em um colégio particular, bem defronte ao jardim. Ou seja, ele era professor. Ensinava matemática.

O semáforo à frente estava vermelho, e ele seguiu então à direita, em direção à ponte Shin-Ohashi. O vento frontal agitava-lhe a barra do casaco. Meteu as mãos no bolso e se pôs a andar, inclinando um pouco o corpo à frente.

Nuvens espessas cobriam o céu, projetando suas cores sobre as águas do rio Sumida, que assim pareciam enturvadas. Um pequeno barco que subia o rio distraiu Ishigami enquanto ele cruzava a ponte Shin-Ohashi.

Descendo a escadaria de saída da ponte, Ishigami passou por baixo dela e seguiu pela margem do rio. Calçadas haviam sido construídas ao longo de ambas as margens, mas poucos vinham até ali, mesmo nos feriados. Famílias e casais eram vistos a passear somente a partir das imediações da ponte Kiyosu, um pouco adiante. O motivo lá estava, bem à vista de todos: barracas de plástico azul, de moradores de rua, estendiam-se em fila nesse local, acobertadas ao alto por uma rodovia. Talvez isso lhes viesse a calhar, para se abrigarem de temporais — pois na margem oposta do rio não se via uma só barraca azulada. Mas talvez tivessem escolhido construir ali uma comunidade por iniciativa própria, por outros critérios de conveniência.

Ishigami prosseguia diante das barracas azuladas. A altura delas equivalia mal e mal à de um homem, algumas iam só à cintura, propriamente mais caixões que barracas. Talvez isso bastasse, se fosse apenas para dormir nelas. Estendido ao lado dessas cabanas e caixões havia sempre um varal para pendurar roupas lavadas, o que proporcionava algum indício de vida doméstica.

Apoiado ao balaústre construído sobre a ribanceira, um homem escovava os dentes, o cabelo grisalho amarrado atrás da cabeça. Visto com frequência naquelas bandas, aparentava idade superior a sessenta anos. Não devia se dispor mais ao trabalho braçal, pois se buscasse algum não estaria perambulando àquelas horas — o recrutamento para esse trabalho se realizava cedo, de manhã. Ele tampouco devia ter interesse em procurar a Agência Pública de Empregos. Ainda que lhe indicassem algum emprego, nem mesmo uma entrevista poderia almejar, com o cabelo daquele jeito, crescido e desgrenhado. Até porque, além disso, a probabilidade de uma indicação seria praticamente nula naquela idade.

Outro indivíduo esmagava latas vazias em grande quantidade, ao lado da sua barraca. Já por diversas vezes Ishigami deparara com esse espetáculo, e assim atribuíra ao homem, à socapa, o apelido de Lateiro. O Lateiro teria cerca de cinquenta anos. Vestia-se relativamente bem e até bicicleta possuía. Com isso, dispunha certamente de mobilidade para catar latas. O ponto onde ele se achava — na borda da colônia e, contudo, bem escondido —, devia ser, ao que parece, privilegiado. Assim, Ishigami suspeitava que o Lateiro fosse o residente mais antigo dentre todos eles.

Um pouco além daquela fileira de barracas de plástico azul se via um homem sentado em um banco. Vestia um capote que teria sido bege originalmente, mas, sujo como estava, se diria quase cinzento. Trazia por baixo um blusão sobre a camisa. A gravata talvez estivesse guardada no bolso do capote, supunha Ishigami. Ele identificava o homem como o Engenheiro, pois o vira outro dia lendo uma revista de cunho industrial. O Engenheiro conservava o cabelo curto e a barba bem aparada. Por isso, não teria desistido ainda de buscar um emprego. E quem sabe se dispusesse até a procurar a Agência Pública ainda aquele dia. Provavelmente não encontraria nenhuma oferta, já que deveria antes de tudo deixar os brios de lado se quisesse uma colocação. Ishigami deparara com ele fazia cerca de dez dias. O Engenheiro não se habituara ainda àquela vida em plástico azul. Tentava manter distância dela, mas lá se achava, sem saber como viver em sua condição de desabrigado.

Ishigami continuou a caminhar pela margem do rio Sumida. Um pouco antes da ponte Kiyosu, uma idosa levava três cachorros para passear. Eram três miniaturas de dachshund e portavam, respectivamente, coleiras vermelha, azul e cor-de-rosa. Ishigami foi notado quando se aproximava. A senhora se voltou com um sorriso e uma leve mesura, que Ishigami retribuiu.

— Bom dia! — Ishigami se adiantava.
— Bom dia! Manhã fria outra vez, não?
— É verdade! — replicou ele, franzindo o cenho.

Ao se cruzarem, ela lhe lançou:

— Passe bem. Vá com cuidado.

Ishigami se curvou agradecido. Já a avistara outro dia com um saquinho de supermercado que parecia conter sanduíches. Lanchinho da manhã, quem sabe. Ele a tinha na conta de mulher solitária, residente não muito longe dali, pois a vira uma vez com chinelo nos pés. Seria impossível dirigir um carro de chinelo. Decerto perdera o companheiro de vida e vivia com os três cachorros em um apartamento nas proximidades que devia ser bem espaçoso. Só assim poderia criar três cachorros. E, por causa deles, não conseguia se mudar para um apartamento menor. Provavelmente já tinha quitado as prestações do apartamento atual, mas haveria o custo do condomínio. Portanto, deveria economizar. Assim, acabara evitando o salão de beleza durante o inverno todo. Nem pudera tingir o cabelo.

Ishigami galgou a escadaria diante da ponte Kiyosu. Deveria cruzá-la para chegar ao colégio, mas seguiu em direção oposta. Havia uma placa, voltada para a via pública, na qual se lia "Benten-tei". Uma pequena loja vendia ali bentôs — refeições rápidas acondicionadas para viagem. Ishigami abriu a porta de vidro da loja.

— Seja bem-vindo, e bom dia! — a voz vinha voando do outro lado do balcão, uma voz familiar, bem conhecida, mas que lhe renovava a alma. Yasuko Hanaoka sorria, com o boné branco sobre a cabeça.
Não se viam ali outros fregueses, e isso o animou.
— Vejamos, ah, eu quero o especial...
— Sim, senhor, um especial! E obrigada pela preferência — dizia ela animada, mas Ishigami, entretido em examinar o conteúdo de sua carteira, não pôde observar-lhe diretamente o rosto. Gostaria de papear com ela sobre outros assuntos fora o pedido do bentô, já que residiam em apartamentos vizinhos, porém nada lhe ocorreu.
— Que frio, não? — foi tudo o que conseguiu dizer, ao pagar a conta. Mas sua voz, quase um murmúrio, foi apagada pelo ruído da porta de vidro que se abria, à entrada de um novo freguês. Yasuko parecia ter voltado sua atenção a ele.
Ishigami deixou a loja com o bentô na mão. E dessa vez dirigiu-se à ponte Kiyoshu. O motivo dessa volta toda estava ali, no Benten-tei.

O Benten-tei ficava mais tranquilo após o período de *rush* da manhã, pelo menos no que dizia respeito ao fluxo de fregueses. Nos fundos da loja, porém, iniciavam-se os preparativos para o meio-dia. Por contrato com algumas empresas, a loja deveria entregar-lhes bentôs até essa hora. Na ausência de fregueses, Yasuko ajudava também na cozinha.
O Benten-tei funcionava com uma equipe de quatro pessoas: Yonezawa, o proprietário, e sua esposa, Sayoko, preparavam os bentôs, a entrega era trabalho de Kaneko,

em tempo parcial, e o atendimento aos fregueses estava a cargo quase inteiramente de Yasuko.

Antes de obter esse emprego, Yasuko trabalhara em uma boate em Kinshicho, da qual Yonezawa era um dos fregueses mais assíduos. Yasuko só veio a saber que Sayoko, na época a madame que gerenciava a boate[1], era sua mulher pouco antes de esta deixar o cargo. Soube disso de sua própria boca.

"De madame de boate passa a ser mulher do dono de uma loja de bentô. A vida sempre nos surpreende!", comentavam os frequentadores. No entanto, segundo Sayoko, abrir a loja havia sido um sonho longamente acalentado pelo casal, e ela se dispusera a trabalhar em uma boate apenas com o intuito de concretizar esse sonho.

Aberto o Benten-tei, Yasuko tinha passado a frequentá-lo vez por outra, para ver como ele se mantinha. A loja parecia bem administrada. O convite para vir ajudar veio quase um ano após a inauguração. O trabalho só a dois, dizia Sayoko, era extenuante para ambos.

— E para você, Yasuko, não é conveniente continuar sendo mulher da noite por muito tempo. Misato está crescendo e, em breve, poderá vir a se sentir complexada pelo fato de a mãe ser uma *hostess* de boate — acrescentava ela, ciente de que isso não era da sua conta.

Misato, filha única de Yasuko, não tinha um pai presente em sua vida. O casal se divorciara cinco anos atrás. Yasuko também se preocupava. Isso não podia continuar assim, nem era preciso que Sayoko lhe dissesse. Não apenas por

---

1. A supervisora das *hostesses* em clubes noturnos japoneses é comumente designada "madame" ou "mama". [N.T.]

Misato, mas também porque, pela sua idade, a boate não a empregaria por muito mais tempo, como suspeitava.

Em suma, não precisou mais que um dia para tomar a decisão. A boate não procurou retê-la. Parabéns, foi o que lhe disseram. No fundo, todos ali estavam apreensivos quanto ao seu futuro na boate.

Na primavera do ano anterior, aproveitando a oportunidade do ingresso de Misato no ensino secundário, Yasuko e a filha passaram a viver nesse apartamento que ocupavam agora. O antigo ficava longe demais do Benten-tei. O novo trabalho diferia do anterior — começava cedo, logo pela manhã. Acordava às seis horas, e já às seis e meia pegava a bicicleta e deixava o apartamento — uma bicicleta verde.

— E aquele professor? Apareceu esta manhã também? — Sayoko veio perguntar-lhe enquanto descansava.

— Claro, como de costume.

Ao ouvir essa resposta, Sayoko e o marido trocaram olhares e sorriram maliciosamente.

— Mas que coisa!

— Não, não nos leve a mal. Estávamos comentando ainda ontem que, pelo jeito, ele gosta de você.

— O quêêê? — Yasuko se virou, segurando ainda sua tigela de chá entre as mãos.

— Pois veja, ontem foi seu dia de folga, não? O professor não veio. Ele vem todos os dias, mas, quando você não vem, ele também não vem. Não lhe parece curioso, isso?

— Ai, pura coincidência, nada mais.

— Será mesmo?... Não parece. — Sayoko buscava apoio do marido.

Yonezawa concordou sorrindo.

— Pois é, Sayoko diz que isso já acontece há muito tempo. O professor não vem comprar seu bentô nos dias de folga de Yasuko. Ela desconfiava, mas, ontem, teve certeza.

— Mas veja, fora os feriados, a minha folga é incerta, até mesmo em dias de semana.

— Justamente por isso, dá para desconfiar mais ainda. Ele mora do seu lado, não é? Vai ver ele espera você sair para se certificar de que você não estará de folga...

— O quêêê? Mas eu nunca o vejo quando saio!

— Talvez ele esteja observando você de algum lugar, quem sabe da janela.

— Acho que não dá.

— Ah, esqueça isso. Se ele estiver caidinho por você, não tardará a se declarar. Para nós é bom, porque conseguimos um freguês permanente por sua causa. Somos gratos a você e às suas maneiras de dama do Kinshicho — disse Yonezawa, para terminar a conversa.

Yasuko sorriu sem graça e tomou o chá que restava na xícara. Pensava no professor, assunto da conversa. Seu sobrenome era Ishigami. Por cortesia, Yasuko fora até o seu apartamento para se apresentar, na noite em que se mudara para o apartamento ao lado. Nessa oportunidade, ouvira dele próprio — desse homem encorpado, de rosto redondo e grande, com olhos finos como fio de linha — que era professor de colégio. Cabelo curto e ralo, que lhe conferia idade próxima a cinquenta anos, mas quem sabe fosse mais jovem. Demonstrava ser daqueles que não se incomodam muito com a aparência, vestia-se sempre do mesmo jeito. Naquele inverno, trazia quase sempre no corpo um pulôver marrom. Com um capote por cima, pronto, lá estava ele, do jeito como costumava aparecer para comprar bentô. Contudo, lavava aparentemente as roupas com frequência, pois, às vezes, a pequena varanda se enchia de peças estendidas para secar. Vivia só, e Yasuko o via como homem solteiro, sem experiência anterior de casamento.

Quando lhe disseram que aquele professor estaria caidinho por ela, isso não lhe despertou nenhuma emoção. Para Yasuko, a presença do professor atraía tanta atenção quanto um arranhão na parede do apartamento. Tomava apenas conhecimento, mas não se preocupava, mesmo porque não via motivo para se preocupar.

Cumprimentava-o ao encontrá-lo e até chegara a comentar com ele acerca do zelador do prédio, porém quase nada sabia a seu respeito, apenas que era professor de matemática, como viera a saber recentemente. Isso porque vira, diante da porta do seu apartamento, livros didáticos antigos dessa matéria, amarrados com barbante.

E que não venha me pedir em namoro, pensou Yasuko. Mas logo depois esboçou um sorriso irônico. Com que cara viria aquele turrão me propor namoro?

Como sempre, a agitação se iniciava na loja já antes do meio-dia para culminar logo à tarde. E sossegava um pouco após a uma hora, o mesmo padrão de sempre. Mas, quando Yasuko trocava o rolo de papel do caixa, a porta de vidro se abriu e alguém entrou.

— Seja bem-vindo — disse ela, ao mesmo tempo que se voltava para o freguês. E de pronto congelou. Arregalou os olhos, emudeceu.

— Oi, você está bem, não? — O homem lhe abria um sorriso. No entanto, seus olhos negros pareciam turvos e tenebrosos.

— Você... o que faz aqui?

— Assustada por quê? Posso descobrir quando quiser o paradeiro da minha ex-mulher. — O homem circulava o olhar pelo interior da loja, com as mãos enfiadas no bolso do blusão azul-marinho, como se procurasse por algo.

— O que você quer, depois de tudo? — Yasuko perguntou agressiva, mas em voz baixa. Não queria que o casal Yonezawa, que trabalhava nos fundos, percebesse.

— Não me olhe desse jeito. Por que não sorri um pouco, mesmo que seja um sorriso fingido, depois de tanto tempo? Hein? — Ele mantinha o sorriso maldoso.

— Se não quer nada, vá embora!

— Se eu vim, é porque quero algo. Preciso muito conversar com você. Dá para escapar um pouco?

— Não fale besteira. Não vê que estou trabalhando? — respondeu Yasuko e se arrependeu. Ele poderia entender que, terminado o trabalho, estaria disposta a conversar.

O homem lambeu os lábios.

— Quando termina?

— Não quero falar com você. Por favor, vá embora. E não volte nunca mais.

— Quanta frieza, hein?

— E o que você esperava?

Yasuko voltou os olhos para fora. Desejava que algum cliente aparecesse, mas pelo jeito ninguém se aproximava.

— Bem, se você me trata com toda essa frieza, não há mais o que fazer. Então, vou ter que ir até lá.

O homem esfregava a nuca.

— Até lá onde? — Yasuko teve um pressentimento ruim.

— Se a mulher não quer me ouvir, não há outro jeito a não ser ir ver a filha dela. A escola é aqui perto, não? — o homem disse exatamente o que Yasuko mais temia.

— Você não vai se encontrar com ela!
— Então, dê um jeito. Para mim, tanto faz.

Yasuko soltou um suspiro. Precisava enxotar esse homem de qualquer forma.

— Eu trabalho até as seis.
— De manhã cedo até as seis? Puxado, hein?
— Não é da sua conta.
— Ok, então basta que eu venha às seis, certo?
— Não venha aqui. Se você seguir pela rua aí em frente, sempre à direita, vai chegar a um cruzamento bem grande. Um pouco antes, tem um restaurante. Esteja lá às seis e meia.
— Entendi. E você não falte por nada. Se não vier...
— Vou sim. Por isso, saia logo daqui.
— Certo, certo, entendi. Indelicada, não? — O homem passou novamente os olhos pelo interior da loja e saiu, fechando a porta de vidro com violência.

Yasuko pôs a mão sobre a testa. Começava a sentir uma leve cefaleia, e náusea também. Em seu íntimo, o desespero se espalhava aos poucos.

Casara-se com Shinji Togashi oito anos antes. Nessa época, ela trabalhava como recepcionista de bar em Akasaka, onde ele era um dos fregueses contumazes. Dizia ser vendedor de carros importados e demonstrava opulência. Oferecia presentes caros, levava-a também a restaurantes de alta classe. Assim, quando ele lhe propôs casamento, sentira-se uma Julia Roberts em *Uma linda mulher*. O primeiro casamento dela fora um desastre, e Yasuko estava cansada dessa vida de trabalho para o sustento da filha única.

O novo casamento fora, de início, feliz. A renda de Togashi se mostrava estável, e assim Yasuko pôde deixar de ser uma mulher da noite. Ele também tratava Misato com carinho. E parecia que Misato se esforçava para recebê-lo como pai.

Entretanto, tudo veio abaixo de repente quando Togashi foi demitido. As fraudes que cometera por diversos anos haviam sido descobertas. Escapara de ser levado à justiça pela empresa onde trabalhava porque seus superiores acobertaram habilmente o delito, com receio de serem também eles responsabilizados. Afinal, tudo aquilo que Togashi gastara a torto e a direito em Akasaka não passara de dinheiro sujo.

Desde então, Togashi mudara de personalidade. Melhor dizendo, passara a mostrar, quem sabe, seu verdadeiro caráter. Não trabalhava, passava o dia inteiro sem fazer nada, ou saía para jogar nos cassinos. E se Yasuko reclamasse, tornava-se violento. Passara a beber demais. Sempre embriagado, a violência brilhava em seus olhos.

Yasuko decidira retomar outra vez o trabalho noturno, como uma decorrência natural. Mas Togashi lhe tomava à força o dinheiro conquistado. E quando a mulher passou a escondê-lo, ele se aventurava a chegar antes dela à casa noturna onde Yasuko trabalhava, nos dias de pagamento, para lhe açambarcar o salário.

Misato passara a temer o padrasto. Detestava ficar a sós com ele em casa e chegava até a procurar a mãe na boate. Yasuko pedia o divórcio a Togashi, mas ele nem lhe dava ouvidos. E, se continuasse insistindo, ele voltava a se mostrar truculento. Angustiada, ela procurou finalmente um advogado, que lhe fora apresentado por um cliente. As diligências desse advogado levaram Togashi a assinar a certidão de divórcio a contragosto. Parecia estar ciente de que, se o caso fosse levado à corte, ele não teria a mínima possibilidade de vencer, e ainda por cima teria de arcar com a pensão.

Entretanto, o problema não estava resolvido só com isso. Togashi passou a aparecer diante de Yasuko e sua filha com frequência. O assunto dessas visitas era sempre o mesmo: vinha pedir a restauração do matrimônio, pois estava disposto a mudar de comportamento e trabalhar com afinco. E quando Yasuko passou a evitá-lo, ele procurou se aproximar de Misato. Chegava a emboscá-la na saída da escola.

Yasuko sentia pena quando o via ajoelhar-se diante dela, embora soubesse que não passava de uma farsa. Mas talvez lhe restasse ainda um pingo de sentimento, já que haviam sido, no passado, casados. Assim, acabou lhe dando algum dinheiro. Esse foi seu equívoco. Satisfeito, Togashi passou a importuná-la com maior frequência. Comportava-se sempre com humildade, mas se fazia cada vez mais ousado.

Yasuko mudava de emprego, assim como de residência. Embora penalizada, fez Misato mudar de escola. Desde que passou a trabalhar no clube noturno de Kinshicho, porém, Togashi deixou de aparecer. Yasuko mudou ainda outra vez de residência. E tinha passado a trabalhar no Benten-tei já fazia um ano. Acreditou que tivesse se livrado daquela peste para sempre.

Não devia incomodar o casal Yonezawa, nem queria que Misato percebesse. Era necessário fazer de tudo, sem contar com ninguém, para que aquele homem nunca mais viesse a procurá-la. Yasuko consultou o relógio da parede. Estava decidida.

À hora combinada, dirigiu-se ao restaurante. Sentado próximo a uma janela, Togashi fumava. Havia uma xícara de café na mesa. Yasuko tomou seu lugar e pediu um chocolate quente à garçonete. Se tivesse pedido refrigerante, como costumava fazer, teria direito ao refil gratuito, mas não pretendia demorar-se ali.

— Então, o que você quer? — perguntou, de cenho carregado.

Ele afrouxou os lábios.

— Quanta pressa, hein?

— Diga logo o que quer, eu tenho muito o que fazer.

— Yasuko — Togashi lhe estendeu a mão. Tentou segurar a mão dela sobre a mesa. Yasuko percebeu e recolheu a mão. Então, ele torceu a boca. — Mal-humorada, hein?

— O que você quer? Por que você vive me perseguindo?

— Deixe disso. Falo sério!

— Sério coisa nenhuma!

A garçonete trouxe seu chocolate. Imediatamente, Yasuko estendeu a mão à xícara. Pretendia esvaziá-la depressa e levantar-se logo da cadeira.

— Você ainda vive sozinha, não é? — Togashi a encarou, com as pálpebras semicerradas.

— Isso é da sua conta?

— Não é fácil criar uma filha sozinha. Vai precisar de dinheiro, e cada vez mais. Não há futuro para você trabalhando naquela casa de bentô. Então, reconsidere. Eu mudei, não sou mais como era antes.

— Mudou? Me diga como. Então te pergunto, já está trabalhando?

— Vou trabalhar. Até já arrumei emprego.

— Mas não está trabalhando ainda, certo?

— Já achei um trabalho, é o que estou te dizendo. Vou começar no próximo mês. É uma empresa nova ainda, mas, quando entrar nos eixos, poderá garantir uma boa vida também a vocês.

— Não preciso disso. Por que não procura outra mulher, se vai ganhar tanto dinheiro assim? Por favor, nos deixe em paz.

— Yasuko, eu preciso de você.

Togashi lhe estendia outra vez a mão, tentando segurar a mão dela que estava com a xícara.

— Não me toque! — Yasuko se desvencilhou. Nisso, o conteúdo da xícara derramou um pouco sobre a mão de Togashi.

— Ai! — gritou ele, encolhendo-a. O ódio agora brilhava em seus olhos.

— Não me venha com conversa fiada. Pensa que vou acreditar? Não tenho a mínima intenção de reatar com você, já te falei! Desista de uma vez, entendeu? — Yasuko se ergueu.

Calado, Togashi continuava com os olhos nela. Ignorando esse olhar, Yasuko depositou sobre a mesa o pagamento do chocolate e se dirigiu à saída.

Deixando o restaurante, ela montou na bicicleta estacionada ali perto e começou imediatamente a pedalar. Se demorasse, poderia ser perseguida por Togashi e então teria problemas, pensou. Seguiu direto pela avenida Kiyosu, atravessou a ponte e, nesse ponto, cruzou à esquerda.

Dissera o que devia ser dito, porém não acreditava que Togashi iria desistir. Em breve, ele voltaria a aparecer na loja. Iria perturbá-la, haveria de criar situações prejudiciais para a loja. Talvez até aparecesse na escola onde Misato estudava. Aquele sujeito esperava vencê-la por teimosia. Ela acabaria por lhe dar dinheiro, ele nem se preocupava com isso.

Regressando ao apartamento, Yasuko começou a preparar o jantar. Bastava-lhe esquentar as sobras de comida que ganhara da loja, só isso. Contudo, parava com frequência. Sentia-se oprimida por pressentimentos obscuros, e isso a distraía.

Estava na hora de Misato regressar. Ela participava agora do clube de badminton da escola e costumava bater um longo papo com as colegas após o treino, antes de tomar o caminho de volta para casa. Dessa forma, costumava chegar quase sempre após as sete horas.

De repente, a campainha tocou. Intrigada, Yasuko se dirigiu à entrada. Misato possuía a chave do apartamento.

— Sim? — indagou sem abrir a porta. — Quem é?

Após um instante, uma voz respondeu: — Sou eu.

Sua vista escureceu. O pressentimento ruim se concretizava. Até esse apartamento Togashi havia farejado! Com certeza, ele a seguira algum dia desde o Benten-tei.

Yasuko não respondeu. Então, Togashi começou a bater na porta.

— Olá!

Abanando a cabeça, ela girou a chave na porta, mas não destravou a corrente. Entreabriu a porta uns dez centímetros. O rosto de Togashi se achava bem do outro lado. Mostrava um sorriso detestável, de dentes amarelados.

— Vá embora! O que veio fazer aqui?

— A conversa não acabou ainda. Impaciente como sempre, não é?

— Já te disse, não me perturbe mais!

— Escute pelo menos o que tenho a dizer. Me deixe entrar, pelo menos.

— Não! Vá embora!

— Se não me deixar entrar, vou aguardar aqui mesmo. Já está na hora de Misato voltar, não é mesmo? Se não posso falar com você, então falo com ela.

— Ela não tem nada a ver com isso.

— Então me deixe entrar.

— Olhe que chamo a polícia.

— Pode chamar, fique à vontade. O que há de errado em visitar minha ex-mulher? Até a polícia vai concordar comigo. Dirá com certeza: *Minha senhora, deixe-o pelo menos entrar, que mal há nisso?*

Yasuko mordeu o lábio. Dava raiva, mas era como Togashi dizia. Já chamara algumas vezes a polícia, mas ela nunca a tinha ajudado. Além disso, não queria criar confusão bem ali. Conseguira alugar aquele apartamento sem fiador e, assim, temia ser expulsa se originasse boatos inoportunos.

— Não se demore.

— Eu sei. — Togashi se mostrou triunfante.

Destravando a corrente, Yasuko abriu a porta. Enquanto descalçava os sapatos, Togashi examinava despudoradamente o interior. O apartamento continha dois recintos e uma cozinha: uma sala japonesa de seis tatames logo à entrada, tendo à esquerda a pequena cozinha e, nos fundos, outro recinto japonês de quatro tatames. E depois, a varanda.

— Salinha velha e apertada, mas boa. — Sem qualquer cerimônia, Togashi enfiou os pés no *kotatsu*[2] instalado no centro da sala de seis tatames.

---

2. Mesa baixa com aquecimento em seu centro. [N.E.]

— Eita, está desligado! — disse e ligou o aparelho sem pedir permissão.

— Eu sei o que você pretende — falou Yasuko ainda de pé, olhando Togashi do alto. — Independentemente do que diga, o que quer é dinheiro, não é?

— O que é isso? Aonde quer chegar? — Togashi retirou do bolso da jaqueta uma caixa de Seven Stars. Acendeu um cigarro com um isqueiro descartável e olhou os arredores. Percebeu que não havia cinzeiro. Esticou o corpo e achou, no saco de lixo, uma lata vazia, depositando nele as cinzas do cigarro.

— Você está apenas me assediando por dinheiro. Em suma, é isso, não é?

— Bem, se é o que você pensa, então que seja.

— Não vai levar nem um tostão.

— Ah, é assim?

— Vá embora. Não volte mais.

Yasuko mal terminava de falar quando a porta se abriu com vivacidade e Misato entrou, em uniforme da escola. Percebeu que havia visita na sala e se deteve paralisada por um instante. Depois, ao tomar conhecimento de quem se tratava, a decepção e o medo subiram ao seu rosto. A raquete de badminton caiu-lhe das mãos.

— Misato, quanto tempo! Você cresceu, hein? — disse Togashi em voz casual.

Após relancear um olhar para Yasuko, Misato retirou o tênis que calçava e subiu à sala sem nada dizer. Seguiu diretamente ao quarto dos fundos, cerrando firmemente o *fusuma*[3] entre os quartos.

---

3. Painéis retangulares verticais móveis, normalmente fazendo a função de portas de correr. [N.E.]

Togashi abria vagarosamente a boca.

— Não sei o que você pensa, mas o que eu quero é reatar, só isso. É tão ruim assim essa possibilidade?

— Já te disse, não tenho a mínima disposição. E nem você mesmo acha que eu aceitaria. É apenas um pretexto para me azucrinar.

Acertara bem o alvo. Mas Togashi não respondeu e ligou a televisão. Passava um desenho animado. Yasuko soltou um suspiro e foi à cozinha. Havia uma carteira na gaveta ao lado da pia. Retirou dela duas notas de dez mil ienes.

— Contente-se com isso — disse, depositando as notas sobre o *kotatsu*.

— O quê? Dinheiro, nem um tostão, não foi o que você me disse?

— Esta é a última vez.

— Não quero isso aí.

— Vai voltar de mãos vazias? Certeza que quer mais, mas nós também estamos apertadas.

Togashi olhou os vinte mil ienes e, depois, fitou o rosto de Yasuko.

— Paciência, então. Está bem, vou embora, como você quer. Mas ouça bem: já te disse, eu não preciso de dinheiro. Foi você que me obrigou a aceitá-lo.

Togashi enfiou as notas de dez mil ienes no bolso da jaqueta. Jogou o toco de cigarro dentro da lata vazia e deixou o *kotatsu*. Não se dirigiu, porém, à porta de entrada, e sim ao quarto dos fundos e abriu repentinamente o *fusuma*. Misato soltou um grito de pavor.

— Mas o que está fazendo? — vociferou Yasuko.

— Posso pelo menos cumprimentar minha enteada, não?

— Ela não é mais sua enteada, não é coisa alguma para você.

— Ah, deixa disso. Tchau, Misato. Até outra hora, então — disse Togashi, encarando o fundo do quarto. Yasuko não pôde ver a reação de Misato, que se achava fora de seu campo de visão.

Finalmente, Togashi se dirigiu ao vestíbulo.

— Essa menina vai ser um mulherão. Mal posso esperar!

— Pare com isso e vá logo embora!

— Vou sim, por hoje.

— Não volte nunca mais!

— Bem, quanto a isso, veremos.

— Você...

— Ouça aqui, você não me escapa. Desista. — Togashi riu baixinho. E se curvou para enfiar o sapato.

Nesse exato instante, Yasuko escutou um ruído bem às suas costas. Voltou-se e viu Misato, ainda em uniforme escolar, logo ao seu lado. Ela erguia alguma coisa. Yasuko não pôde soltar a voz nem a segurar. Com uma pancada violenta, Misato atingira a nuca de Togashi. Um ruído seco, e Togashi foi ali mesmo ao chão.

2

Algo também caiu das mãos de Misato: um vaso de cobre, lembrança da inauguração do Benten-tei.

— Misato, você... — Yasuko olhou o rosto da filha, um rosto inexpressivo. Misato permaneceu imóvel, como se tivesse perdido a alma.

Mas no instante seguinte seus olhos se arregalaram. Ela fixou o olhar em um ponto às costas da mãe. Quando Yasuko se voltou, Togashi se erguia vacilante e, com uma careta, apalpava a nuca.

— Vocês... — murmurou com rancor. Encarava Misato diretamente. Cambaleando, abriu um passo largo em direção a ela.

Yasuko se pôs à frente para protegê-la.

— Pare!

— Sai! — Togashi agarrou o braço de Yasuko e se desvencilhou dela com toda a violência.

Arremessada contra a parede, Yasuko bateu fortemente o quadril. Togashi agarrou os ombros de Misato, que lutava para fugir, mas se agachou, esmagada pelo peso de um homem adulto. Togashi se acavalou em suas costas, agarrou-lhe os cabelos e esbofeteou sua face com a mão direita.

— Eu te mato! — gritou ele de forma animalesca.

Vai matá-la, pensou Yasuko. Se eu deixar, vai matá-la, com toda certeza. Yasuko varreu os arredores com os olhos e notou o cabo de força do *kotatsu*. Tirou a ponta do cabo da tomada. A outra ponta permanecia ligada ao *kotatsu*, mas ela se ergueu com o cabo na mão.

Em seguida, foi às costas de Togashi, que continuava bradando impropérios e subjugando Misato. Passou o cabo em volta do pescoço dele, em forma de laço, e o apertou com toda a força. Com um urro, Togashi caiu das costas de Misato. Parecia ter-se dado conta do que se passava e tentava enfiar os dedos por dentro do laço. Yasuko puxava o cabo desesperadamente. Se largasse, não teria mais outra chance. Além disso, sem dúvida esse homem passaria a atormentá-las como nunca.

Só que era impossível competir em força com ele. O cabo escorregava em suas mãos. Nessa hora, Misato se pôs a afastar os dedos de Togashi, que agarravam o cabo, e subiu em suas costas procurando em desespero dominá-lo.

— Depressa, mãe, depressa! — gritou Misato.

Não havia espaço para hesitação. Cerrando fortemente os olhos, Yasuko concentrou toda a força do corpo nos braços. Seu coração batia forte. Ela continuou apertando o cabo, ouvindo o sangue fluir pelas veias, nem soube por quanto tempo. Voltou a si ao ouvir: "Mãe, mãe", em voz baixa.

Yasuko abriu vagarosamente os olhos. Segurava ainda o cabo. A nuca de Togashi se achava bem diante dela. Seus olhos arregalados se mostravam cinzentos, pareciam fitar o espaço. Congestionada de sangue, sua face se mostrava azulada. O cabo mordia seu pescoço e deixava a pele profundamente marcada. Togashi não se mexia. A saliva escorria pelos lábios, e o muco, pelo nariz.

Com um grito lancinante, Yasuko jogou longe o cabo. A cabeça de Togashi caiu sobre o tatame em um baque seco, mas nem assim ele se moveu. Tomada de pavor, Misato saiu vagarosamente de cima dele, a saia do uniforme toda amarrotada. Jogou-se ao chão e se encostou à parede, de olhos fixos sobre Togashi.

Mãe e filha permaneceram assim por certo tempo, caladas, com os olhos ainda pregados sobre o homem imóvel. Aos ouvidos de Yasuko, a lâmpada neon zumbia absurdamente alto.

— E agora? — balbuciou Yasuko, com um vácuo em sua cabeça. — Eu o matei!

— Mãe...

Yasuko voltou o olhar à filha. O rosto dela estava espantosamente branco, os olhos injetados, tendo abaixo rastros de lágrimas. Mas Yasuko nem sabia dizer quando ela chorara.

Seus olhos se fixaram outra vez em Togashi. A confusão dominava sua alma. Talvez desejasse vê-lo voltando a si, talvez não. Contudo, mais lhe parecia que Togashi nunca mais voltaria à vida.

— Desgraçado... Ele é o culpado! — Misato dobrou as pernas para abraçar os joelhos. Enterrou o rosto entre eles, soluçando.

— E agora? — Yasuko começou a murmurar, quando soou a campainha da porta. Com o susto, seu corpo inteiro estremeceu.

Misato também ergueu o rosto, agora molhado de lágrimas. As duas se entreolharam, indagando-se mutuamente quem poderia aparecer àquela hora.

Alguém batia à porta e, a seguir, surgiu uma voz masculina:

— Senhora Hanaoka?

A voz era conhecida, mas, de pronto, não conseguiram identificá-la. Yasuko se congelava em pânico. Continuavam com os olhares presos uma na outra.

Bateram na porta outra vez:
— Senhora Hanaoka? Senhora?
A pessoa do outro lado parecia estar ciente de que Yasuko e a filha se achavam no interior. Não havia como deixar de atendê-la, mas não naquela situação.
— Vá para o quarto, feche o *fusuma* e não apareça — ordenou Yasuko em voz baixa. Finalmente, voltava a pensar.
Nova batida na porta. Yasuko respirou fundo.
— Pois não? — respondeu, simulando tranquilidade, em desesperada encenação. — Quem é?
— É Ishigami, seu vizinho!
Yasuko se alarmou. Os ruídos que provocara não teriam sido comuns, com certeza, e o vizinho estranhara, viera saber o que acontecia.
— Ah, sim, um momento, por favor! — empenhara-se em responder em um tom normal, porém sem qualquer certeza de sucesso.
Misato já se recolhera ao quarto e fechara o *fusuma*. Yasuko observava o cadáver de Togashi. Precisava dar um jeito naquilo. Puxado certamente pelo cabo, o *kotatsu* se achava fora de posição. Ela o moveu mais um pouco para encobrir o cadáver sob sua manta. O *kotatsu* restou em posição estranha, mas não havia mais o que fazer.
Yasuko se certificou de que suas roupas estavam em ordem e se dirigiu ao vestíbulo. Os sapatos sujos de Togashi permaneciam à vista. Ela os enfiou debaixo do armário de calçados. Destravou a corrente da porta com cuidado para não provocar ruído. A porta não estivera trancada a chave, e por sorte Ishigami não a abrira. Tranquilizou-se então. Descerrando-a, deparou com o enorme rosto redondo de Ishigami. Ele voltava seus olhos, estreitos como um fio de

linha, a Yasuko. Destituído de qualquer emoção, o rosto chegava até a assustar.

— Sim? — Yasuko esboçou um sorriso contraído.

— Desculpe, escutei um barulho muito forte — disse ele, mantendo ainda o rosto inexpressivo. — Aconteceu alguma coisa?

— Não, nada de mais — respondeu agitando a cabeça com vigor. — Desculpe tê-lo perturbado.

— Se a senhora está certa de que não houve nada, então tudo bem.

Yasuko notou que Ishigami perscrutava o interior do apartamento com seus olhos estreitos. O sangue lhe subiu à cabeça.

— Bem, é que... foi uma barata.

— Barata?

— Sim, apareceu uma barata e, bem... tentamos, eu e a minha filha, acabar com ela... receio que tenhamos provocado uma grande confusão.

— Mataram?

— O quê? — Yasuko sentiu que o rosto se petrificava à pergunta de Ishigami.

— A barata. Conseguiram matá-la?

— Oh, sim. Quanto a isso, com certeza. Está tudo bem. Sim. — Yasuko assentiu com a cabeça diversas vezes.

— Então foi isso. Mas se precisarem de mim, me avisem, por favor.

— Muito obrigada. E desculpe pelo incômodo. — Yasuko se curvou agradecida e fechou a porta. Trancou-a também com a chave. Ouviu Ishigami retornar ao seu apartamento e se trancar, e soltou um grande suspiro. Agachou-se ali mesmo, sem querer.

Ouviu o *fusuma* se abrir atrás e, em seguida, a voz de Misato, que chamava pela mãe. Yasuko se ergueu lentamente. Observou a manta do *kotatsu* avolumada. O desespero assaltava-a outra vez.

— Não há mais jeito... — disse, finalmente.

— O que vamos fazer? — perguntou Misato, erguendo os olhos à mãe.

— Não há mais o que fazer, não é? Vamos chamar... a polícia.

— Vai se entregar?

— E tem outro jeito? Quem morreu não volta mais à vida...

— Mas o que vai acontecer com você?

— Ah, não sei... — Yasuko puxou o cabelo para cima. Percebeu que estava confusa. Devia ter causado estranheza a esse professor de matemática, seu vizinho. Entretanto, isso já não lhe importava.

— Você será presa? — a filha insistia ainda em perguntar.

— Ah, sim, provavelmente. — Yasuko afrouxou os lábios, em um sorriso de consternação. — Pois eu o matei, não é?

Misato abanou vigorosamente a cabeça.

— Isso não é justo.

— Por quê?

— Ah, não, você não tem culpa! A culpa toda é desse desgraçado! Não temos mais nada com ele, e ainda nos vem atormentar, sempre! Você não pode ser presa por causa de um sujeito como esse!

— Mesmo assim, assassinato é assassinato...

Estranhamente, Yasuko se acalmou enquanto dava explicações a Misato e passava a raciocinar com tranquilidade. Começava então a acreditar que não lhe restava outro caminho senão esse. Não queria transformar Misato na filha de uma assassina. No entanto, se não pudesse fugir dessa realidade, deveria pelo menos escolher um caminho que no mínimo evitasse ser hostilizada pela sociedade.

Yasuko voltou-se ao telefone sem fio, largado em um canto da sala. Estendeu a mão para apanhá-lo.

— Não! — Misato interveio rapidamente e tentou arrebatar o telefone das mãos da mãe.

— Me largue!

— Não, não! — Misato agarrou o pulso da mãe. Ela era forte, talvez pela prática do badminton.

— Me largue, por favor!

— Não quero, não vou deixar você fazer isso, mãe! Se quer mesmo, então eu vou me denunciar!

— Não diga bobagem!

— Eu bati nele primeiro! Você só veio me ajudar! E depois, fui eu quem ajudou você, também sou assassina!

Subitamente alarmada, Yasuko afrouxou a mão que segurava o telefone. Sem demora, Misato arrebatou-lhe o aparelho. Abraçando-o como se quisesse escondê-lo, foi a um canto da sala dando as costas à mãe.

A polícia, pensou Yasuko por alguns instantes. Os investigadores acreditariam de fato em suas palavras? Não poderiam introduzir suspeitas em sua declaração de ter assassinado sozinha Togashi? Iriam engolir tudo, sem questionar?

A polícia iria investigar rigorosamente, com toda a certeza. Procurariam obter evidências do caso — como ouvira da própria polícia, em novelas de televisão. Fariam uso de todos os meios à disposição: escuta, pesquisa científica e muito mais.

Sentiu a vista escurecer. Tinha plena certeza de que não delataria Misato, por mais que os policiais a ameaçassem.

Porém, se eles descobrissem pela investigação, seria o fim. Não adiantaria rogar-lhes que perdoassem pelo menos Misato, não iriam ouvi-la.

Talvez pudesse adulterar a cena para dar a impressão de que fizera tudo sozinha, pensou, mas logo abandonou a ideia. Artimanhas amadorísticas seriam logo descobertas. De qualquer forma, era necessário proteger Misato, sua pobre filha, que desde a infância nunca conhecera o que é alegria por ter como mãe uma mulher como ela. Não podia permitir que ela se tornasse ainda mais infeliz, mesmo sacrificando a própria vida. Então, o que fazer? Haveria alguma saída?

Foi nesse momento. O telefone que Misato carregava começou a tocar. Misato voltou os olhos arregalados à mãe. Calada, Yasuko estendeu-lhe a mão. Hesitante, Misato devolveu lentamente o telefone. Yasuko controlou a respiração e apertou o botão de atendimento.

— Hanaoka, pois não?

— Bem, é Ishigami, seu vizinho.

— Oh...

O professor, outra vez. O que ele queria agora?

— Sim, e o que deseja?

— Pois então, queria apenas saber o que decidiu.

Yasuko não entendeu a pergunta.

— Como assim?

— Pois é. — Ishigami fez uma pausa, para depois continuar: — Se pretende se entregar à polícia, então não vou dizer mais nada. Mas se não pretende, pensei que eu pudesse, talvez, ser útil a vocês de alguma forma.

— Como? — Yasuko estava confusa. Do que falava esse homem?

— Para começar — disse Ishigami em voz contida —, posso vê-la agora, em seu apartamento?
— Como? Bem... não dá! — Yasuko suava frio pelo corpo todo.
— Senhora Hanaoka — retomou Ishigami —, cuidar de um cadáver não é tarefa para duas mulheres apenas.
Yasuko perdeu a palavra. Como é que ele sabia? Escutara, com certeza, pensou. O vizinho ouvira o diálogo entre ela e Misato pouco antes. Não, não apenas esse diálogo, mas tudo, desde a briga com Togashi!
Não havia mais jeito. Yasuko desistia. Nem havia por onde fugir. Só lhe restava apresentar-se à polícia. De toda forma, continuaria ocultando a participação da filha.
— Senhora Hanaoka, está me ouvindo?
— Sim, estou.
— Posso ir até aí?
— Bem...
Yasuko olhou para a filha, mantendo o telefone junto ao ouvido. Misato estampava no rosto um misto de apreensão e temor. Estranhava a conversa da mãe ao telefone.
Se Ishigami houvesse espreitado do outro lado da parede, já devia saber que Misato participara do assassinato. E se ele contasse à polícia, por mais que Yasuko negasse tal participação, os investigadores jamais dariam crédito às palavras dela. Yasuko se decidiu.
— Pode vir, então, uma vez que também tenho algo a pedir.
— Está bem. Estou indo agora mesmo — disse Ishigami.
Yasuko desligou o telefone ao mesmo tempo que Misato lhe perguntou:
— Quem era?
— O professor, nosso vizinho. O senhor Ishigami.

— Por que ele ligou?
— Eu explico depois. Você fique no quarto e feche o *fusuma*. Depressa.

Misato se dirigiu ao quarto dos fundos com ar de quem não estava entendendo nada. Ela mal fechara o *fusuma* quando Yasuko ouviu Ishigami saindo do apartamento ao lado. Sem demora, a campainha da porta de entrada soou. Yasuko foi ao vestíbulo e abriu a porta, destravando a chave e soltando a corrente.

Lá estava Ishigami, em fisionomia contrita. Por alguma razão, ele trajava uma jaqueta azul-marinho. Não vestia aquilo antes.

— Por favor.
— Com licença — Ishigami curvou-se e entrou.

Enquanto Yasuko trancava a porta a chave, Ishigami subiu à sala e, sem qualquer hesitação, ergueu a manta do *kotatsu*. Parecia querer certificar-se de que havia mesmo um cadáver ali. Ajoelhado, ele examinou o corpo de Togashi. Parecia pensativo. Yasuko percebeu que ele usava luvas nas mãos.

Yasuko olhou o cadáver com temor. O rosto de Togashi não apresentava mais nenhum sinal de vida. Saliva ou sujeira, algo se solidificara sob o lábio.

— Então... você nos escutou, não é?
— Escutar? Escutar o quê?
— A nossa conversa, o que mais poderia ser? E por isso nos ligou.

Ishigami voltou então um rosto apático a Yasuko.

— Não, não escutei nada. É incrível, mas este prédio possui um isolamento acústico perfeito. Foi por isso que eu decidi morar aqui. Gostei.

— Mas então, como...

— Como percebi o que aconteceu?

Sim, Yasuko fez com a cabeça. Ishigami apontou para o canto da sala. Havia ali uma lata vazia jogada ao chão. Derramava cinzas.

— Quando estive aqui da outra vez, havia ainda cheiro de cigarro. Por isso pensei que a senhora estivesse com algum visitante, mas não havia sapatos, e apesar disso, parecia que alguém se achava no *kotatsu,* sem mesmo ligar o cabo na tomada. Se ele quisesse se esconder, haveria o quarto dos fundos. Portanto, a pessoa no *kotatsu* não se escondia ali, mas só podia estar sendo escondida. Considerando os ruídos anteriores de briga e a sua cabeleira desalinhada, coisa rara, foi possível ter uma ideia do que podia ter ocorrido. E outra coisa: não há baratas neste prédio. Pode acreditar, pois já resido aqui há muito tempo.

Perplexa, Yasuko observou a boca de Ishigami enquanto ele falava, o tempo inteiro imperturbável, mantendo as feições. Decerto devia falar desse mesmo jeito na escola, lecionando aos alunos, foi a ideia que lhe ocorreu, em contexto totalmente descabido ao momento.

Percebendo que Ishigami pregava os olhos nela, Yasuko desviou seu olhar. Ele a estudava. Era um homem assustadoramente frio e inteligente, pensou. Não fosse assim, teria sido incapaz de elaborar essa inferência toda a partir de uma olhadela pela fresta de uma porta. Mas, ao mesmo tempo, Yasuko se tranquilizou. Pelo jeito, Ishigami não sabia detalhes.

— Ele é meu ex-marido — disse ela. — Nos separamos há muitos anos, mas ele continuava me procurando para me importunar, enquanto não lhe desse dinheiro... Foi o que aconteceu hoje. Não aguentei mais, o sangue me subiu à cabeça... — disse e depois baixou os olhos. Era impossível descrever de que forma assassinara Togashi. Precisava deixar Misato de fora, a qualquer custo.

— Vai se entregar?

— Penso que não tenho alternativa. Tenho pena de Misato, que nada tem a ver com isso.

Nesse ponto, o *fusuma* se abriu com violência. Misato surgiu.

— Não, isso não. Nunca mesmo!

— Cale-se, Misato!

— Não! Isso jamais! Me ouça, tio, quem matou esse homem...

— Misato! — gritou Yasuko.

Misato encolheu o queixo em um tique nervoso e encarou a mãe com rancor, os olhos injetados.

— Senhora Hanaoka — a voz de Ishigami soava monótona. — Não precisa esconder nada de mim.

— Não, não estou escondendo...

— Eu sei que a senhora não o matou sozinha. Sua filha a ajudou, não foi?

Yasuko abanou afobadamente a cabeça, negando.

— O que está dizendo? Fiz sozinha, minha filha voltou agora há pouco da escola... Voltou logo depois que o matei. Por isso, ela nada tem a ver...

Ishigami, pelo jeito, parecia não acreditar. Soltou um suspiro e disse, com os olhos em Misato:

— Olhe que uma mentira como essa só faria sofrer esta menina, eu acho...

— Não estou mentindo, não, acredite em mim! — Yasuko pôs a mão sobre o joelho de Ishigami.

Ele observou a mão por alguns instantes para depois voltar o olhar ao cadáver e inclinar ligeiramente a cabeça.

— A questão é como a polícia entenderá. Penso que essa mentira não surtirá efeito.

— Mas por quê? — perguntou e logo se deu conta de que essa pergunta era uma confissão da mentira.

Ishigami apontou para a mão direita do cadáver.

— Existem sinais de hematoma no dorso da mão e no pulso. Examinando melhor, eles têm o formato de um dedo. Pelo jeito, este homem foi estrangulado por trás e lutou desesperadamente para se livrar. Esses sinais parecem ter sido provocados por alguém que o segurou. Está na cara, como se diz.

— Pois então, eu fiz isso também.

— Senhora Hanaoka, isso é impossível!

— E por quê?

— Não foi a senhora quem apertou o pescoço dele, por trás? É absolutamente impossível à senhora também ter agarrado a mão dele. Para isso, precisaria ter quatro mãos.

Yasuko não teve como rebater. Ingressara em um túnel sem saída. Desanimada, abaixou a cabeça. Se Ishigami conseguira ver tudo isso apenas com um olhar, a polícia, então, passaria a investigar ainda mais rigorosamente os fatos.

— Eu... não quero, de forma alguma, envolver Misato. Quero salvar, pelo menos, a minha filha...

— Mas eu também não quero que a minha mãe vá para a cadeia! — disse Misato em voz lacrimosa.

Yasuko cobriu o rosto com as mãos.

— E agora...

O ar pesava. Yasuko se sentia esmagada.

— Tio... — Misato interveio — O senhor veio para aconselhar minha mãe a se entregar?

Ishigami fez uma pausa e respondeu:

— Eu telefonei porque pensei em ajudá-la. Se ela quer se entregar, está bem assim, mas, se não for o caso, achei que vocês duas estariam em apuros, sozinhas.

— E se a gente não se apresentasse? Haveria alguma alternativa? — insistia Misato.

Yasuko ergueu o rosto. Pensativo, Ishigami inclinou de leve a cabeça. Não se mostrava perturbado.

— Ou vocês escondem o que aconteceu, ou se desligam dele, não há outro caminho além desses. De qualquer forma, precisariam se livrar do cadáver.

— Dá para fazer isso?

— Misato! — advertiu Yasuko. — O que está dizendo?

— Por favor, mãe! Então, o que me diz? Dá para fazer?

— Será difícil. Mas não impossível.

A voz de Ishigami continuava inexpressiva, fria e mecânica. Mas para Yasuko parecia, por isso mesmo, imbuída de fundamentação lógica e racional.

— Mãe — disse Misato —, vamos pedir para o tio nos ajudar. Não há outro jeito.

— Mas isso... — Yasuko se voltou a Ishigami.

Ele mantinha os olhos apertados, fixos, de viés ao chão. Parecia aguardar calmamente a decisão das duas, mãe e filha.

Yasuko se recordou da conversa de Sayoko. Pelo jeito, esse professor de matemática devia gostar dela. Sayoko dizia que ele se certificava da presença de Yasuko para vir comprar seu bentô.

Sem essa conversa, estaria agora desconfiada da sanidade mental desse homem. Onde no mundo haveria alguém tão disposto a ajudar dessa forma a vizinha que mal conhecia? Se fracassasse, poderia ir preso também.

— Mesmo que pudéssemos esconder o cadáver, ele seria um dia descoberto, não? — disse Yasuko. Percebeu que essa pergunta definiria o primeiro passo para uma nova rota do destino.

— Não decidi ainda se vamos ocultar o cadáver — respondeu Ishigami. — Em certas circunstâncias, seria até melhor não o ocultar. Decidiremos sobre isso só depois de analisar as informações. O que está claro é que não podemos deixá-lo aqui, como está.

— Ahn... quais informações?

— Acerca desta pessoa — Ishigami lançou um olhar sobre o cadáver no chão. — Residência, nome, idade, profissão. O que veio fazer aqui, onde pretendia ir depois. Se possui parentes. Me conte tudo o que sabe sobre ele.

— Ah, bem, isso...

— Mas vamos mover o cadáver primeiro. É melhor limpar esta sala o quanto antes, pois deve haver uma montanha de vestígios aqui. — Mal acabou de falar, Ishigami já se punha a erguer o torso do cadáver.

— Mas mover para onde?

— Para o meu quarto — respondeu Ishigami como se fosse uma coisa óbvia, carregando em seus ombros o cadáver. Ele tinha muita força. A jaqueta azul-marinho mostrava em uma ponta a inscrição "Departamento de Judô", notou Yasuko.

Ishigami afastou com o pé os textos de matemática espalhados pelo chão inteiro e, no espaço finalmente desobstruído sobre o tatame, depositou o cadáver, ainda de olhos abertos.

Então se virou para mãe e filha, que permaneciam de pé na entrada.

— Acho que vou pedir à menina que comece limpando sua sala. Use aspirador. Com todo o capricho. Vou pedir à senhora que fique aqui.

Empalidecida, Misato assentiu e, relanceando o olhar para a mãe, retirou-se para a sala do outro lado.

— Feche por favor a porta — disse Ishigami a Yasuko.

— Oh, sim — concordou, mas permaneceu estática ainda no vestíbulo.

— Para começar, entre, por favor. Está tudo desarrumado, ao contrário da sua casa.

Ishigami retirou uma pequena almofada de uma cadeira, depositando-a sobre o tatame, bem próximo ao cadáver. Yasuko entrou na sala. Buscou um canto para sentar-se, rejeitando a almofada oferecida, desviando o rosto e evitando olhar para o cadáver. Só então Ishigami percebeu que o cadáver assustava Yasuko.

— Oh, perdão! — Ele apanhou novamente a almofada para oferecê-la a Yasuko. — Por favor, use isso.

— Não há necessidade — disse ela, abanando ligeiramente a cabeça encurvada.

Ishigami repôs a almofada sobre a cadeira e foi sentar-se, ele próprio, ao lado do cadáver, no qual se notava, no pescoço, uma cicatriz vermelho-escura em formato linear.

— Foi com o cabo elétrico, não?

— Como?

— Para estrangular. Usou o cabo elétrico?

— Ah, sim. Do *kotatsu*.

— Aquele *kotatsu* — Ishigami se recordava da estampa na manta do *kotatsu* que encobrira o cadáver —, seria melhor se desfazer dele. Bem, deixe comigo, darei um jeito nele depois. Então... — Ishigami voltou os olhos ao cadáver. — A senhora tinha prometido se encontrar com esse homem hoje?

Yasuko fez que não com a cabeça.

— Não tinha. Ele surgiu à tarde, de repente, na loja. Então, me encontrei com ele em um restaurante, já no fim da tarde. Deixei-o ali nessa hora, mas ele apareceu depois no meu apartamento.

— Restaurante... não foi?

Nada fazia supor que não houvesse testemunhas oculares desse encontro. Ishigami enfiou a mão no bolso da jaqueta que o cadáver vestia. Surgiam notas de dez mil ienes enroladas. Havia duas.

— Oh, essas notas, eu...

— Entregou a ele? — Percebendo que ela assentia com a cabeça, Ishigami estendeu-lhe as notas, mas ela não esticou a mão para apanhá-las.

Ishigami se ergueu para retirar a carteira do bolso do seu paletó pendurado na parede. Retirou dele vinte mil ienes, guardando em troca as notas encontradas no cadáver.

Mostrou-as para Yasuko e disse:

— Estas não lhe causam repulsa, certo?

Yasuko hesitou por um instante, mas depois agradeceu em voz baixa e recebeu as notas.

— Muito bem. Vejamos... — Ishigami se punha outra vez a vasculhar os bolsos do cadáver. Surgiu uma carteira do bolso da calça, contendo pouco dinheiro, carteira de motorista e recibo, entre outros itens. — Senhor Shinji Togashi... não é? Residente em Nishi-Shinjuku, bairro de Shinjuku. Seria seu endereço atual? — perguntou a Yasuko, após verificar a carteira, franzindo o cenho e inclinando a cabeça em dúvida.

— Não sei ao certo, mas acredito que não. Ao que parece, residiu por um tempo em Nishi-Shinjuku, porém, pelo que me disse, deu a entender que foi expulso do quarto onde morava, por não poder pagar o aluguel.

— A carteira foi renovada no ano passado. Então, ao que parece, ele encontrou outro lugar para morar, mas deixou de atualizar o endereço?

— Creio que tenha residido cá e lá, trocando de lugar com frequência. Não possuía emprego fixo, e assim, penso que não conseguia arrumar um bom quarto para morar.

— É o que está parecendo. — Ishigami examinava um recibo que dizia: "Ogiya — Aluguel de quartos". O valor constante era de 5.880 ienes por duas noites. Pela aparência, o regulamento exigia pagamento antecipado. Um pernoite custaria então 2.800 ienes, calculou Ishigami mentalmente.

Ele mostrou o recibo a Yasuko.

— Pelo visto, ele está hospedado aqui. Mas, se não fez o *check-out*, alguém da pousada vai abrir o quarto em breve. Constatará a ausência do hóspede e, quem sabe, notificará a polícia. Ou pode ser que deixem passar, para evitar complicações. Essas coisas devem acontecer com frequência, eis por que se pede pagamento antecipado. Mas é perigoso contar com isso.

Ishigami vasculhava ainda os bolsos do cadáver. Apareceu uma chave. Vinha com uma plaqueta redonda, na qual se via gravado o número 305. Yasuko observava a plaqueta com olhar perdido. Parecia não ter ideia alguma do que fazer a seguir.

Da sala contígua vinha um leve ruído de aspirador. Misato devia estar limpando desesperadamente o recinto. Com toda a certeza, procurava executar pelo menos o que lhe era possível, com o aspirador, em meio à incerteza do porvir em que se achava.

Cabia a ele proteger as mulheres, Ishigami renovava a consciência. Pois não haveria, para um homem desprovido de atrativos como ele, outra oportunidade de se relacionar intimamente, no futuro, com uma bela mulher. Absolutamente nenhuma. Era essa a hora de pôr em ação toda a sua inteligência e energia para impedir que a desgraça atingisse mãe e filha.

Ishigami olhou o rosto desse homem, agora um cadáver. A vida se apagara dele, mostrava-se vazio e inexpressivo. Contudo, aquele homem devia decerto ter pertencido à categoria dos belos, em sua mocidade, como era facilmente perceptível. Não, mesmo agora, teria com certeza cativado mulheres, mesmo com o excesso de peso próprio da idade.

Yasuko se apaixonara por um homem como aquele, pensou Ishigami. O ciúme se espalhava no peito feito espuma que estourava em pequenas bolhas. Ele meneou a cabeça, envergonhado.

— Essa pessoa possuía alguém íntimo, com quem costumava falar? — Ishigami retomava as perguntas.

— Não sei dizer. Havia tempos eu não o via, realmente.

— Ele teria algum compromisso para amanhã? Quem sabe um encontro com alguém?

— Não que eu saiba. Desculpe. Não estou ajudando, não é? — Yasuko se curvou, pesarosa.

— Não se aflija, eu só quis me certificar. É natural que não saiba, não se preocupe.

Com as mãos enluvadas, Ishigami agarrou o rosto do cadáver e examinou o interior da boca. Dava para ver ao fundo um molar com coroa de ouro.

— Hum, vestígios presentes de tratamento odontológico...

— Ele frequentava um dentista, quando esteve casado comigo.

— Há quanto tempo?

— Bem, nós nos separamos há cinco anos.

— Cinco anos, não é? — Então, pensou Ishigami, seria necessário supor que ainda restassem registros odontológicos. — Ele possuía antecedentes criminais?

— Penso que não. Mas não sei dizer se passou a ter depois que se separou de mim.

— Quer dizer, pode ser que possua...

— Sim...

Mesmo sem antecedentes criminais, pelo menos infrações de trânsito ele teria cometido, e então sua impressão digital poderia ter sido colhida. Ishigami não sabia dizer se uma investigação forense de acidente de trânsito chegaria a ponto de aferir a impressão digital do infrator, mas, por prudência, seria necessário ter em mente essa possibilidade.

Por melhor que se dispusesse do cadáver, ele seria algum dia identificado, sem nenhuma dúvida. Contudo, era necessário ganhar tempo. Não poderia deixar impressões digitais nem marcas de dente.

Yasuko suspirava. O suspiro exalava tensão sexual e sacudia a alma de Ishigami. Ele renovava sua decisão: não iria desapontá-la, de forma alguma. Enfrentava, sem dúvida, um problema de difícil solução. Se o cadáver fosse identificado, a polícia certamente viria procurar Yasuko.

Poderiam, ela e a filha, suportar o interrogatório insistente dos investigadores? Com apenas frágeis desculpas preparadas, o colapso adviria à primeira contradição, e elas acabariam por confessar toda a verdade.

Era necessário preparar uma lógica perfeita e uma defesa sem falhas. E imediatamente. Não se afobe, dizia ele consigo mesmo. Afobamento não levava a solução alguma. A equação decerto proporcionava uma solução.

Ishigami cerrou as pálpebras, como de praxe ao deparar com um problema complicado. Bastava isolar-se das informações do mundo exterior para que diversas fórmulas matemáticas começassem a surgir uma após outra em sua mente. No entanto, não eram fórmulas que lhe acudiam na mente nesse momento.

Instantes depois, ele abria os olhos. Conferia antes de tudo o despertador em cima da mesa. Já passava das oito e meia. Depois, voltou-se para Yasuko. Ela recuava, contendo a respiração.

— Me ajude a despi-lo.

— Como?

— Vamos despir esse homem. Não apenas a jaqueta, mas também o suéter e as calças. Depressa, senão a rigidez vai tomar conta do corpo. — Ishigami já tratava de pôr as mãos sobre a jaqueta enquanto falava.

— Oh, sim...

Yasuko começou a ajudá-lo, mas os seus dedos tremiam, talvez porque temesse tocar no cadáver.

— Está bem. Deixe que eu faço. A senhora vá ajudar sua filha.

— Desculpe... — Yasuko se levantou vagarosamente, cabisbaixa.

— Senhora Hanaoka! — Ishigami a chamou, pelas costas. E, quando ela se voltou, disse-lhe: — Vocês precisam de um álibi. Pense nisso.

— Um álibi? Mas não temos nenhum.

— Por isso mesmo, devemos criar um.

Ishigami pôs sobre os ombros a jaqueta retirada do cadáver.

— Acredite em mim. Siga a minha lógica, por favor.

3

— Gostaria de analisar cuidadosamente sua lógica algum dia — dizia Manabu Yukawa com o rosto apoiado sobre os cotovelos, para depois esboçar um bocejo propositalmente exagerado. Retirara seus óculos de aro metálico, depositando-os ao seu lado como quem diz: "Chega, não preciso mais deles."

O que provavelmente era verdade. Kusanagi mantinha os olhos fixos sobre o tabuleiro de xadrez à sua frente já por mais de vinte minutos, sem encontrar saída alguma. Não havia caminho de fuga possível ao seu rei, tampouco conseguia descobrir jeito para um ataque desesperado, como quando um rato parte para o tudo ou nada acossado pelo gato. Manobras diversas lhe vinham à cabeça, mas percebia que todas já estavam neutralizadas alguns lances adiante.

— O xadrez não condiz muito com o meu gênio — disse Kusanagi.

— Lá vem você de novo!

— Para começar, por que não posso reutilizar as pedras que conquistei do meu adversário? São troféus, não são? Então posso utilizá-las.

— De que adianta se queixar das regras do jogo? E mais, as pedras não são troféus de guerra. As pedras são guerreiros. Conquistá-las significa tirar-lhes a vida. Como quer empregar um guerreiro morto?

— No *shogi*, você pode.

— Rendo maior respeito à flexibilidade da pessoa que inventou o *shogi*. Suponho que a conquista de uma pedra em *shogi* não simbolize a morte de um guerreiro inimigo, mas, sim, a sua rendição. E, assim, pode ser reutilizado.

— Pois deveria ser assim também no xadrez.

— A traição vai contra o espírito do cavalheirismo. Mas por que não analisa logicamente o cenário da batalha, em vez de vir com esses argumentos ridículos? Você só pode mover uma pedra por vez. São muito poucas as pedras que você pode mover, e nenhuma delas impede o meu lance seguinte — se eu mover o cavalo, será xeque-mate.

— Ah, desisto. O xadrez não tem graça. — Kusanagi se espichava na cadeira.

Yukawa colocou os óculos e olhou o relógio da parede.

— Foram quarenta e dois minutos. A maior parte você gastou sozinho, pensando. Mas você consegue dispor de todo esse tempo, sem problemas? O seu chefe é exigente, não vai repreendê-lo?

— Acabei de solucionar um crime de assédio e assassinato. Mereço descansar um pouco, não? — Kusanagi estendia a mão à caneca suja. O café instantâneo que Yukawa lhe preparara já estava totalmente frio.

Além de Yukawa e Kusanagi, não havia mais ninguém no Laboratório 13 do Departamento de Física da Universidade de Teito. Os alunos estavam em aulas. Kusanagi, naturalmente, sabia disso, e escolhera aquele horário de propósito para dar uma passada por lá.

O celular de Kusanagi começou a tocar em seu bolso. Yukawa mostrou um sorriso irônico enquanto punha seu jaleco.

— Está vendo? Já estão chamando por você!

Kusanagi observava a tela do celular com uma carranca. Pelo jeito, Yukawa tinha razão. A chamada provinha de um investigador júnior do seu departamento.

A barragem do antigo rio Edo constituía o local do crime. Havia nas proximidades uma estação de tratamento de esgoto, e a província de Chiba se achava do outro lado do rio. Bem que poderia ter sido do outro lado, pensou Kusanagi, erguendo a gola do casaco.

O cadáver havia sido abandonado junto à barragem. Estava coberto por um plástico azul, provavelmente retirado de alguma obra. Fora descoberto por um senhor que praticava corrida. O homem vira algo semelhante a um pé humano saindo da borda do plástico e, com muito medo, o levantara, vagarosamente, para ver o que havia.

— O velhinho disse que tinha setenta e cinco anos? E neste frio ele ainda corria! Coitado, nessa idade, acabou topando com essa cena indigesta! Sinceramente, sinto pena dele.

Posto a par da situação pelo investigador júnior Kishitani, que ali chegara um passo antes dele, Kusanagi fez uma careta. O vento sacudia a barra do seu casaco.

— Já examinou o cadáver, Kishi?
— Examinei. — Kishitani retorcia pateticamente os lábios. — O chefe me advertiu, era para não deixar de examinar, com todo o cuidado.
— Como sempre faz. Ele mesmo não quer examinar.
— Senhor Kusanagi, e o senhor, não vai?
— Eu não. De que adianta ficar olhando coisas como essas?

Segundo Kishitani, o cadáver fora abandonado em condições deploráveis. Completamente nu, para começar, sem calçados nem meias. Além disso, com o rosto esmagado. Parecia uma melancia aberta, na expressão de Kishitani, e Kusanagi sentiu náuseas só em ouvi-la. Os dedos das mãos do cadáver haviam sido queimados, e as impressões digitais, completamente destruídas.

O cadáver era de um homem. Notavam-se no pescoço marcas de estrangulamento, e parecia não ter outros ferimentos aparentes além delas.

— Tomara que a perícia descubra alguma coisa — disse Kusanagi, caminhando pelo mato ao redor. Fingia procurar por evidências deixadas pelo criminoso, por causa dos circunstantes. Para falar a verdade, ele dependia dos peritos forenses. Não se acreditava muito capaz de descobrir algum vestígio valioso.

— Havia uma bicicleta abandonada por perto. Já a levaram para a delegacia de Edogawa.

— Bicicleta? Não se trata de lixo volumoso, que alguém abandonou?

— Pode ser, mas era nova. Apenas os pneus das duas rodas estavam estourados. Ao que parece, alguém abriu um furo neles com prego ou algo parecido.

— Hum... pertenceria à vítima?

— Não dá para dizer. Possuía número de registro, e assim, pode ser que se descubra o dono.

— Bom seria que fosse da vítima — disse Kusanagi. — Se não, vamos ter muito trabalho. É céu ou inferno.

— Será?

— É a primeira vez que você se defronta com um caso de um cadáver não identificado, Kishi?

— Por quê?

— Pois pense bem. Se o criminoso destruiu o rosto e as impressões digitais da vítima, o fez com a intenção de ocultar sua identidade, certo? Por outro ângulo, isso quer dizer que, se a identidade da vítima for descoberta, será fácil chegar ao criminoso. Podemos desvendar a identidade rapidamente? Aí está a encruzilhada do destino. Do nosso destino, claro.

Nesse ponto da conversa, o celular de Kishitani começou a tocar. Após trocar uma ou duas palavras ao telefone, disse ele a Kusanagi:

— É para irmos até a delegacia de Edogawa.

— Arre, salvos enfim! — Kusanagi se ergueu, batendo nas costas duas vezes.

Na delegacia, Mamiya se achegava ao aquecedor na sala dos investigadores. Ele era o líder da equipe de Kusanagi. Diversos homens cercavam-no, circulando atarefados. Pareciam ser investigadores. Ao que parece, estavam em preparativos para a instalação do Comando Central de Investigação.

— Veio hoje com seu próprio carro? — Mamiya perguntou assim que deparou com Kusanagi.

— Bem, sim. É meio difícil vir para cá de trem.

— Conhece bem esta região?

— Não muito bem, mas um pouco.

— Então não vai precisar de guia. Vá com Kishitani até aqui — falou, entregando-lhe uma anotação.

Havia nela um endereço em Shinozaki, distrito de Edogawa, e um nome, Yoko Yamabe, escritos em letras apressadas.

— De quem se trata?

— Já falou a ele sobre a bicicleta? — perguntou Mamiya a Kishitani.

— Já.
— A bicicleta encontrada perto do cadáver? — Kusanagi observou o rosto severo do chefe.
— Sim. Conferimos e encontramos uma notificação de furto. O número do registro bateu. Essa mulher é a proprietária. Já entramos em contato com ela. Vá vê-la agora mesmo e ouça o que ela tem a dizer.
— Descobriram alguma impressão digital na bicicleta?
— Não é da sua conta. Vá depressa.
Kusanagi e o novato deixaram às pressas a delegacia de Edogawa, como se impelidos pelo vozeirão de Mamiya.
— Que diabo, é uma bicicleta roubada! Como eu desconfiava! — dizia Kusanagi, esterçando a direção do seu carro de estimação — um Skyline preto, que usava havia quase oito anos.
— Teria sido abandonada pelo criminoso?
— Pode ser. Mesmo que fosse, não adianta muito falar com a dona. Está claro que ela não sabe quem a roubou. Bem, se ela souber ao menos onde foi roubada, será possível descobrir um pouco por onde o criminoso andou.
Com base na anotação e em um mapa, Kusanagi rodou pelas proximidades de Shinozaki, Quadra 2. Por fim, encontraram uma casa no endereço apontado. A placa da porta indicava Yamabe. Era uma residência ao estilo ocidental, de paredes brancas.
Yoko Yamabe, dona de casa, aparentava ter por volta de quarenta e cinco anos. Já aguardava a chegada dos investigadores e, assim, se achava caprichosamente maquiada.
— Acho que não tem erro. É a nossa bicicleta — afirmava convicta, observando a fotografia que Kusanagi lhe

estendia. A fotografia, obtida por empréstimo da perícia forense, mostrava a bicicleta.

— Agradeceríamos se pudesse comparecer à delegacia para certificar-se junto a ela.

— Não me importo, mas vocês vão me devolver a bicicleta, não?

— Sim, claro. Só que temos ainda alguns exames a realizar. Entregaremos quando terminarem.

— Não demorem muito, pois ela me faz muita falta, até para ir ao supermercado.

Yoko Yamabe franzia o cenho, insatisfeita. Parecia até culpar a polícia pelo roubo. Não devia saber ainda que a bicicleta estava envolvida em um crime de morte. Se soubesse, com certeza perderia a vontade de voltar a usá-la. E se vier a saber que os pneus estão estourados, vai ver pedirá até indenização, pensou Kusanagi.

Segundo essa senhora, a bicicleta lhe fora furtada no dia anterior, isto é, em 10 de março, entre as onze da manhã e as dez horas da noite. Marcara encontro com amigas em Ginza e com elas participara de compras e refeições. Ao que parece, retornara à estação Shinozaki após as dez da noite. Apanhara um ônibus para voltar para casa, já que não havia outro jeito.

— Deixou a bicicleta no estacionamento?

— Não, deixei-a na rua.

— Travada a chave, suponho.

— Foi o que fiz. Presa com uma corrente ao corrimão da calçada.

Kusanagi não ouvira falar de nenhuma corrente encontrada no local. Depois disso, ele se dirigiu primeiro à estação Shinozaki, levando Yoko Yamabe. Queria inspecionar o local da ocorrência do roubo.

— Foi mais ou menos por aqui — ela indicava um ponto na rua afastado cerca de vinte metros do supermercado em frente à estação. Havia ainda no momento uma fila de bicicletas ali.

Kusanagi perscrutou os arredores. Viam-se por perto uma agência bancária e uma livraria. O local devia estar cheio de transeuntes durante o dia e ao cair da tarde. Procedendo com agilidade, talvez não fosse difícil ao gatuno, nessas horas, cortar rapidamente a corrente e levar a bicicleta como sua. Contudo, o mais provável é que o roubo tenha sido executado mais tarde, com a rua já deserta.

A seguir, Yoko Yamabe os acompanhou até a delegacia de Edogawa, para examinar *in loco* a bicicleta.

— Mas que azar! Eu comprei essa bicicleta faz pouco tempo, ainda no mês passado! Por isso perdi a cabeça quando percebi o roubo e corri até o posto de polícia em frente à estação para dar queixa, antes de tomar o ônibus e voltar — disse ela, do banco traseiro do carro.

— E conseguiu se lembrar do número de registro da bicicleta?

— Pois acabei de comprá-la, a cópia do registro ainda estava guardada em casa. Liguei para minha filha e ela me passou o número.

— Certo.

— Ah, não importa. Afinal, o que está acontecendo? Estou envolvida em algum crime? A pessoa que me contatou pelo telefone não quis me dizer e me deixou preocupada desde então!

— Bem, ainda não sabemos se foi crime. Nós também não conhecemos os detalhes.

— É mesmo? Hum... Os policiais são muito reservados, não?

Kishitani continha o riso no assento ao lado do motorista. Kusanagi se felicitava. Por sorte, pudera visitar essa mulher naquele dia. Tivesse sido após o incidente se tornar público, teria sido, ao contrário, bombardeado de perguntas por ela, com certeza.

Ao ver a bicicleta na delegacia, Yoko Yamabe afirmou categoricamente que era a sua. Reparou também nos pneus estourados e nos arranhões que apresentava, e perguntou a Kusanagi a quem deveria pedir ressarcimento pelos danos.

Com relação à bicicleta propriamente, diversas impressões digitais foram colhidas, tanto no guidão como no quadro e no selim. Quanto a outras evidências além da bicicleta, foram encontradas peças de roupas, aparentemente utilizadas pela vítima: blusão, suéter, calças, meias e roupas de baixo. O criminoso ateara fogo nelas e se retirara do local, mas era de se deduzir, pelas circunstâncias, que o fogo se apagara de forma natural antes de consumi-las como se esperava.

Ninguém na Central de Investigação sugeriu investigar essas roupas a partir do fabricante, mesmo porque todas elas eram evidentemente vulgares, encontradiças em grande quantidade em qualquer lugar. Em vez disso, produziu-se uma ilustração do aspecto da vítima antes de ser assassinada, baseada nessa roupagem e na compleição física do cadáver. De posse da ilustração, parte dos investigadores inquiria pessoas pelas cercanias da estação Shinozaki, sem, contudo, colher resultados aproveitáveis.

A ilustração, divulgada em noticiário da imprensa, rendia uma montanha de informações, mas nada que tivesse alguma relação com o cadáver encontrado à margem do antigo rio Edo. A lista de pessoas desaparecidas e com pedidos de procura registrados na polícia era minuciosamente examinada, não revelando, porém, correspondência alguma com a vítima.

Decidiu-se então investigar, a partir do distrito de Edogawa, se não houve homens solitários que deixaram de ser vistos recentemente, ou hóspedes de hotéis e albergues desaparecidos de uma hora para outra. Isso levou os investigadores a se debruçarem sobre uma informação. Um hóspede desaparecera de uma certa pensão que dispunha de quartos para alugar — a Pensão Ogiya, em Kameido. O fato viera à tona em 11 de março, ou seja, no dia em que o cadáver fora descoberto. Ultrapassada a hora do *check-out,* um funcionário fora ver o que acontecia e nada encontrara no quarto senão algumas poucas bagagens. O administrador não dera parte à polícia, já que tinha recebido pagamento antecipado do hóspede.

Impressões digitais e fios de cabelo foram então colhidos imediatamente do quarto e dos pertences do hóspede. Os fios de cabelo coincidiam perfeitamente com os do cadáver, e uma das impressões digitais colhidas da bicicleta correspondia àquelas deixadas no quarto e nas bagagens.

O hóspede se registrara na pensão como Shinji Togashi, residente em Nishi-Shinjuku, distrito de Shinjuku.

4

Da estação Morishita do metrô, andaram em direção à ponte Shin-Ohashi e dobraram à direita em uma ruela estreita. Via-se uma fileira de casas populares, intercalada aqui e ali por pequenas lojas, quase todas elas com certo aspecto de comércio já bem antigo. Fosse em outras áreas, quem sabe teriam sido erradicadas por supermercados ou mercados, mas, ali, elas conseguiam sobreviver obstinadamente. É o que há de bom na cidade baixa, pensou Kusanagi. Já passava das oito da noite. Cruzaram com uma senhora. Levava nas mãos uma bacia. Devia haver nas proximidades um banho público.

— Bem servido em matéria de transporte público e facilidades para compras. Bom lugar para se viver, não acha? — dizia Kishitani ao companheiro ao lado, como se murmurasse.

— O que quer dizer?

— Oh, nada especial. Apenas pensei que, aqui, uma mãe poderia ter uma vida boa, mesmo sozinha com uma filha.

— Tem razão.

Kusanagi compreendia, por dois motivos. Um, porque estavam para visitar uma mulher que vivia sozinha com a filha, e outro, porque a própria família de Kishitani se constituía dele e da mãe.

Kusanagi caminhava conferindo o endereço que tinha no memorando em suas mãos com as indicações das placas nos postes. Já deviam estar próximos ao apartamento que procuravam. O nome que constava no memorando era Yasuko Hanaoka.

O endereço registrado na pensão pelo morto Shinji Togashi não fora fictício. Constava realmente do seu certificado de residência, mas ele não residia mais ali.

A identificação do cadáver fora divulgada na televisão e nos jornais, acompanhada da solicitação, a quem o conhecesse, para se apresentar à delegacia de polícia mais próxima. No entanto, não proporcionara praticamente nenhuma informação adicional.

O local onde Togashi trabalhara havia sido descoberto a partir dos registros da imobiliária que lhe alugava o quarto. Era uma agência de venda de carros usados, em Ogikubo, porém ele não se fixara no emprego por muito tempo. Pedira demissão em menos de um ano.

A partir dessa informação, o currículo de Togashi acabava aos poucos esclarecido pela equipe de investigação. Descobriu-se que ele havia sido anteriormente vendedor de automóveis importados de alta classe, mas desviara dinheiro da agência e, descoberto, fora demitido. Contudo, não houve denúncia, e o fato só chegou ao conhecimento da polícia por um investigador, durante um inquérito. A agência existia de fato, entretanto declarava que ninguém mais conhecia em detalhes o que acontecera na época. Assim se desculpava.

Togashi era casado à época. Aqueles que o conheciam diziam que ele costumava importunar a mulher mesmo depois que o casal se separou. A mulher tinha uma filha. A equipe de investigação descobrira sem dificuldades o endereço para onde as duas se mudaram. Assim, em pouco tempo, já sabiam o paradeiro de Yasuko Hanaoka e Misato, mãe e filha: Morishita, distrito de Koto, local para onde Kusanagi e Kishitani se dirigiam naquele momento.

— Missão desagradável, não acha? Puxamos o menor palito. — disse Kishitani entre suspiros.

— Como assim? Então participar comigo de um inquérito é má sorte?

— Não me entenda mal. Só estou dizendo que detesto perturbar a vida pacífica de uma mãe e sua filha.

— Se elas nada têm a ver com o crime, não serão perturbadas.

— É mesmo? Ao que parece, Togashi foi um péssimo marido e mau pai. Elas não gostariam nem mesmo de se recordar dele.

— Então seremos bem recebidos, pois vamos informá-las de que esse malvado morreu. Mas, de qualquer forma, não faça essa cara desanimada. Fico até deprimido. Ah, parece ser aqui. — Kusanagi parou diante de um prédio velho de apartamentos.

O prédio se mostrava cinzento e sujo. Viam-se marcas de reparos na parede. Possuía apenas dois pisos, com quatro apartamentos cada, apenas a metade deles com luz acesa.

— Apartamento 204. Quer dizer que é no piso superior. — Kusanagi se pôs a subir as escadas. Kishitani o seguiu.

Depois da escada, o apartamento se achava bem ao fundo. Havia luz na janela ao lado da porta. Kusanagi ficou aliviado. Precisariam retornar se não houvesse ninguém no apartamento. Não haviam agendado previamente a visita.

Tocaram a campainha da entrada. De imediato, alguém se moveu no interior. A chave foi girada e a porta se entreabriu, com a corrente ainda travada. Nada mais natural que tomassem um cuidado como esse, pois viviam sozinhas.

Da fresta da porta, uma mulher os observava com desconfiança, uma mulher de cabeça pequena e impressivos olhos negros. Aparentava possuir menos de trinta anos de idade, mas Kusanagi percebeu que a obscuridade poderia ser a causa dessa impressão. A mão que segurava a maçaneta da porta era a mão de uma dona de casa.

— Desculpe, falo com a senhora Yasuko Hanaoka? — Kusanagi se empenhou em mostrar delicadeza, tanto na fala quanto no semblante.

— Sim — disse ela, voltando-lhes um olhar intranquilo.

— Nós somos da polícia. Temos uma informação para a senhora. — Kusanagi retirou do bolso sua caderneta de policial e mostrou a página da fotografia a ela. A seu lado, Kishitani fez o mesmo.

— A polícia... — Yasuko arregalou os olhos, movendo suas grandes pupilas negras.

— Podemos entrar um pouco?

— Ah, sim. — Yasuko Hanaoka fechou uma vez a porta para depois destravar a corrente e escancará-la. — E... de que se trata?

Kusanagi deu um passo à frente, para dentro da porta. Kishitani o seguia.

— A senhora conhece Shinji Togashi, não?

Kusanagi não deixou de notar que Yasuko endureceu sutilmente o rosto, talvez porque ouvira de súbito o nome do ex-marido. Devia ser isso, pensou.

— É meu ex-marido... ele fez alguma coisa?

Pelo visto, não sabia ainda que fora assassinado. Não assistira ao noticiário da televisão nem lera os jornais. Na verdade, a imprensa não dera muita ênfase ao caso, e não era de se estranhar que ela o ignorasse.

— Pois é ... — Kusanagi se punha a falar quando o *fusuma* ao fundo lhe chamou a atenção. Estava bem fechado.
— Tem alguém lá dentro? — perguntou.
— Sim, a minha filha.
— Ah, certo. — Havia um par de tênis bem arrumado à entrada. Kusanagi baixou a voz: — O senhor Togashi faleceu.

Os lábios de Yasuko se cristalizaram, em formato de um "oh!" silencioso. Contudo, seu rosto não se alterou muito além disso.
— Como? O que aconteceu?
— Encontramos seu corpo na ribanceira do antigo rio Edo. Suspeitamos que tenha sido assassinado, mas não temos ainda como saber ao certo o que aconteceu. — Kusanagi entrou direto no assunto. Assim, poderia inquiri-la sem rodeios.

Nesse ponto, Yasuko se mostrou pela primeira vez perturbada. Atônita, ela abanou de leve a cabeça.
— Mas por quê? Por que isso?
— É o que estamos investigando agora. Ao que parece, o senhor Togashi não possuía parentes, e é por isso que viemos conversar com a senhora, que já foi casada com ele. Perdoe-nos por essa visita inoportuna à noite. — Kusanagi se curvou.
— Entendo. — Yasuko baixou o olhar, levando a mão à boca.

Kusanagi se preocupava com o *fusuma* no fundo da sala, que permanecia fechado. Perguntava-se se, por trás dele, a filha poderia ouvir sua conversa com a mãe. E, se estivesse ouvindo agora, como estaria ela absorvendo a notícia da morte do padrasto.

— A senhora nos perdoe, mas fizemos algumas pesquisas. A senhora se divorciou do senhor Togashi há cinco anos, não é? Costumava encontrar-se com ele depois disso?

Yasuko fez que não com a cabeça.

— Quase nunca. — Quase nunca não era o mesmo que nunca. — A última vez foi há muito tempo. No ano passado, talvez no retrasado...

— Ele não fez contato com a senhora? Telefone, ou carta...

— Não. — Yasuko abanou fortemente a cabeça dessa vez.

Kusanagi assentiu e observou casualmente o interior da sala — uma sala japonesa de seis tatames, antiga, porém limpa e bem-arrumada. Laranjas haviam sido dispostas sobre o aquecedor doméstico. Uma raquete de badminton encostada à parede lhe despertou saudades da sua época de estudante universitário, quando fora também desportista.

— Consideramos que a morte do senhor Togashi tenha ocorrido na noite do dia 10 de março — disse Kusanagi. — A senhora teria algo a dizer a respeito desse dia, bem como do local do crime, a ribanceira do antigo rio Edo? Se te ocorrer algo, mesmo que seja um pequeno detalhe...

— Não me lembro de nada. Para nós, esse dia nada tem de especial, nem sabemos o que ele andava fazendo então...

— Certo.

Yasuko se mostrava claramente incomodada. Era normal, pois nenhuma mulher gostaria de ser indagada sobre o marido do qual se divorciara. Kusanagi não sabia dizer ainda se ela teria participado do crime. Poderiam encerrar o inquérito a essa altura por hoje. Contudo, restava verificar um ponto.

— A senhora se encontrava em sua casa no dia 10 de março? — perguntou, guardando a carteira de policial no bolso, em movimento estudado, para dar a impressão de que a pergunta fora apenas casual, de passagem.

Entretanto, seus esforços não surtiram efeito, pois Yasuko franziu o cenho, manifestando desagrado.

— Será necessário detalhar com clareza o que fiz nesse dia?

Kusanagi esboçou um sorriso.

— Não precisa exagerar. Naturalmente, se a senhora puder detalhar, nos ajudaria muito.

— Espere então um momento.

Yasuko se voltou a uma parede fora de vista para Kusanagi e seu parceiro. Com certeza, consultava um calendário ali disposto. Ele gostaria de vê-lo também, se constassem nele anotações de agenda, mas se conteve.

— No dia 10 trabalhei desde a manhã, depois saí com minha filha — respondeu Yasuko.

— Para onde?

— Fui à noite ao cinema, em Rakutenchi, Kinshicho.

— Saíram a que horas? Pode ser mais ou menos. E se puder me dizer a que filme assistiram, ficaria grato.

— Saímos às seis e meia, aproximadamente. O filme...

Kusanagi conhecia esse filme. Integrava uma série popular produzida em Hollywood, e a terceira parte estava atualmente em exibição.

— E regressaram imediatamente após o filme?

— Jantamos em uma casa de *ramen*, no mesmo prédio do cinema, e depois fomos ao karaokê.

— Karaokê? Talvez um karaokê box?

— Sim, por insistência da minha filha.

— Ah... Costumam frequentá-lo, as duas juntas?
— Uma vez por mês, ou a cada dois meses.
— Quanto tempo permaneceram?
— Costumamos ficar em torno de uma hora e meia, sempre. Senão, chegamos em casa muito tarde.
— Assistiram a um filme, jantaram, foram ao karaokê... E então regressaram...
— Depois das onze horas, acredito. Não me recordo da hora exata.

Kusanagi assentiu com a cabeça, mas algo o deixou insatisfeito, não sabia direito por quê.

Agradeceram e deixaram o apartamento, tendo antes checado o nome do karaokê.

— Parece que não estão implicadas — disse Kishitani em voz baixa, ao se afastarem do apartamento 204.
— Não dá para dizer ainda.
— Mãe e filha no karaokê, que beleza! Dá a impressão de que se dão muito bem. — Aparentemente, Kishitani não se mostrava muito propenso a suspeitar de Yasuko Hanaoka.

Um homem vinha subindo pela escada. Era corpulento e aparentava meia-idade. Kusanagi e seu parceiro estacaram para deixá-lo passar. O homem girou a chave na porta do apartamento 203 e entrou.

Kusanagi e Kishitani se entreolharam e voltaram seus passos. A placa de identificação na porta trazia o nome Ishigami. Tocaram a campainha. O homem os atendeu. Acabara de tirar o paletó e se apresentava na porta apenas com um pulôver sobre as calças.

Com rosto apático, o homem os encarou alternadamente. Era de se esperar que se mostrasse desconfiado ou precavido, mas nem isso se percebia naquela fisionomia. Kusanagi estranhou.

— Desculpe incomodá-lo a esta hora da noite. Poderia colaborar um pouco conosco? — Kusanagi mostrou a caderneta da polícia, com um sorriso insinuante.

Contudo, o homem não moveu sequer um músculo da face. Kusanagi se adiantou um passo.

— Bastam alguns poucos minutos. Queríamos ouvi-lo.

Quiçá não tenha visto a caderneta, pensou, e levou-a novamente bem ao nariz do homem.

— De que se trata? — perguntou, sem mesmo olhar para a caderneta. Parecia já saber que eram investigadores.

Kusanagi retirou do bolso interno do seu paletó uma fotografia. Ela mostrava Togashi na época em que trabalhava na agência de carros usados.

— É uma fotografia um pouco antiga. O senhor teria visto recentemente alguma pessoa parecida com esta?

O homem examinou-a detidamente e, depois, ergueu o rosto encarando Kusanagi.

— Não o conheço.

— Sim, claro. Por isso te pergunto se não viu alguém parecido com ele.

— Onde?

— Ah, aqui por perto, por exemplo.

O homem franziu as sobrancelhas para derrubar outra vez o olhar sobre a fotografia. Isso não vai dar em nada, pensou Kusanagi.

— Não sei dizer — disse ele. — Não me recordo de pessoas que apenas cruzaram comigo na rua.

— Certo.

Kusanagi se arrependeu. Havia sido um erro inquirir esse homem.

— O senhor costuma voltar sempre a esta hora?

— Não, depende do dia. Às vezes, as atividades do clube me prendem e volto mais tarde.

— Clube?

— Sim, sou supervisor do clube de judô. É da minha responsabilidade trancar as portas do dojô.

— Então é professor?

— Sim, professor de colégio. — E o homem citou o nome do estabelecimento.

— Não diga! Então deve estar cansado, desculpe tê-lo incomodado. — Curvou-se e só então percebeu a pilha de livros didáticos de matemática empilhados de um lado, no vestíbulo. Arre, é professor de matemática, pensou com desgosto. Essa matéria fora para ele a mais espinhosa entre todas, na escola.

— Senhor... Seu nome se pronuncia *I-shi-ga-mi*? É como posso ler, na placa?

— Sim, Ishigami.

— Então, senhor Ishigami. Como foi o dia 10 de março, para o senhor? Voltou a que horas?

— Dez de março? Aconteceu alguma coisa nesse dia?

— Não, nada a ver com o senhor, senhor Ishigami. Nós só estamos colhendo informações desse dia.

— Ah, certo. Dez de março, não é? — Seu olhar se fez uma vez distante, para logo depois retornar a Kusanagi. — Creio que voltei cedo nesse dia. Acredito que estava em casa já às sete horas, mais ou menos.

— E como se achava o apartamento ao lado nessa hora?

— Apartamento ao lado?

— Sim, o apartamento da senhora Hanaoka.
— Aconteceu algo com ela?
— Não, nada por enquanto. Por isso estamos colhendo informações.

A conjectura subiu ao rosto de Ishigami. Com certeza, divagava a respeito da mãe e da filha que residiam ao lado. Pelo estado da sala diante deles, Kusanagi deduziu que o homem devia ser solteiro.

— Não me recordo bem, mas não creio que tenha reparado em algo particularmente estranho — respondeu Ishigami.
— Não ouviu ruídos, ou vozes?
— Sei lá... — Ishigami se torceu em dúvida. — Não percebi.
— Está bem. Mantém amizade com a senhora Hanaoka?
— Somos vizinhos. Sempre a cumprimento quando a vejo.
— Entendido. Perdoe-nos por perturbá-lo quando ia descansar.
— Tudo bem. — Ishigami curvou-se e, nessa postura, estendeu a mão à parte interna da porta, onde havia uma caixa de correio. Kusanagi reparou por acaso no que ele apanhara e arregalou os olhos. Notara, entre a correspondência, um impresso da Universidade de Teito.

— Ah — interpelou Kusanagi, com alguma hesitação. — Por acaso o professor se formou na Universidade de Teito?
— Sim, sem dúvida, mas... — Surpreso, Ishigami abriu um pouco os olhos estreitos. No entanto, logo se deu conta da correspondência que segurava. — Oh, isto aqui? É um boletim da Associação de Ex-Alunos da Universidade. Por quê?

— Por nada. É que tenho um amigo que se formou na Universidade de Teito.

— É mesmo?

— Bem, me perdoe a indiscrição. — Kusanagi curvou-se e deixou em seguida o apartamento.

— A Universidade de Teito foi onde o senhor se formou, não foi? Por que não disse logo a ele? — perguntou Kishitani, já longe do apartamento.

— Ah, senti que ele não ia gostar. Com certeza, ele pertenceu à área de ciências exatas.

— Então o senhor é mais um que sente complexo por ciências e matemática! — sorriu Kishitani irônico.

— Pois é, um amigo próximo me fez assim. — O rosto de Manabu Yukawa lhe surgiu à memória.

Ishigami deixou o apartamento após aguardar por mais de dez minutos a retirada dos investigadores. Lançando um rápido olhar ao apartamento vizinho, constatou que havia luz na janela do 204 e desceu pela escada.

Precisava caminhar ainda quase dez minutos até um discreto telefone público. Ele possuía celular, e havia telefone fixo em sua residência, instalado antes mesmo de comprar o celular. Mas não devia utilizá-los.

Enquanto caminhava, ruminava a conversa mantida com os investigadores. Estava certo de que não lhes fornecera pista alguma que os levasse a perceber suas ligações com o crime. Contudo, não podia descartar o improvável. A polícia certamente levaria em consideração o imprescindível auxílio masculino para lidar com o cadáver. Por essa razão, haveria de procurar freneticamente por um homem próximo a Yasuko e à filha, capaz de sujar as mãos em um crime por elas. Então, era bem possível que ficassem de olho em um professor de matemática chamado Ishigami só pelo fato de ele residir no apartamento ao lado.

Sendo assim, deveria de agora em diante evitar encontros com elas e, sobretudo, visitas em seu apartamento. Por esse mesmo motivo, deixava de telefonar do seu apartamento. Havia o risco de a polícia descobrir, pelo registro telefônico, ligações frequentes para Yasuko Hanaoka.

Quanto ao Benten-tei, não chegara ainda a uma conclusão. À primeira vista, seria melhor deixar de frequentá-lo por um bom tempo. Mas, de qualquer forma, a polícia acabaria indo até lá para investigar. E então poderia acabar descobrindo, por intermédio dos que lá trabalhavam, que um professor de matemática, vizinho de Yasuko Hanaoka, teria vindo quase todos os dias comprar bentô na loja. Nesse caso, talvez despertasse maior suspeita se deixasse de repente de aparecer logo após o crime. Quem sabe fosse melhor continuar frequentando-o do mesmo jeito.

Ishigami não se sentia confiante em poder apresentar a melhor solução lógica para esse problema. Ele próprio sabia que, no íntimo, queria continuar frequentando o Benten-tei assim como fizera até agora. Isso porque a loja era seu único ponto de encontro com Yasuko Hanaoka. Se não fosse até lá, perderia todo o contato com ela.

Mas chegou, enfim, ao telefone público e introduziu o cartão no aparelho. Um cartão onde se via estampada a fotografia de um bebê, filho de um professor que era seu colega. O número discado era o do celular de Yasuko. Temia que a polícia tivesse instalado um aparelho de escuta no telefone fixo da residência dela. A polícia declarava que não realizava escuta telefônica de cidadãos, mas ele não acreditava.

— Alô — a voz era de Yasuko. Já lhe havia dito que telefonaria sempre de um telefone público.

— É Ishigami.

— Oh, pois não.

— Os investigadores vieram agora pouco em casa. Acredito que tenham ido aí também.

— Sim, estiveram agora há pouco.

— O que foi que eles perguntaram?

Ishigami processava, analisava e memorizava todo o conteúdo da conversa com Yasuko. Nesse estágio, a polícia parecia ainda não desconfiar particularmente de Yasuko. Investigara o álibi dela, mas por rotina. E procuraria confirmá-lo, quem sabe, se houvesse algum investigador disponível. Nada além disso.

Entretanto, se chegassem a descobrir por onde Togashi andara, e que ele se encontrara com Yasuko, os investigadores, alvoroçados, se lançariam sobre ela. Iriam com certeza cobrar explicações quanto à sua declaração de que não o vira recentemente. Já a instruíra sobre como se defender, nesse caso.

— Os investigadores falaram com sua filha?

— Não, ela permaneceu no quarto.

— Muito bem. Mas acredito que também vão querer falar com ela algum dia. Já a orientou sobre como agir nessa hora?

— Sim, eu expliquei a ela direitinho. Ela própria me assegurou de que não falharia.

— Eu insisto, não é necessário encenar. Basta responder mecanicamente apenas ao que perguntarem.

— Certo, direi isso também a ela.

— E outra coisa, a senhora mostrou a eles o canhoto do bilhete do cinema?

— Hoje não. O senhor me disse que não seria necessário enquanto não pedissem.

— Está bem assim. E onde guardou o canhoto?

— Deixei na gaveta.

— Guarde-o dentro do catálogo do filme. Ninguém guarda preciosamente um canhoto de bilhete de cinema. Se estiver na gaveta, eles vão suspeitar.

— Verdade.

— Mudando de assunto... — Ishigami engolia saliva. Empunhou o fone com força. — O pessoal do Benten-tei sabe que eu compro bentô lá com frequência?

— Como? — Surpresa com a pergunta, Yasuko se atrapalhava.

— Quero te perguntar, em outras palavras, o que o pessoal pensa ao ver o seu vizinho aparecer com frequência na loja, para comprar bentô. Isso é importante, e gostaria que me respondesse com honestidade.

— Ah, sim. Sobre isso, até o nosso chefe se sente grato pela preferência.

— Ele sabe que sou seu vizinho?

— Sim... ahn, isso não é bom?

— Não, não se preocupe. Eu vou pensar sobre isso. Te peço apenas para proceder conforme combinamos, está bem?

— Sim.

— Então, até outra hora. — Ishigami se preparava para largar o fone.

— Oh, senhor Ishigami! Alô! — Yasuko o deteve.

— Alguma coisa?

— Olhe, muito obrigada por tudo! Me sinto em dívida com o senhor!

— Ora, por nada! Até logo, então — Ishigami desligou.

O sangue se agitou em suas veias por todo o corpo às últimas palavras de Yasuko, e Ishigami enrubesceu. O vento frio lhe agradava. Até suava sob as axilas.

Voltou para casa envolto em um clima de felicidade. Isso, no entanto, não durou muito tempo. O motivo era o Bentei-ten. Percebeu que havia cometido um único engano junto aos investigadores. Indagado sobre suas relações com Yasuko Hanaoka, havia respondido que se limitavam a troca de cumprimentos. Porém devia ter acrescentado que costumava comprar bentô na loja onde ela trabalhava.

— Conferiu o álibi de Yasuko Hanaoka? — perguntou Mamiya enquanto cortava as unhas, tendo convocado Kusanagi e Kishitani à sua presença.

— No que diz respeito ao karaokê box, pudemos conferir — respondeu Kusanagi. — O atendente as conhecia de vista e se recordava delas. Havia registros, inclusive. Cantaram durante uma hora e meia, desde as nove e quarenta da noite.

— Antes disso?

— Presume-se que o filme a que assistiram, pelo horário, deva ter começado às sete horas em ponto, para terminar às nove e dez. Foram depois comer *ramen*, e assim a declaração é coerente — reportou Kusanagi, conferindo as anotações na caderneta.

— Não estou te perguntando se a conversa é coerente ou não. A pergunta é se vocês foram conferir o álibi.

Kusanagi fechou a caderneta e encolheu os ombros.
— Não fomos.
— E vocês se contentam com isso? — Mamiya ergueu os olhos a eles, com severidade.
— Mas, chefe, cinemas e casas de *ramen* são alguns dos piores ambientes para se conferir um álibi, o senhor mesmo sabe disso!

Mamiya jogou um cartão de visitas sobre a mesa enquanto ouvia as queixas de Kusanagi. Lia-se "Clube Marian", impresso nele. O endereço era de Kinshicho.

— O que é isso?
— A casa noturna onde Yasuko trabalhava antigamente. Togashi deu as caras lá no dia 5 de março.
— Cinco dias antes de ser morto... não é?
— Esteve lá querendo saber isso e aquilo sobre Yasuko, e foi embora. Se ouviram o que eu disse, já deviam saber o que quero, mesmo lerdos como são. — Mamiya apontou o dedo para além das costas de ambos. — Vão verificar esse álibi já! E, se não podem, procurem Yasuko! Agora!

5

Uma haste de cerca de trinta centímetros, plantada verticalmente em uma caixa quadrada. E uma argola de alguns centímetros de diâmetro enfiada nela. Dir-se-ia um brinquedo de jogo de argolas. A diferença, porém, estava no cabo de força com interruptor que saía da caixa.

— Que diabo é isso? — disse Kusanagi olhando para o artefato.

— Melhor não tocar — advertiu Kishitani ao seu lado.

— Nada! Se fosse perigoso, ele não deixaria assim largado. — Kusanagi ligou o interruptor. Nisso, a argola enfiada na haste flutuou no ar.

Kusanagi recuou assustado. A argola balançava no ar.

— Experimente forçar a argola para baixo — disse uma voz às suas costas.

Kusanagi se voltou quando Yukawa entrava no recinto carregando livros e arquivos.

— Olá, estava em aula? — falou Kusanagi enquanto pressionava a argola com a ponta dos dedos, como sugerido. Mas recolheu a mão imediatamente. — Uau! Uau! Diabo, isso queima!

— Não costumo largar por aí objetos perigosos ao toque, mas isso vale para aqueles que possuem um mínimo de domínio da física, de quem se mete a tocar.

Yukawa se aproximou e desligou o interruptor.

— Isto aqui é um dispositivo de experiência de física de nível colegial.

— Eu não optei por física no colégio! — Kusanagi soprou a ponta dos dedos. Ao seu lado, Kishitani disfarçou o riso.

— E esse rapaz? Eu o conheço? — perguntou Yukawa, examinando Kishitani, que, ao retomar a seriedade, se ergueu para se curvar.

— Meu nome é Kishitani. Tenho a honra de trabalhar com o senhor Kusanagi. Falam muito sobre o senhor, professor Yukawa, e, ao que parece, o senhor tem nos ajudado nas investigações várias vezes. No nosso departamento, o professor Galileu é muito famoso.

Yukawa abanou a mão, de cenho carregado.

— Ora, não me chame por esse apelido. Ajudei, mas não porque quis. Não suportava ouvir o raciocínio sem lógica alguma desse homem e acabei dando palpites, por pura compaixão. E se você continuar trabalhando com ele, corre o risco de contrair a esclerose cerebral dele.

Sem poder se conter, Kishitani explodiu em risos. Kusanagi fechou-lhe uma carranca.

— Ah, que engraçado!... E você, Yukawa, diz isso, mas também se divertiu resolvendo mistérios!

— Me diverti coisa nenhuma! Perdi tempo por sua causa, e algumas vezes você até me atrapalhou nas minhas teses! Ei, não me diga que me veio hoje com outra complicação!

— Não se preocupe. Hoje vou te livrar disso. Passava por perto e resolvi dar uma chegada.

— Ainda bem, fico tranquilo.

Yukawa foi à pia e encheu o bule de água, que pôs em seguida sobre o fogão a gás. Pelo jeito, pretendia preparar o café instantâneo, como de costume.

— E o incidente do cadáver no antigo rio Edo, já foi resolvido? — perguntou Yukawa, misturando na xícara o café instantâneo.

— Como soube que nós estamos trabalhando nesse caso?

— É só raciocinar um pouco. Esse crime foi divulgado pelo noticiário da televisão na mesma noite daquele dia em que você foi convocado a voltar daqui à delegacia. Presumo, dessa sua cara desanimada, que a investigação ande enrolada...

Kusanagi crispou o semblante e coçou o nariz.

— Bem, não de todo enrolada. Já temos alguns suspeitos. Ela está apenas começando.

— Ah, suspeitos! — murmurrou Yukawa sem demonstrar muito interesse.

Kishitani interveio:

— A mim não me parece que estamos no caminho certo.

— Ah, então você tem objeções quanto à diretriz da investigação — Kusanagi se voltou para ele.

— Não diria objeções, mas...

— Não fale bobagem! — disse Kusanagi com uma carranca.

— Desculpe.

— Não precisa desculpar-se. É apenas natural você ter opinião própria, mesmo cumprindo ordens. Sem isso, a racionalização não progride — interpôs Yukawa.

Kusanagi, porém, se mostrou insatisfeito:

— Não é por essa razão que ele aponta defeitos nas diretrizes da investigação. Ele só quer proteger um suspeito que nos chama a atenção.

— Oh, não — gaguejou Kishitani — Não se trata disso...

— Se quer saber, eu também não quero suspeitar delas.

— Parece complicado, não? — sorriu Yukawa maliciosamente, observando os dois.

— Não é particularmente complicado. Pouco antes da ocorrência, a vítima procurava o paradeiro da mulher de quem se divorciou no passado. Por isso decidimos checar, entre outras coisas, o álibi dela.

— Sei. E ela possui álibi?

— Bem, a questão é essa. — Kusanagi coçou a cabeça.

— Ah, vejo que está inseguro! — Yukawa se levantou rindo. O bule fumegava. — Vocês querem café?

— Aceito.

— Eu dispenso, obrigado. Aquele álibi me intriga...

— Não creio que elas estejam mentindo.

— Não afirme sem provas. Ainda nem pudemos checar.

— Ah, mas o senhor mesmo disse ao chefe que é impossível checar álibi em cinemas e casas de *ramen*.

— Não disse que era impossível. Disse apenas que era difícil.

— Então a mulher suspeita declarou que se achava em um cinema na hora do crime. — Yukawa retornou com duas xícaras de café nas mãos, levando uma a Kishitani.

— Obrigado — disse ele arregalando os olhos, talvez por notar a xícara suja. Kusanagi conteve o riso.

Yukawa sentou-se.

— Se apenas assistia ao filme, vai ser difícil comprovar.

— Mas depois ela foi a um karaokê. E lá sua presença foi confirmada com toda a certeza por um atendente — interveio Kishitani enfático.

— Nem por isso dá para ignorar o cinema. Ela pode ter ido ao karaokê após cometer o assassinato — replicou Kusanagi.

— A senhora Hanaoka assistia ao filme com a filha por volta das sete ou oito horas. Nesse horário, é impossível cometer um crime, mesmo em local isolado. Além disso, a vítima não foi apenas assassinada, mas despida também.

— Concordo, mas é necessário eliminar todas as possibilidades para se concluir pela inocência. — Particularmente em se tratando de convencer aquele Mamiya cabeçudo, refletiu Kusanagi.

— Não entendo muito bem, mas, pela conversa de vocês, a hora do crime já está estabelecida, ao que parece? — interveio Yukawa.

— A morte ocorreu depois das seis horas da tarde do dia 10, segundo a autópsia.

— Não forneça detalhes como esse a qualquer um — repreendeu Kusanagi.

— Mas o professor tem nos ajudado até agora nas investigações, não é?

— Só quando há mistério que cheire a paranormal. Desta vez, não faz sentido consultar leigos no assunto.

— Sem dúvida, sou um leigo. Mas não esqueçam que estou proporcionando a vocês ambiente para discutirem — observou Yukawa com tranquilidade, sorvendo o café instantâneo.

— Sim, sim, entendi. Quer que nos retiremos — Kusanagi se ergueu da cadeira.

— E ela? Consegue comprovar que estiveram no cinema? — indagou ainda Yukawa, com a xícara na mão.

— Recordava-se da história do filme. Mas isso não revela quando foram vê-lo.

— E o canhoto do bilhete?

Surpreso, Kusanagi se voltou a Yukawa. Seus olhos se encontraram.

— Sim, ela o possuía.

— Hum, e onde estava? — Os óculos de Yukawa reluziram.

Kusanagi riu baixinho.

— Eu sei o que você quer dizer. Ninguém guarda canhotos de bilhete para toda a vida como preciosidade, normalmente. Se Yasuko Hanaoka tirasse o canhoto do armário, até eu acharia estranho.

— Quer dizer, ela não o guardou em um lugar assim.

— No começo, ela disse acreditar que tivesse jogado fora uma coisa como essa. Mas depois ela procurou, por via das dúvidas, um catálogo que havia comprado na hora e o abriu. Achou então o canhoto preso entre as folhas.

— Do catálogo, não é? Não é de se estranhar — Yukawa cruzou os braços. — A data do canhoto batia com o dia do crime, certo?

— Claro. Mesmo assim, não comprova que assistiram ao filme. Podem ter apanhado o canhoto do lixo ou algo assim, e pode ser também que tenham comprado o bilhete e não ingressaram depois no cinema. É uma possibilidade.

— De qualquer forma, elas foram até o cinema ou às cercanias.

— Foi o que pensei, e por isso estou investigando os arredores à procura de informações de pessoas que as tenham visto. De testemunhas oculares. Por azar, a moça que recolhia os bilhetes no cinema nesse dia estava de folga hoje, então tivemos o trabalho de ir até a sua residência. Na volta, resolvemos dar um pulo até aqui.

— Pela sua cara, devo supor que a moça do bilhete não forneceu a vocês nenhuma informação valiosa. — Yukawa riu, torcendo os lábios.

— Não se recordaria, é claro, de rostos de frequentadores de dias atrás. Por isso, nem alimentávamos esperança, e assim, não temos por que desanimar. Bem, parece que estamos atrapalhando o professor, vamos embora. — Kusanagi bateu nas costas de Kishitani, que ainda sorvia o café instantâneo.

— Coragem, senhor investigador. Se essa mulher é mesmo culpada, pode ser que te dê trabalho.

Kusanagi voltou-se.

— O que quer dizer?

— O que eu acabei de dizer. Uma pessoa normal não se atina em escolher até onde guardar o canhoto do bilhete preparado para reforçar seu álibi. Se ela cuidou disso prevendo o inquérito, então vocês têm pela frente um adversário formidável. — O sorriso havia desaparecido dos olhos de Yukawa.

Kusanagi assentiu com a cabeça, após refletir um pouco:

— Vou me lembrar disso. Até mais — disse ele e se dirigiu à saída. Entretanto, voltou atrás antes de abrir a porta. Acabara de lhe ocorrer uma coisa. — Um veterano seu, da universidade, é vizinho da mulher suspeita.

— Veterano? — intrigou-se Yukawa.

— É professor de matemática de um colégio e se chama, se bem me lembro, Ishigami. Formado pela Universidade de Teito, conforme me disse. Deve ter sido em ciências exatas, imagino.

— Ishigami... — repetiu ele em um murmúrio, e então seus olhos se arregalaram por trás das lentes. — Ishigami, o Daruma?

— Daruma?

— Espere um pouco — falou Yukawa e desapareceu da sala. Kusanagi e Kishitani se entreolharam.

Yukawa retornou em um instante. Tinha nas mãos um arquivo de capa preta, que abriu diante de Kusanagi.

— Não seria este aqui?

A página exibida trazia algumas fotografias enfileiradas. Pareciam ser todas elas de jovens estudantes. No alto da página, viam-se impressos os dizeres: "Formandos da 38ª Turma do Curso de Mestrado".

Yukawa apontou para um pós-graduado de rosto redondo. No semblante inexpressivo, os olhos estreitos se voltavam diretamente à frente. A foto trazia o nome Tetsuya Ishigami.

— Oh, é ele mesmo! — disse Kishitani. — Bem moço, mas é ele, sem dúvida!

Kusanagi tapou com o dedo a área da fotografia acima da testa do homem e concordou.

— É ele, sim. Não deu para perceber de imediato, pois seu cabelo está bem mais ralo hoje do que nessa época, mas é, sem dúvida, o professor. Você conhece esse seu veterano?

— Não se trata de um veterano, mas de um colega de turma. Nessa época, a nossa universidade costumava separar a turma das ciências exatas a partir do terceiro ano, por especialidades. Eu escolhi a área de física, e ele optou pela de matemática — afirmou Yukawa fechando o álbum. — Quer dizer que eu também estou na mesma idade daquele tio? Arre!

— Ele parecia velho desde aquela época.

Yukawa esboçou um sorriso, mas se mostrou, de repente, intrigado:

— Professor? Você disse professor de colégio?

— Sim, ensina matemática em um colégio local, de acordo com a conversa dele. É também orientador do clube de judô da escola, diz ele.

— Ouvi falar que praticava judô desde a infância. Se não me engano, o avô mantinha uma academia. Bem, não importa, aquele Ishigami, professor de colégio!... É certeza, não?

— Não tem erro.

— Vejam só! Deve ser verdade, já que é você quem diz. Não ouvi mais falar dele e, por isso, supus que estivesse pesquisando em alguma universidade privada. Mas professor de colégio, quem acreditaria! Aquele Ishigami!

— O olhar de Yukawa se perdia no espaço.

— Era assim brilhante? — perguntou Kishitani.

Yukawa soltou um suspiro.

— Não gosto de usar o termo "gênio" levianamente, mas creio que ele merecia esse tratamento. Alguns professores chegavam a dizer que material humano desse quilate só surgia uma vez em cinquenta ou cem anos. Escolhemos cursos diversos, mas a genialidade dele repercutia até no nosso curso de física. Ele era do tipo que não se interessava em resolução por computador, trancava-se no laboratório até altas horas da noite com papel e lápis na mão para enfrentar problemas de alta complexidade. Sua postura na mesa era peculiar, para quem o visse pelas costas, e daí o apelido de Daruma. Apelido conferido por respeito, é claro.

Sempre existe alguém superior, pensou Kusanagi, que tinha o amigo à sua frente na conta de gênio.

— Um monstro, e não conseguiu chegar a professor universitário? — perguntou Kishitani.

— Ah, sim, muitas coisas acontecem em uma universidade... — desconversou Yukawa, como raras vezes.

Estaria decerto estressado, pensou Kusanagi, por problemas absurdos de relacionamento que lhe surgiam a todo momento.

— Ele parecia saudável? — Yukawa encarou Kusanagi.

— Não sei dizer. Não me pareceu doente. Seja como for, em conversa, ele se mostra não muito amigável, meio grosseiro...

— Impenetrável, não é?

— Isso mesmo. Normalmente, qualquer pessoa, quando recebe um investigador, se assusta um pouco, ou se surpreende, ou, de qualquer forma, mostra reação, mas aquele homem se manteve perfeitamente indiferente. Diria que, se não lhe diz respeito, não lhe interessa.

— Ele só se interessa por matemática. Mesmo assim, não deixa de ser atraente, à sua maneira. Pode me passar o endereço dele? Gostaria de visitá-lo na minha próxima folga.

— Coisa rara da sua parte.

Kusanagi retirou sua caderneta do bolso e lhe deu o endereço do prédio de apartamentos onde Yasuko Hanaoka residia. O físico que o anotava parecia ter perdido interesse no assassinato.

Seis horas e vinte e oito minutos da tarde. Yasuko Hanaoka regressava, em sua bicicleta. Ishigami a observava da janela do seu quarto. A mesa diante dele exibia enorme quantidade de folhas espalhadas, contendo fórmulas matemáticas. Sua tarefa diária, após regressar do colégio, consistia em lutar com essas fórmulas. Esse trabalho, contudo, não avançava, apesar da folga no treino de judô desse dia. Aliás, isso vinha acontecendo sempre nos últimos tempos. Já era hábito permanecer em silêncio no quarto, atento ao que se passava no apartamento vizinho. Procurava saber se a polícia estava lá.

Aparentemente, os investigadores estiveram ontem à noite. Seriam aqueles dois, os mesmos que haviam procurado Ishigami dias atrás. Lembrava-se do nome de um deles — Kusanagi, como constava na caderneta de identificação.

Conforme Yasuko, eles vieram para confirmar o álibi do cinema, como ele previra. Ou seja, se nada chamara sua atenção no cinema, se não encontrara com alguém antes de entrar, ou na saída, ou então lá dentro. Se possuía o canhoto do bilhete ou um recibo caso houvesse comprado algo no cinema. Como havia sido o filme, quem eram os protagonistas.

Nada perguntaram sobre o karaokê e, portanto, era de se concluir que haviam conseguido checar a presença delas ali. Como se esperava, pois haviam escolhido o local propositadamente para isso.

Yasuko lhe contara ter revelado o canhoto do bilhete e o recibo do catálogo à polícia segundo suas recomendações de procedimento. E também que, com a exceção do conteúdo do filme, dera como única resposta às perguntas sobre o cinema não se lembrar de nada. Tudo seguindo as instruções de Ishigami.

Os investigadores teriam então se retirado, mas não dava para apostar que houvessem desistido. Se foram confirmar o álibi do cinema, talvez tivessem obtido indícios incriminadores contra Yasuko Hanaoka. Que indícios seriam esses?

Ishigami se ergueu. Apanhou o blusão, recolheu o cartão do telefone, a carteira e a chave do apartamento, e saiu. Ao chegar à escada, ouviu passos lá embaixo e reduziu suas passadas, curvando-se ligeiramente para a frente.

Yasuko vinha subindo a escada. Aparentemente, não se dera conta de imediato que o homem diante dela era Ishigami e se surpreendeu ao passar por ele. Quis se deter, teria algo para lhe falar, percebeu Ishigami, mesmo encurvado como estava.

— Boa noite — antecipou-se Ishigami.

Esforçava-se em adotar a mesma entonação empregada para cumprimentar qualquer outra pessoa e evitava de toda maneira trocar olhares. Também não alterava seus passos. Desceu em silêncio pela escada.

Em uma das instruções a Yasuko, Ishigami lhe recomendara comportar-se apenas como vizinhos nos encontros casuais uma vez que os investigadores da polícia poderiam estar à espreita de algum lugar. Yasuko pareceu lembrar-se disso, pois também retribuiu o boa-noite em voz baixa, para seguir depois escada acima.

Ao chegar à cabine telefônica de sempre, Ishigami retirou imediatamente o receptor do gancho e introduziu o cartão no aparelho. A uns trinta metros de distância, em uma loja de conveniência, um homem, que aparentava ser o proprietário, se preparava para encerrar as atividades do dia. Não se via mais vivalma pelas cercanias.

— Sim, sou eu — a voz de Yasuko se fez ouvir de pronto, dando a perceber que ela estava certa de que a ligação procedia de Ishigami, e isso o alegrou.

— É Ishigami. Alguma novidade?

— Oh, sim, os investigadores vieram. Quero dizer, na loja.

— No Benten-tei?

— Sim, os mesmos de sempre.

— O que quiseram saber desta vez?

— Perguntaram se Togashi havia passado por lá.

— E o que respondeu?

— Que não, é óbvio. Mas então me disseram que talvez ele tivesse vindo na minha ausência, e se dirigiram aos fundos. Ouvi depois do pessoal que eles mostraram uma foto de Togashi, para saber se alguém como ele não havia aparecido. Aquele investigador suspeita de mim.

— Já levamos em conta essa suspeita. Não há o que temer. Foi só isso?

— Depois me perguntaram sobre o meu emprego anterior, no clube noturno em Kinshicho. Se ainda acontecia de ir até lá, se mantinha relacionamento com pessoas da casa. Respondi que não, como o senhor me recomendou. E então eu experimentei perguntar o motivo do interesse deles em meu emprego anterior. Me disseram que Togashi havia aparecido recentemente lá.

— Ah, é isso! — assentiu Ishigami com o receptor ainda junto ao ouvido. — Togashi estava farejando tudo sobre você nesse clube.

— Assim parece. Suponho que soube do Benten-tei então. O investigador comentou que não entendia por que Togashi não havia dado as caras na loja, pois ele me procurava, seria impossível que não aparecesse. Apenas respondi que, diga o que disser, eu não podia fazer nada, pois de fato ele não tinha aparecido.

Ishigami pôs-se a recordar do investigador que se chamava Kusanagi. Pareceu-lhe, à primeira vista, ser um homem gentil. Conversava com delicadeza, não intimidava. Contudo, um investigador do 1º Departamento de Investigação (Homicídios e Crimes contra a Pessoa) como ele deveria ser, sem dúvida, sagaz. Diferentemente daqueles que intimidavam o suspeito para arrancar confissões, procurava chegar à verdade de maneira casual. Era um observador esperto, capaz de descobrir o envelope da Universidade de Teito no meio da sua correspondência, e isso merecia atenção.

— Alguma outra pergunta?

— Para mim, não. Mas para Misato...

Ishigami agarrou com força o receptor do telefone.

— Os investigadores foram até ela?

— Sim, ela acabou de me contar. Foram conversar com ela na saída da escola. Creio que tenham sido os dois que me procuraram.

— Misato está aí?

— Está. Vou passar para ela.

— Alô — ouviu-se de pronto a voz da garota. Estivera com certeza perto do telefone.

— O que foi que eles te perguntaram?

— Me mostraram a fotografia daquele homem e me perguntaram se ele não esteve em casa...

Aquele homem — seria com certeza Togashi.

— Respondeu que não, certo?

— Sim.
— Mais alguma coisa?
— Sobre o filme. Se fomos vê-lo realmente no dia 10. Se não estávamos enganadas. Disse a eles que, com toda a certeza, foi no dia 10.
— E aí, o que eles disseram?
— Se havia falado ou trocado mensagens com alguém sobre o filme.
— E como você respondeu?
— Que não troquei mensagens, mas falei com uma amiga sobre o filme. Então ele me perguntou pelo nome dessa amiga.
— E você disse?
— Só mencionei Mika.
— Mika é aquela amiga com quem você falou no dia 12 sobre o filme, não é?
— Sim, ela mesma.
— Certo. Está bem assim. Perguntaram algo mais?
— Coisas sem interesse. Se eu gosto da escola, se os treinos de badminton são puxados. Mas como ele soube que pertenço ao clube de badminton? Naquela hora, eu não levava a raquete.

Vira com certeza a raquete deixada na sala, deduziu Ishigami. Realmente, era necessário ter cuidado com a sagacidade daquele investigador.

— Então, o que achou? — A voz no telefone voltava a ser de Yasuko.

— Não há problema — disse Ishigami, em voz segura. Era para sossegar Yasuko: — Tudo dentro das expectativas. Os detetives com certeza virão outra vez, mas, se vocês seguirem as minhas instruções, não terão com que se preocupar.

— Muito obrigada! Só temos o senhor em quem confiar!

— Coragem! Falta pouco, sejam pacientes. Então, até amanhã!

Enquanto desligava o telefone e recuperava o cartão, Ishigami sentiu um leve arrependimento pelo que acabara de dizer. Falta pouco, sejam pacientes — era muita irresponsabilidade dizer coisas assim. Faltava pouco? Precisamente quanto? Não sabia. Então, não deveria ter dito aquilo.

Seja como for, tudo se desenrolava em conformidade com os planos. Era verdade. Togashi procurava por Yasuko, e a polícia viria a saber disso, era apenas uma questão de tempo, como previra. Por isso mesmo, considerara necessário construir um álibi. A polícia desconfiava desse álibi, e isso também já era esperado.

Assim, calculara que a polícia iria até Misato. Com certeza, julgariam mais fácil destruir o álibi atacando a menina. Diversas providências haviam sido antecipadas para essa eventualidade, mas quiçá fosse melhor rever o que fora feito até o momento para checar eventuais descuidos.

Cogitando essas coisas, Ishigami retornou ao apartamento. Diante da porta, deparou com um homem. Era alto e vestia um casaco escuro e leve. O homem se voltava para Ishigami. Decerto ouvira seus passos. Seus óculos reluziram.

Um investigador, pensou Ishigami de início. Mas logo percebeu que não devia ser. Seus sapatos pareciam bem conservados, com aparência de novos. Cauteloso, aproximou-se dele. Foi quando o homem abriu a boca.

— Ishigami, é você?

Surpreso, Ishigami observou atento o seu rosto. Estava sorridente, e Ishigami conhecia esse sorriso. Suspirando, arregalou os olhos.

— Yukawa?

Recordações de mais de vinte anos lhe vieram frescas à memória.

6

Como de hábito, a sala de aula andava às moscas nesse dia. A sala comportaria, abarrotada, no mínimo cem pessoas, mas lá se achavam sentadas, quando muito, vinte. Além disso, quase todos esses estudantes tomavam assento em carteiras ao fundo, preparados para sair imediatamente após a chamada ou para se dedicar ao bel-prazer às suas atividades pessoais.

Alunos inscritos em matemática eram particularmente raros. Talvez Ishigami fosse o único. As palestras dessa área versavam quase sempre sobre o contexto histórico da física aplicada e não eram populares entre os pós-graduandos.

Mesmo Ishigami não se interessava muito por elas, mas, como de costume, tomava assento na segunda carteira a contar da esquerda, logo na primeira fila. Qualquer que fosse a palestra, ele preferia se sentar ali ou, então, em outras carteiras próximas. Evitava ficar no centro da sala. Pretendia dessa forma absorver as palestras com objetividade. Sabia que, por mais brilhante que fosse o palestrante, ele poderia eventualmente cometer equívocos.

Ishigami se mantinha quase sempre isolado, mas naquele dia alguém fora sentar-se bem atrás dele. Isso, no entanto, não lhe chamou particularmente a atenção. Tinha algo a terminar antes da chegada do professor. Retirou o caderno e se pôs a solucionar um problema.

— Você também é adepto de Erdős?

A princípio, Ishigami não percebeu que a voz se dirigia a ele. Assim, ergueu o rosto só instantes depois, e porque houve essa referência a Erdős. Isso é que lhe despertara o interesse. Voltou-se para trás.

O rapaz apoiava o rosto sobre o cotovelo. Cabelos longos lhe caíam sobre os ombros, e mostrava o peito pela camisa aberta. Usava um colar de ouro ao redor do pescoço. O rosto não era de todo desconhecido. Sabia que se tratava de um pós-graduando em física.

A voz não poderia ser dele, pensou a princípio, mas no mesmo instante o rapaz de longa cabeleira acrescentava, com o rosto ainda apoiado sobre o cotovelo:

— Há limite no que pode se fazer com lápis e papel, mas não custa tentar.

Para surpresa de Ishigami, a voz era a mesma.

— Sabe o que estou fazendo?

— Vi só de relance. Não quis espiar — disse o rapaz, apontando para a mesa de Ishigami, que retornou ao seu caderno.

Escrevera ali fórmulas diversas, mas o trabalho não havia sido concluído, estava apenas no início. Se o rapaz conseguira descobrir em um relance o que ele se propunha a resolver, devia então possuir alguma experiência no trato de problemas como esse.

— Você também trabalhou nisso?

O rapaz de cabelos longos retirou finalmente o rosto de cima do cotovelo e esboçou um sorriso sarcástico.

— Tenho por regra não me meter em atividades desnecessárias. Até porque meu ramo é a física. Eu só me sirvo dos teoremas que a matemática criou. Deixo a comprovação deles para vocês, matemáticos.

— Mesmo assim se interessa por isso — Ishigami segurava o seu caderno.

— Sim, porque já está comprovado, e é bom saber das coisas comprovadas. — E fitando os olhos de Ishigami, prosseguiu: — O problema das quatro cores foi solucionado. Todos os mapas podem ser coloridos em quatro cores.

— Nem todos.

— Ah, sim, é verdade. Esse problema é condicionado apenas aos mapas de superfície plana e esférica.

Tratava-se de uma das questões mais famosas no mundo da matemática. Seria ou não possível distinguir países em qualquer mapa, desenhado em superfície plana ou esférica, com o emprego de quatro cores? Essa questão havia sido proposta por Arthur Cayley em 1879. Poderia ser resolvida por uma demonstração dessa possibilidade, ou por um exemplo de sua impossibilidade. Porém a questão precisou de quase cem anos para ser solucionada. A comprovação da possibilidade é devida a Kenneth Appel e Wolfgang Haken, da Universidade de Illinois, que mostraram, com o auxílio de um computador, que qualquer mapa não passava de uma variação de quase cento e cinquenta mapas básicos, em que bastavam quatro cores para distinguir as áreas de diferentes países. Isso se deu em 1976.

— Eu não penso que aquela demonstração tenha sido perfeita — disse Ishigami.

— Acredito. É por isso que procura elucidar com lápis e papel, como está fazendo.

— O procedimento adotado é muito trabalhoso para ser executado por mãos humanas. Por isso mesmo lançaram mão do computador, mas desde então não houve mais como verificar com exatidão se a demonstração estava correta. O uso de computadores até em comprovações já não é a verdadeira matemática.

— Você é mesmo adepto de Erdős, sem dúvida. — O rapaz sorria.

Paul Erdős, matemático nascido na Hungria, se notabilizou pelas pesquisas conjuntas desenvolvidas com matemáticos de diversas partes do mundo por onde perambulou. Tinha uma convicção: para um bom teorema, era necessária uma bela demonstração, clara e natural. Mesmo com respeito ao teorema das quaro cores, dizia ele que a demonstração apresentada carecia de beleza, embora admitisse a possibilidade de estar correta.

O rapaz de cabelos longos havia percebido a índole de Ishigami — um adepto de Erdős.

— Fui outro dia até o professor por causa de uma questão posta na prova de análise numérica — o rapaz mudou de assunto. — A questão em si não estava errada, mas não havia elegância na solução. E de fato houve, ao que parece, um pequeno erro de impressão. Mas, para minha surpresa, um outro aluno da pós-graduação veio com a mesma questão. Honestamente, isso me desapontou. Estava convicto de que só eu havia solucionado aquela questão por completo.

— Não foi tão difícil assim... — disse Ishigami e se conteve.

— Sim, para um certo Ishigami, foi o que o professor me contou. De fato, sempre existe alguém melhor. Percebi então que não fui feito para a matemática...

— Você me disse que escolheu a física, certo?

— Prazer, Yukawa — ele estendeu a mão a Ishigami.

Um rapaz diferente, pensou ele apertando a mão estendida. Achou graça, porque rapaz diferente era a imagem que sempre atribuíam a ele próprio.

Depois disso, não passaram a conviver como amigos, mas trocavam palavras sempre que se encontravam. Yukawa era um erudito, o seu conhecimento se estendia bem além da física e da matemática. Também era versado em artes e literatura, matérias que Ishigami desprezava, em seu íntimo. Porém não sabia dizer até onde iam os conhecimentos dele nessas áreas, já que não dispunha de elementos de comparação, e também porque Yukawa, talvez ciente de que Ishigami não se interessava por nada a não ser matemática, em pouco tempo deixou de tratar de assuntos alheios a essa especialidade com ele.

Ainda assim, para Ishigami, Yukawa passava a ser o primeiro companheiro de reconhecida competência com quem podia conversar, desde que ingressara na universidade. Mas ambos em breve deixariam de se ver com tanta frequência. Seus caminhos divergiam, com a separação das especialidades, matemática e física. A transferência entre especialidades era permitida para aqueles que alcançassem determinada graduação. No entanto, nenhum deles solicitara essa transferência. O que era de se esperar, pensou Ishigami, pois haviam escolhido o caminho mais apropriado a cada um. Ambos possuíam em comum a ambição de construir um mundo governado pela lógica, mas se opunham na abordagem. Enquanto Ishigami procurava erguê-lo empilhando blocos de fórmulas matemáticas, Yukawa partia da observação para descobrir mistérios, os quais passava então a elucidar. Ishigami gostava de simulações, enquanto Yukawa se entusiasmava com as experiências.

Quase nunca se encontravam, mas a fama de Yukawa chegava até os ouvidos de Ishigami. No outono do segundo ano de mestrado, Ishigami soube que uma determinada empresa americana viera comprar a "engrenagem magnética" concebida por Yukawa e rendeu-lhe sincera admiração.

Ishigami não soube, porém, do destino de Yukawa após a conclusão do mestrado, até porque ele próprio se afastara da universidade. E desde então mais de vinte anos haviam se passado sem nenhum encontro.

— Puxa, você não mudou nada, hein? — disse Yukawa examinando a estante de livros, assim que entrou na sala.

— Como assim?

— Quero dizer, imerso nas matemáticas. Acredito que não haja na universidade algum matemático que tenha conseguido juntar sozinho esse material todo!

Ishigami nada disse, contudo não havia apenas livros sobre a especialidade nas estantes, mas também dados de conferências realizadas em diversos países, acondicionados em forma de arquivos. Haviam sido obtidos principalmente por intermédio da internet, porém lhe davam a plena convicção de que seus conhecimentos no ramo estavam bem mais atualizados que os da maioria dos pesquisadores despreparados.

— Sente-se, para começar. Vou preparar um café.

— Nada mau, mas eu trouxe isto aqui. — Yukawa extraiu um caixote da sacola de papel que carregava. Um saquê famoso.

— Ora, não precisava se incomodar.

— Depois de tanto tempo, não poderia vir de mãos abanando.

— Muito obrigado. Mas então, eu vou pedir sushi. Não jantou ainda, certo?

— Não se preocupe, sou eu quem te peço agora.

— Também não jantei. — Estendeu a mão ao telefone e abriu o cadastro de restaurantes organizado para os pedidos de refeições. Hesitou um pouco, porém, ao verificar o menu de um restaurante especializado em sushis. Costumava pedir sempre um combinado normal de sushis.

Ligou para o restaurante e encomendou um combinado especial e sashimi, para a surpresa do atendente. Era justificável a mudança, afinal, pela primeira vez em muitos anos recebia em sua sala um ilustre visitante.

— Você, Yukawa, na minha casa! Mas que surpresa! — disse, voltando a sentar-se.

— Ouvi falar por acaso de você, por um conhecido, e me deu saudade, foi isso.

— Um conhecido? Quem terá sido?

— Pois é, uma conversa estranha — Yukawa coçou o nariz, constrangido. — Você recebeu a visita de um investigador da polícia, não foi? O nome dele é Kusanagi.

— Investigador? — Ishigami teve um sobressalto, mas cuidou para que sua expressão não o denunciasse. Desta vez, encarou deliberadamente o antigo colega de universidade. O que será que ele sabia?

— Esse investigador é um colega.

Isso foi inesperado.

— Colega?

— Quero dizer, do clube de badminton. Não parece, mas ele se formou, como nós, na Universidade de Teito, só que em ciências sociais.

— Ah, não sabia. — A desconfiança que se formou como nuvem no peito de Ishigami se dissipou de pronto. — Por falar nisso, ele esteve observando atentamente o envelope da correspondência que a universidade me enviou. Me deu a impressão de que demonstrava interesse especial pela Universidade de Teito. Então foi por isso! Mas por que ele não me disse logo, naquela hora?

— Ele não considera como colegas os que se formaram no Departamento de Ciências. Para ele, pertencemos a uma espécie completamente diversa.

Ishigami assentiu. Havia reciprocidade nesse sentimento. Alguém que cursara a mesma universidade, e no mesmo período, agora era policial. Isso lhe causava uma estranha sensação.

— Ouvi dele que você é agora professor de matemática em um colégio. — Yukawa olhava diretamente em seu rosto.

— Sim, um colégio aqui por perto.

— É o que parece.

— E você permanece na universidade.

— Sim, no Laboratório 13 — respondeu Yukawa, sem afetação. Ishigami se deu conta de que não lhe passou pela mente gabar-se por isso.

— É professor titular?

— Quase. Ando perdido, a um passo de alcançar esse cargo. Você sabe, há muitos outros candidatos à minha frente.

— Tendo em vista o seu desempenho na "engrenagem magnética", eu presumia que, a esta altura, você já seria professor titular.

Yukawa esfregou o rosto e riu.

— Só você para se lembrar dessa engrenagem. Depois de tudo o que houve, não foi possível pôr em prática a ideia. Eu diria que, hoje, ela está esquecida, considerada pura teoria sem utilidade prática. — Dito isso, Yukawa se pôs a abrir a garrafa de saquê que trouxera.

Ishigami se levantou para buscar dois copos da prateleira.

— Mas eu acreditava que você sim, a esta altura, já seria professor em alguma universidade, desafiando a hipótese de Riemann — disse Yukawa. — O que foi que aconteceu com Ishigami, o Daruma? Está se fazendo de matemático errante, imitando Erdős?

— Nada disso — Ishigami soltou um pequeno suspiro.

— Não importa, vamos tomar um trago. — Yukawa não quis prosseguir questionando e encheu os copos com saquê.

De fato, Ishigami pretendera dedicar a vida a pesquisas matemáticas. Havia decidido permanecer na universidade após a conclusão do mestrado, como Yukawa, para buscar o doutorado. Contudo, não lhe foi possível, pois teve de cuidar dos pais. Eles eram idosos e sofriam de doenças crônicas. Talvez pudesse se manter com um emprego de meio período enquanto estudava, mas seria impossível sustentar também os pais dessa forma, e ele resolveu procurar algo mais estável.

Foi então que soube, por um de seus professores, que certa universidade recém-estabelecida procurava um assistente de matemática. Ficava nas proximidades da sua casa, ele podia frequentá-la. Resolveu aceitar a proposta, acreditando poder, dessa forma, prosseguir nas pesquisas matemáticas. Contudo, sua vida se desencaminhou a partir desse ponto. Não lhe foi possível executar pesquisa alguma nessa universidade. Os professores se dedicavam apenas à disputa por poder e à própria salvaguarda, e nem sonhavam em promover acadêmicos promissores ou em desenvolver pesquisas revolucionárias. Os relatórios de pesquisa, elaborados a custo por Ishigami, permaneciam para sempre engavetados. Para piorar, o nível dos estudantes era baixo, e Ishigami precisava despender parte do seu tempo de pesquisa para se dedicar àqueles que mal entendiam a matemática colegial. O salário, surpreendentemente reduzido, não compensava seu esforço em suportar esses percalços.

Procurara emprego em outras universidades, mas as esperanças eram reduzidas. Mesmo porque raras universidades dispunham de vagas em matemática, e naquelas onde havia, o orçamento era escasso, não lhes permitia contratar um assistente. Ao contrário do que acontecia na área de engenharia, faltava-lhes o patrocínio das empresas.

Crescia a pressão por uma mudança de rumo na vida. Então, escolheu fazer da qualificação para o ensino, conquistada durante a vida estudantil, o seu ganha-pão, desistindo ao mesmo tempo de se realizar como matemático. Mas de que adiantava falar dessas coisas com Yukawa? Aqueles que tiveram de desistir da carreira de pesquisadores enfrentaram, quase todos, problemas parecidos, de forma que o seu caso não constituía tamanha novidade.

Os sushis e sashimis chegaram e foram degustados com mais saquê. Logo a garrafa trazida por Yukawa se esvaziou, e Ishigami trouxe uísque. Não costumava tomá-lo com frequência, mas gostava de bebericá-lo em pequenos goles para repousar o cérebro de complexos problemas de matemática.

Embora o bate-papo não fosse muito animado, era agradável conversar sobre matemática, em meio às recordações da vida universitária. Ishigami tomou então consciência da enormidade do tempo que deixara passar sem poder usufruir de horas agradáveis como aquelas. Talvez aquela fosse a primeira oportunidade desde que deixara a universidade. Ninguém além de Yukawa o compreendia nem o reconhecia como par.

— Ah, estava esquecendo algo importante — disse Yukawa de repente. Ele retirou um envelope marrom de tamanho grande do interior de um invólucro de papel, depositando-o diante de Ishigami.

— O que é isso?

— Bem, abra o envelope e veja — disse Yukawa, com um sorriso maroto.

O envelope continha folhas de relatório em padrão A4, cheias de fórmulas matemáticas. Ishigami passou rapidamente os olhos pela primeira folha e logo se deu conta do que se tratava.

— É uma tentativa de refutação à hipótese de Riemann?

— Bingo!

A hipótese de Riemann é tida como o mais famoso enigma da matemática moderna. A questão toda estava em provar a hipótese levantada pelo matemático Riemann, feito que ainda ninguém havia conseguido realizar.

O conteúdo do relatório que Yukawa trouxera tentava provar que a hipótese não estava correta. Ishigami tinha conhecimento de que estudiosos do mundo inteiro se propunham a isso, porém sem sucesso até então.

— Eu obtive essa cópia de um professor de matemática da universidade. O relatório ainda não foi publicado em lugar algum. Não chega a constituir uma refutação, mas creio que segue o rumo correto — explicou Yukawa.

— Quer dizer que a hipótese de Riemann está errada?

— Eu disse apenas que segue o rumo correto. Se a hipótese estiver correta, esse relatório deve conter erro em algum ponto.

O olhar de Yukawa era o de um moleque travesso, que procurava constatar o efeito de uma travessura. Ishigami percebeu suas intenções. Ele o desafiava e, ao mesmo tempo, procurava averiguar até onde o Ishigami Daruma decaíra.

— Posso estudá-lo um pouco?

— Mas é claro, foi para isso que eu o trouxe.

Ishigami examinou o relatório por um momento. Então, ergueu-se e foi até a escrivaninha. Estendeu novas folhas de relatório e apanhou a esferográfica.

— Você, naturalmente, conhece o problema P ≠ NP, certo? — Yukawa lhe dirigiu a voz pelas costas.

— Trata-se de um dos problemas propostos a prêmio pelo Instituto Clay de Matemática. Diante de um problema, o que seria mais simples: resolvê-lo por esforço próprio ou comprovar a exatidão da solução apresentada por terceiros? E até onde vai a extensão do grau de dificuldade dessas opções?

— Realmente, você não me decepciona — rindo, Yukawa esvaziou seu copo.

Ishigami retornou à mesa. Em sua concepção, a matemática se assemelhava à busca de um tesouro. Em primeiro lugar, era necessário determinar a área, e depois, traçar a rota de escavação até o ponto desejado. Tinha de elaborar fórmulas matemáticas de acordo com esse planejamento para encontrar indícios. Se nada fosse encontrado, seria necessário alterar a rota. Esse procedimento deveria ser seguido à risca, com perseverança e ousadia, para se chegar ao tesouro, ou seja, à solução que ninguém conseguira alcançar.

Por essa metáfora, a comprovação da solução proposta por terceiros parece mais simples, pois exigiria apenas seguir a rota de escavação já estabelecida. Mas a realidade era outra. Poderia implicar, às vezes, seguir uma rota errada para se chegar a um falso tesouro. Em alguns casos, provar a falsidade desse tesouro passava a ser então ainda mais trabalhoso do que procurar pelo tesouro verdadeiro. Aí estava o motivo pelo qual se propunham problemas disparatados como $P \neq NP$.

Ishigami esquecia o tempo. A beligerância e o espírito inquisitivo, somados ao orgulho, excitavam-no. Seus olhos não se afastavam das expressões matemáticas sequer por um instante, e ele punha seus neurônios em ação apenas para lidar com elas.

De repente, Ishigami se levantou e se voltou com o relatório em mãos. Yukawa cochilava, cobrindo o corpo encolhido com o sobretudo. Ishigami sacudiu-lhe o ombro.

— Acorde, por favor. Descobri.

Yukawa ergueu vagarosamente o corpo, com os olhos sonolentos, esfregando o rosto.

— O que disse?

— Eu descobri. Infelizmente, há um erro nesta demonstração. A tentativa não deixa de ser interessante, mas existe um erro fundamental na distribuição dos números primos...

— Espere, espere um pouco. — Yukawa estendeu as mãos à frente do rosto de Ishigami. — Não vou entender suas explicações complicadas com esta cabeça sonolenta. E nem mesmo com a cabeça bem acordada. Eu te confesso, não entendo nada da hipótese de Riemann. Eu trouxe o relatório para atrair sua atenção, foi só por isso.

— Mas você não disse que ele estava no rumo correto?

— Apenas repeti o que o professor de matemática me disse. A verdade é que já se sabia que havia erro na demonstração, por isso o relatório não foi levado a público.

— Então não há novidade alguma na minha descoberta — desapontou-se Ishigami.

— Nada disso, eu acho espantoso. O professor me disse que nem mesmo matemáticos capazes poderiam notar o erro imediatamente. — Yukawa consultou o relógio.

— Mas você conseguiu descobrir em apenas seis horas. É espantoso!

— Seis horas? — Ishigami olhou a janela. Lá fora, o dia clareava. Já eram quase cinco horas, pelo despertador.

— Você não mudou nada. Estou tranquilo — disse Yukawa. — O Ishigami Daruma se mantém em pleno vigor. Tive mesmo essa impressão só ao vê-lo, mesmo de costas.

— Mil perdões, me esqueci de você!

— Ora, não se incomode por isso. Mas você precisa dormir um pouco. Vai dar aula hoje, não é?

— É verdade. Mas não sei se vou conseguir pegar no sono, animado como estou. Faz muito tempo que não me empolgo como agora. Eu te agradeço por isso. — Ishigami estendeu a mão que Yukawa apertou.

— Foi bom eu ter vindo.

Ishigami dormiu até as sete horas. Contudo, teve um sono profundo nesse breve espaço de tempo, talvez por pura fadiga, talvez por sentir-se plenamente satisfeito. E despertou com a mente bem mais repousada que em outros dias.

— Sua vizinha se levanta cedo, não? — perguntou Yukawa enquanto Ishigami se preparava para sair.

— A minha vizinha?

— Percebi que ela estava saindo pelo ruído da porta, um pouco depois das seis e meia.

Pelo jeito, Yukawa permanecera acordado. Ishigami pensava se não seria melhor dizer algo a esse respeito, quando Yukawa prosseguiu:

— Ela é suspeita do crime, ao que parece, não é? Foi o que depreendi da conversa com Kusanagi — você conhece, é aquele investigador de quem te falei a noite passada. Diz ele que, por causa disso, veio até você para investigar.

Ishigami se manteve comedido enquanto jogava o paletó sobre os ombros.

— Ele costuma conversar sobre crimes com você?

— Às vezes. Vem bater papo e se lamuriar, depois vai embora.

— O que foi que aconteceu? Esse investigador... Kusanagi? Ele não me forneceu detalhe algum.

— Parece que um homem foi assassinado. Esse homem havia sido marido da sua vizinha, mas se separaram.

— Então é isso...

— Você e sua vizinha são amigos?

Ishigami pensou rapidamente. Pelo jeito, a pergunta de Yukawa não fora feita por alguma desconfiança. Poderia, portanto, respondê-la adequadamente, sem maiores cuidados. Mas Yukawa era amigo íntimo de Kusanagi, era preciso considerar isso. Talvez relatasse ao investigador esse reencontro que tiveram. Sua resposta deveria levar em consideração essa possibilidade.

— Não somos propriamente amigos, mas costumo ir com frequência à loja de bentô onde trabalha a senhora Hanaoka — esse é o nome dela. Por descuido, deixei de mencionar esse fato ao investigador Kusanagi.

— Ah, uma loja de bentô — Yukawa assentiu com a cabeça.

— Não vou lá só por causa da vizinha. A loja fica perto da escola. Entrei casualmente e a encontrei trabalhando lá, foi só isso.

— Entendo. Mas, mesmo tendo pouca intimidade, imagino que essa suspeita sobre sua vizinha deve ser desagradável para você.

— Nada! Isso não me diz respeito.

— Lá isso é verdade.

Yukawa pareceu não desconfiar. Ambos deixaram juntos o apartamento às sete e meia. Yukawa preferiu seguir em companhia de Ishigami até as proximidades do colégio para tomar o trem, em vez de se dirigir à estação Morishita, ali perto. Dessa forma, teria de fazer poucas baldeações.

Ele deixara de falar sobre Yasuko Hanaoka e o incidente. Ishigami suspeitara havia pouco que Yukawa pudesse ter vindo investigar algo a pedido de Kusanagi, mas fora excesso de preocupação, como agora acreditava. Mesmo porque Kusanagi não teria motivo algum para investigá-lo dessa maneira.

— Que trajeto pitoresco para ir ao trabalho! — foi o que Yukawa comentou quando passaram sob a ponte Shin-Ohashi para caminhar pela margem do rio Sumida. Reparara com certeza na fileira de barracas dos moradores de rua.

Um homem de cabeleira grisalha amarrada atrás da cabeça punha para secar a roupa lavada. Ali à frente, aquele a quem

Ishigami apelidara de Lateiro se dedicava como sempre a esmagar latas.

— A cena se repete todo dia — disse Ishigami. — Nada mudou neste mês. Eles seguem a rotina com a precisão de um relógio.

— O ser humano é até mais preciso quando se livra do relógio.

— Concordo.

Subiram pela escadaria diante da ponte Kiyosu. Próximo dali, havia um prédio de escritórios. Ishigami sacudiu de leve a cabeça ao ver a imagem de ambos refletida na porta de vidro do térreo.

— Mas você se mantém sempre jovem, ao contrário de mim. Seu cabelo ainda é bem farto — Ishigami conversava descontraído, mas estava um pouco tenso. Pelo jeito, Yukawa pretendia acompanhá-lo até o Benten-tei. Começava a se preocupar um pouco. Esse físico genial e perspicaz poderia perceber que havia algo entre ele e Yasuko Hanaoka. E Yasuko também poderia entrar em pânico ao vê-lo em companhia de um desconhecido.

A placa da loja já se tornava visível quando Ishigami disse:

— Lá está a loja de bentô de que te falei.

— Hum... "Benten-tei"? Que nome engraçado!

— Vou passar lá como sempre.

— É mesmo? Bem, então eu fico por aqui. — Yukawa estacou, e Ishigami, surpreendido, sentiu-se aliviado.

— Nem pude recebê-lo devidamente.

— Imagine, você me recebeu muito bem. — Yukawa estreitou os olhos. — Você não pensa mais em voltar à universidade e pesquisar?

Ishigami abanou a cabeça.

— O que posso fazer na universidade, posso também fazer sozinho. Além disso, não creio que alguma universidade me receba na idade que tenho agora.

— Não acredito, mas não posso forçá-lo. Então, bom trabalho.

— Igualmente, Yukawa.

— Foi ótimo ter te encontrado.

Após o aperto de mãos, Ishigami seguiu com os olhos o amigo que se afastava. Não pelo sentimentalismo do reencontro, mas porque não queria ser visto entrando no Benten-tei. Quando Yukawa sumiu de vista por completo, Ishigami girou sobre os calcanhares e apertou o passo.

7

Yasuko se acalmava ao ver Ishigami tranquilo. Ele com certeza havia recebido algum visitante em seu apartamento ontem à noite, coisa muito rara, pois ouvira vozes até bem tarde. Teria sido algum investigador? Ela se preocupava.

— Um especial da casa, por favor — disse Ishigami, com a voz insossa de sempre. Como de costume, desviou os olhos de Yasuko.

— Um especial da casa saindo, obrigada! — respondeu Yasuko, perguntando-lhe em seguida em um sussurro: — Recebeu alguém ontem, em sua casa?

— Ah, sim. — Erguendo o rosto, Ishigami pestanejou surpreso. Depois, examinou com o olhar os arredores e baixou a voz: — Melhor não conversarmos. Os investigadores podem estar nos espiando de algum lugar.

— Desculpe — Yasuko se encolheu.

Ambos permaneceram mudos aguardando o bentô. Evitavam até mesmo trocar olhares. Yasuko observou a rua. Aparentemente, ninguém os espionava. Contudo, se houvesse realmente algum investigador à espreita, sem dúvida ele tomaria os devidos cuidados para não ser percebido.

O bentô ficou pronto. Ela o entregou a Ishigami.

— Foi um colega — murmurou ele, enquanto pagava a conta.

— Como?

— Um colega da universidade veio me visitar. Perdoe o incômodo que te causei — falou Ishigami, procurando manter tanto quanto possível os lábios imóveis.

— Não, não se preocupe por isso! — respondeu Yasuko, sorrindo sem querer. Mas curvou-se, escondendo os lábios dos olhares de fora. — Então foi isso. Estranhei, pois não costuma receber visitas.

— Sim, foi a primeira vez. Até me assustei.

— Que bom!

— Sem dúvida — Ishigami apanhou a sacola com o bentô. — Então até mais tarde. — O que significava que ligaria hoje à noite.

— Até — respondeu Yasuko.

Enquanto seguia com os olhos as costas arredondadas de Ishigami, que saía à rua, Yasuko constatava, surpresa, que mesmo alguém como ele, com aquele jeito de eremita, possuía amigos que vinham visitá-lo.

Passado o pico da manhã, Yasuko decidiu como sempre tirar uma folga nos fundos da loja junto com Sayoko e os outros. Sayoko gostava de doces e, assim, lhe oferecia um *daifuku*.[4] Yonezawa, apreciador de salgados, sorvia o chá sem mostrar interesse pelo *daifuku*. Kaneko, ajudante em regime parcial, se achava fora, em entregas.

— Não te procuraram mais, ontem? — perguntou Sayoko, após um gole de chá.

— Quem?

— Aqueles caras. Investigadores da polícia. — Sayoko franziu o cenho. — Eles me encheram a paciência perguntando

---

4. Variação do *mochi* (bolinho de farinha de arroz glutinoso), recheado com pasta de feijão doce. [N.E.]

sobre seu ex-marido, e então pensei que tivessem ido outra vez à sua casa, de noite. Não é? — Ela buscava apoio do marido. Yonezawa, calado, apenas assentiu com a cabeça.

— Bem, não me aconteceu mais nada.

Na verdade, Misato havia sido interrogada nas proximidades da sua escola, mas seria desnecessário falar sobre isso, decidiu Yasuko.

— Ainda bem. Pois dizem que esses investigadores são mesmo insistentes.

— Vieram saber o que tínhamos a dizer porque é o protocolo — disse Yonezawa. — Não estão suspeitando de Yasuko. É tudo rotina, eles têm muitas a cumprir.

— Ah, sim! Eles não deixam de ser funcionários públicos. Mas, me desculpe, foi bom Togashi não ter aparecido por aqui, não é? Se tivesse vindo antes de ser assassinado, aí sim acho que eles suspeitariam de Yasuko.

— Ora, que bobagem, eu não acredito! — Yonezawa exibiu um sorriso sarcástico.

— Vá saber. Eles mesmos disseram que Togashi devia ter aparecido aqui, pois esteve no Marian perguntando de Yasuko. Está na cara que suspeitavam dela.

Marian era o clube noturno em Kinshicho onde tanto Sayoko quanto Yasuko haviam trabalhado.

— Digam o que disserem, o fato é que ele não apareceu.

— Então! Por isso estou dizendo que foi bom. Se ele tivesse aparecido uma só vez que fosse, aqueles investigadores teriam grudado em Yasuko com a maior petulância!

Yonezawa inclinava a cabeça em dúvida, mas demonstrava pouco interesse no caso.

Yasuko entrava em pânico. Se os dois viessem a descobrir que Togashi estivera ali de fato, que cara fariam?

— Tudo isso é muito desagradável, Yasuko, mas aguente só mais um pouco, vai passar — disse Sayoko despreocupada. — Seu ex-marido foi assassinado, é natural que os investigadores procurem por você. Mas logo deixarão de vir, e então você se sentirá em paz, de verdade. Não precisará mais se preocupar com Togashi.

Lá isso é verdade, pensou Yasuko, forçando um sorriso.

— Vou ser sincera, gostei de saber que Togashi foi assassinado.

— Epa! — fez Yonezawa.

— O que foi? Estou apenas sendo sincera. Você não sabe quanto Yasuko sofreu nas mãos daquele homem.

— E você, sabe?

— Não diretamente, mas ela me contou muitas coisas. Ela foi trabalhar no Marian para fugir dele, mas esse cara continuou procurando por ela. Só de pensar nisso, sinto arrepios! Até sou grata a esse alguém, que não sei quem é, nem de onde veio, por ter assassinado Togashi.

Yonezawa se ergueu, estarrecido. Aborrecida, Sayoko o seguiu com os olhos e depois se achegou a Yasuko.

— Mas o que teria acontecido? Quem sabe algum cobrador de dívida estivesse atrás dele.

— Será? — Yasuko se mostrava reticente.

— Bem, tomara que a fogueira não chegue até você. É essa a minha única preocupação. — Sayoko levou à boca o último pedaço do *daifuku*.

Yasuko estava deprimida, mesmo após retornar ao balcão. O casal Yonezawa não a tinha sob suspeita, de forma alguma. Preocupava-se apenas com os danos que ela poderia sofrer por causa do incidente. E ela os estava enganando. Esse pensamento a atormentava. Se por acaso ela viesse a ser presa, quantos problemas não iria causar ao casal! Poderia até afetar o comércio do Benten-tei. Por isso, não lhe restava outro recurso senão esconder tudo, sem que percebessem.

Yasuko reiniciava as atividades com esses pensamentos em mente e, sem querer, se distraía. Isso era imperdoável em meio ao trabalho, de forma que ela procurou concentrar-se no atendimento aos clientes.

Perto das seis horas, o movimento cessou, mas a porta da loja voltou a se abrir instantes depois.

— Seja bem-vindo — disse Yasuko em um reflexo. Fitou o cliente que entrava e arregalou os olhos. — Oh!

— Olá! — O homem sorriu, vincando o canto dos olhos.

— Senhor Kudo! — Yasuko levou a mão à boca aberta. — O que aconteceu?

— Como assim? Eu vim comprar bentô, é só isso. Temos aqui muitas opções, não? — Kudo examinou o cardápio ilustrado, exibido acima da sua cabeça.

— Foi lá no Marian que você soube do meu paradeiro?

— Ah, sim — esboçou outro sorriso e prosseguiu: — Resolvi passar ontem na boate, fazia tempos que não ia.

Do balcão, Yasuko se dirigiu aos fundos em voz alta:

— Venha até aqui, Sayoko, temos novidades!

— O que está acontecendo? — Sayoko arregalou os olhos.

— É o senhor Kudo! Ele veio nos ver! — disse Yasuko rindo.

— Quem? O senhor Kudo? — Sayoko surgiu, retirando o avental. E, ao ver o homem em capote, abriu uma bocarra. — Senhor Kudo!

— Vejo que vocês duas estão saudáveis. E você, *mama*, se dando bem com o marido? Mas claro que sim, basta ver esta loja!

— Ah, vamos levando. E a que devemos esta sua visita assim repentina?

— É que me deu vontade de vê-las, só isso. — Kudo voltou o olhar a Yasuko esfregando seu nariz. Persistia com esse cacoete de anos atrás, de quando se acanhava.

Tratava-se de um cliente assíduo de Yasuko da época em que ela trabalhava em uma boate de Akasaka e era a *hostess* preferida dele. Chegaram a jantar juntos antes do serviço e, com frequência, também iam beber juntos após o fim do expediente na boate. Mesmo quando se transferiu para o Marian em Kinshicho, fugindo de Togashi, só a ele Yasuko revelou seu novo emprego. Tanto bastou para que Kudo se tornasse imediatamente cliente assíduo do Marian. Também fora ele o primeiro a saber que ela estava deixando o Marian. Ele se mostrara um pouco tristonho nessa hora e lhe dissera: "Então, bom trabalho, e seja feliz!" Reencontravam-se agora pela primeira vez depois disso.

Yonezawa também surgiu dos fundos da loja, e a conversa animada girou em torno das recordações do passado. Tanto Yonezawa quanto Kudo eram, na época, assíduos no Marion e se conheciam. O bate-papo foi longo, até que Sayoko sugeriu, para ser gentil:

— Por que não vão juntos tomar um chá?

Yonezawa assentiu com a cabeça. Yasuko lhe voltou um olhar interrogador.

— Você teria tempo para isso? — perguntou então Kudo, mas talvez tivesse aparecido naquele horário já com a intenção de saírem juntos.

— Se for rápido — respondeu ela, sorrindo.

Saíram ambos da loja e foram caminhando em direção à avenida Shin-Ohashi.

— Gostaria na verdade que jantássemos juntos, com calma, mas não hoje. Sua filha com certeza espera por você — disse Kudo. Ele sabia, desde a época em que ela trabalhava em Akasaka, que Yasuko tinha uma filha.

— E seu filho, está bem?

— Ah, sim. Já está no terceiro ano do colégio, tem vestibular pela frente. Isso me preocupa. — Kudo franziu o cenho. Ele administrava uma pequena gráfica. Residia em Ozaki, junto com a mulher e o filho, como Yasuko ouvira dele próprio.

Entraram em uma pequena casa de chá, na avenida Shin-Ohashi. Havia um restaurante próximo à bifurcação da avenida, que Yasuko evitou deliberadamente. Fora ali que ela se encontrara com Togashi.

— Fui até o Marian para saber de você. Soube, quando você saiu de lá, que passaria a trabalhar na loja de bentô da madame Sayoko, mas desconhecia o endereço.

— Recordou-se de mim de repente?

— Pois é. — Kudo acendeu um cigarro. — Na verdade, eu soube do que aconteceu pelo noticiário da imprensa e fiquei preocupado. Seu ex-marido teve um fim trágico, não?

— Sim... Mas como descobriu que se tratava dele?

— Não foi difícil. Além do nome, Togashi, aquele rosto eu nunca esqueci.

— Ah, desculpe!

— Não tem por quê. — Kudo abanou as mãos rindo.

Kudo era apaixonado por Yasuko, como ela própria bem sabia. E era correspondido. Entretanto, nunca haviam chegado a se relacionar, por assim dizer, como homem e mulher. Kudo a convidara diversas vezes ao hotel, mas Yasuko sempre recusara com delicadeza. Não tinha coragem de sair com um homem casado e pai de um filho, quando ela mesma tinha marido, não revelado ainda a Kudo, na época.

Mas Kudo acabara encontrando Togashi quando fora levar Yasuko até a casa dela, de táxi. Yasuko costumava descer do táxi em um ponto um pouco afastado de sua residência, e nesse dia não foi diferente. Todavia, derrubara o maço de cigarros no interior do táxi. Kudo havia seguido Yasuko com o intuito de devolver-lhe e a viu entrando em seu apartamento. Foi então até lá, mas quem surgiu na porta não foi Yasuko, e sim um homem desconhecido — Togashi.

Togashi estava embriagado nessa hora. Acreditou que Kudo fosse apenas um cliente importunador e se pôs a esbravejar antes mesmo de Kudo explicar a que viera. Passou a agredi-lo fisicamente, e se Yasuko, que se preparava para o banho, não viesse impedi-lo, pelo jeito teria até procurado uma faca.

No dia seguinte, Yasuko procurou Kudo em companhia de Togashi para pedir desculpas. Nessa hora, Togashi já se mostrava calmo, em sua aparência peculiar. Sabia com certeza que teria problemas se Kudo apresentasse queixa à polícia. Kudo, porém, não se mostrou rancoroso. Apenas observou a Togashi que não deveria deixar sua mulher por muito tempo na vida noturna. Apesar de obviamente incomodado, Togashi se manteve em silêncio, mas assentia com a cabeça.

Kudo continuou a frequentar o bar como sempre. E se comportava da mesma forma com Yasuko. Deixou apenas de se encontrar com ela fora da boate. Algumas poucas vezes, quando ninguém se achava por perto, ele perguntava sobre Togashi. Queria saber se ele já havia encontrado trabalho. Yasuko se limitava a abanar negativamente a cabeça.

Kudo foi também o primeiro a perceber que Togashi a agredia. Yasuko procurava esconder habilmente os hematomas no corpo e no rosto sob a maquiagem, mas nada escapava dos olhos de Kudo. Deveria procurar um advogado, ele arcaria com os custos — assim lhe havia dito.

— E então, o que está acontecendo? Coisas estranhas em sua vida?

— Bem... A polícia, é claro, costuma aparecer.

— Ah, eu imaginei — disse Kudo, desgostoso.

— Não me incomodo, não tenho com que me preocupar — Yasuko esboçou um sorriso.

— É só a polícia que tem vindo? E a imprensa?

— Nada deles.

— Então está bem. O incidente não é daqueles que excitam o interesse da imprensa, mas pretendia ajudá-la, caso você se visse em dificuldades.

— Muito obrigada. O senhor é sempre gentil.

Yasuko o acabrunhava com essas palavras. Kudo se curvava, estendendo a mão ao copo de café.

— Então você não tem nada a ver com esse incidente.

— Não tenho. Pensou que eu tivesse?

— Quando vi o noticiário, pensei logo em você. E fiquei preocupado, pois se tratava de um assassinato. Não sei quem assassinou aquele homem nem por que, mas você poderia sofrer as consequências.

— Foi o que Sayoko me disse também. As pessoas pensam da mesma forma.

— Fico mais tranquilo ao ver você agora, assim, bem-disposta. Acho que me preocupei demais. Afinal, você se separou dele há muitos anos. E nunca mais o viu, não é verdade?

— Se ainda o via?
— Sim, Togashi.
— Não — assim respondeu Yasuko, sentindo uma leve tensão subir ao rosto.

Depois disso, Kudo passou a conversar sobre sua vida recente. A depressão atingia também a sua empresa, mas ela se conservava aparentemente bem. Sobre a família, só falava do filho. Aliás, como sempre. Assim, Yasuko não tinha conhecimento algum do que se passava entre ele e sua mulher, mas decerto deviam viver em harmonia. Quem se dá ao luxo de se preocupar com os outros é porque vive em harmonia com a própria família — era o que lhe ensinara a sua vida de *hostess* de boate.

Ao abrir a porta da casa de chá, depararam com a chuva lá fora.

— Ai, me desculpe, se tivéssemos saído mais cedo, não pegaríamos esta chuva! — Kudo se voltou a Yasuko penalizado.

— Não fale assim.
— Mora longe daqui?
— A uns dez minutos, de bicicleta.
— De bicicleta? Meu Deus! — Kudo mordeu os lábios e contemplou a chuva.

— Sossegue. Eu trouxe guarda-chuva e posso deixar a bicicleta na loja. Amanhã saio de casa um pouco mais cedo.

— Nesse caso, vou levá-la.
— Oh, não se incomode!

Mas Kudo já saíra para a calçada e acenava para um táxi.

— Vamos jantar sossegados, da próxima vez? — Kudo perguntou, quando o táxi se pôs em movimento. — Sua filha poderá nos acompanhar, se você quiser.

— Minha filha não é problema. Mas e o senhor, pode vir?
— Estou sempre disponível. Não ando muito ocupado esses dias.

A pergunta de Yasuko dizia respeito ao consentimento da mulher dele, no entanto não iria refazê-la. Percebia que Kudo havia entendido bem a sua preocupação, mas disfarçava. Kudo pediu o número do celular dela, e Yasuko lhe forneceu. Não havia motivo para negar-lhe.

O táxi estacionou bem próximo ao apartamento. Kudo também precisou sair do carro, para dar passagem a Yasuko, sentada do lado oposto à calçada.

— Entre logo para não se molhar — disse ela ao descer.
— Então, até a próxima.
— Até mais — Yasuko acenou de leve com a cabeça.

Já dentro do táxi, Kudo dirigiu o olhar para além das costas de Yasuko. Atenta a isso, ela virou para ver o que era. Um homem se achava ao pé da escadaria, com um guarda-chuva aberto. Seu rosto estava escondido entre as trevas, mas, pela figura, Yasuko percebeu que se tratava de Ishigami. Ele prosseguiu andando calmamente. Talvez tenha chamado a atenção de Kudo porque estivera a observá-los, imaginou Yasuko.

— Vou telefonar para você. — Com esse recado, Kudo pôs o táxi em movimento.

Yasuko seguiu as luzes traseiras do carro que se afastava. Estava animada, como bem reconhecia. Quantos anos fazia que uma companhia masculina não a deixava nesse estado!

Viu que o táxi passou por Ishigami e prosseguiu. Ao entrar na sua sala, encontrou Misato, que assistia à televisão.

— Aconteceu alguma coisa hoje? — perguntou à filha. Logicamente, não se tratava de assuntos da escola, como Misato bem sabia.

— Nada de mais. Mika não disse nada, acho que os investigadores não foram até ela ainda.

— Está bem.

Pouco depois, o celular de Yasuko se pôs a tocar. A ligação vinha de um telefone público, como indicava o visor de cristal líquido.

— Sim, sou eu.

— É Ishigami — a aguardada voz grave soou no celular.

— Alguma novidade hoje?

— Nada em especial. Misato também me disse o mesmo.

— Está bem. Mas não se descuide, nada leva a crer que a polícia tenha deixado de suspeitar de você. Provavelmente eles estão neste momento realizando uma investigação completa a seu respeito.

— Certo.

— Então, nada de novo?

— Como? — Yasuko se mostrou confusa. — É como te disse, não houve nada.

— Sim, sim... Foi o que me disse. Desculpe. Então, até amanhã — Ishigami desligou.

Atônita, Yasuko largou o celular. Ishigami pareceu-lhe confuso como nunca, quem sabe por tê-la visto em conversa com Kudo. Com certeza, estranhara a intimidade entre ambos. Quem seria aquele homem? Seria esse o motivo da sua última pergunta.

Yasuko sabia muito bem por que Ishigami viera socorrer ela e sua filha. Estava apaixonado por ela, como dizia Sayoko e o marido. Entretanto, o que aconteceria se ela fosse próxima de outro homem? Ele continuaria mesmo assim a ajudá-las com a sua perspicácia?

Talvez fosse melhor deixar de se encontrar com Kudo. E, se eles se encontrassem, não permitir que Ishigami viesse a saber. Mas logo se viu assaltada por um estranho sentimento, um indescritível nervosismo. Até quando? Até quando precisaria ludibriar Ishigami? Talvez nunca mais pudesse juntar-se a um homem, enquanto o crime não prescrevesse...

8

Ruídos de solas de sapato deslizando pelo chão. Ao mesmo tempo, algo como pequenas explosões. Tudo isso despertava saudades. À entrada do ginásio, Kusanagi espiou o interior. Em uma quadra próxima, Yukawa se punha em guarda empunhando uma raquete. Suas coxas pareciam um pouco mais magras do que nos tempos da juventude, mas isso era normal. Ele mostrava, porém, a mesma forma.

O adversário parecia ser um estudante. Exibia boa habilidade e não se intimidava com os ataques maldosos de Yukawa. A cortada do estudante foi decisiva. Yukawa caiu sentado, sorrindo com amargura. Seus olhos captaram Kusanagi. Yukawa disse algo ao estudante e depois se aproximou com a raquete na mão.

— O que você quer hoje?

A pergunta surpreendeu Kusanagi.

— Como é que é? Foi você quem me ligou, e é por isso que vim até aqui para saber o que você queria.

O celular de Kusanagi registrava uma chamada de Yukawa.

— Ah, foi isso? Mas não era nada importante, sendo assim nem deixei recado. Eu o poupei porque você deixou o celular desligado, então imaginei que estivesse muito ocupado.

— Estava assistindo a um filme no momento.

— Assistindo a um filme? Durante o expediente? Quanta esnobação!

— Nada disso. Estava verificando aquele álibi e quis conhecer o filme, por via das dúvidas. De outra forma, seria difícil conferir a veracidade do que diz a mulher suspeita do crime.

— Seja como for, a profissão te dá essa vantagem.

— Assistir a um filme por exigência do trabalho não me dá prazer algum. E se não há nada importante, nem era para eu estar aqui. Deveria ter percebido logo quando liguei no laboratório e me disseram que você estava no ginásio.

— Mas já que veio, vamos almoçar juntos. Mesmo porque, na verdade, temos coisas para conversar. — Yukawa trocou o tênis que calçava pelo sapato que largara na entrada.

— Do que se trata?

— Desse caso — disse Yukawa, começando a andar.

— Qual caso?

Yukawa se deteve e apontou a raquete para Kusanagi.

— O caso do cinema.

Eles entraram em um boteco nas cercanias da universidade. O boteco não existia quando Kusanagi era estudante. Foram a uma mesa bem ao fundo.

— Ambas as mulheres suspeitas do crime declararam ter ido ao cinema, mas o crime aconteceu no dia 10 deste mês. E a filha comentou o fato com uma colega no dia 12 — disse Kusanagi, despejando cerveja no copo à frente de Yukawa. — Isso eu chequei com a colega agora há pouco. E para isso eu assisti ao filme.

— Está bem, entendi a desculpa. E o que concluiu da sua conversa com essa colega?

— Nada por enquanto. Diz ela que não reparou nada de estranho.

A colega se chamava Mika Ueno. Declarou ter ouvido de Misato Hanaoka, certamente no dia 12, que havia ido com a mãe ao cinema. Mika também havia assistido ao filme e assim a conversa entre ambas foi muito animada.

— Dois dias após o crime causa estranheza — disse Yukawa.

— Pois é. Se quisessem falar do filme visto por ambas para se animarem, o normal teria sido logo no dia seguinte. Por isso, eu me perguntei: não teria sido no dia 11?

— Existe essa possibilidade?

— Não dá para negar. A mulher suspeita trabalha só até as seis horas, e a filha, se regressar logo após o treino de badminton, poderia comparecer à sessão das sete horas. É o que elas afirmam ter feito no dia 10.

— Badminton? A filha participa do clube de badminton?

— Percebi logo no primeiro dia em que fui visitá-las, pois havia uma raquete na sala. Sim, e esse badminton me intriga. Como você sabe muito bem, esse esporte é cansativo, mesmo para uma estudante de curso secundário. Ela estaria exausta depois de um treino no clube.

— A não ser que possa, como você, cabular com habilidade... — disse Yukawa, passando mostarda no *konnyaku* do *oden*.[5]

— Não fuja do assunto. O que quero dizer é que...

---

5. *Oden* é um prato japonês que consiste em um caldo feito à base de peixe e molho de soja, onde se adiciona legumes, tofu, ovos, *konnyaku* (produto processado a partir da batata *konjac*, de aparência similiar a de uma gelatina), entre outros ingredientes regionais. [N.E.]

— Não é natural a uma garota, aluna do ensino secundário, exausta após as atividades no clube, ir cantar em um karaokê até tarde da noite, mesmo que tenha sido possível a ela ir antes ao cinema — foi o que quis dizer?

Surpreso, Kusanagi encarou o amigo. Ele acertara em cheio.

— Mas não se pode generalizar. Existem meninas vigorosas.

— Lá isso é verdade, mas ela é magrinha, não parece possuir tanto vigor assim.

— Quem sabe o treino desse dia não tenha sido muito duro. Além disso, você já se certificou de que elas estiveram no karaokê no dia 10, certo?

— De fato.

— Chegaram ao karaokê a que horas?

— Às vinte e uma e quarenta.

— Você disse que o trabalho na loja de bentô vai até as seis. O local do crime fica em Shinozaki, o que deixa duas horas para praticar o crime, descontando o tempo de ir e voltar. Bem, impossível não é. — Yukawa cruzou os braços, com o hashi na mão.

Kusanagi contemplava o amigo e se perguntava quando lhe dissera que a mulher suspeita trabalhava em uma loja de bentô.

— Vem cá, por que esse súbito interesse nesse caso? Quase nunca você me pede informações sobre o andamento de uma investigação.

— Interesse é exagero. Eu diria curiosidade. E esses álibis de ferro me atraem.

— Sei lá se é de ferro, mas é um álibi difícil de checar e está me causando uma dor de cabeça.

— Vocês não consideram que essa mulher, mantida sob suspeita, possa ser inocente?

— Até pode ser, mas o fato é que não surgiu até agora nenhum outro suspeito. Além disso, não te parece muito conveniente terem estado por acaso no cinema e no karaokê, justo na noite do crime?

— Entendo seus sentimentos. Porém é necessário analisar os fatos com objetividade. Não seria melhor examinar outros aspectos, além do álibi?

— Nós estamos executando honestamente o nosso trabalho de base, nem é preciso que me lembre disso.

Kusanagi retirou do bolso do paletó sobre a cadeira uma folha de papel dobrada, que abriu sobre a mesa. Ela mostrava a caricatura de um homem.

— O que é isso aí?

— É uma ilustração da vítima, enquanto vivia. Alguns investigadores estão pesquisando as proximidades da estação Shinozaki com isto nas mãos.

— Por falar nisso, se bem me recordo, vocês encontraram restos da roupa semicarbonizada, não foi? Um blusão azul-marinho, um pulôver cinzento, uma calça de cor escura. Todos usam esse tipo de roupa.

— Pois é. Todo mundo diz ter visto alguém parecido, dá até desgosto. Os investigadores estão entregando os pontos.

— Ou seja, não colheram nenhuma informação útil.

— Mais ou menos. Temos apenas uma informação: um homem suspeito, com aparência idêntica daquele exibido na ilustração, foi visto nas proximidades da estação. Perambulava, sem ter o que fazer, e foi visto por uma garota de um escritório. Havíamos pregado a ilustração na estação, a menina a viu e nos ligou.

— Tem pessoas que colaboram. Por que não conversam com ela, para mais detalhes?

— Foi o que fizemos, nem é preciso que nos diga. Mas nos pareceu que não se tratava da vítima.

— Por quê?

— Para começar, a estação onde ele foi visto não era Shinozaki, mas Mizue, uma estação antes. E o rosto parece que não bate. Mostramos à garota a fotografia da vítima, e ela não o reconheceu. Tinha um rosto redondo, diz ela.

— Hum, um rosto redondo...

— Pois é, o nosso trabalho é assim mesmo, uma sequência de tentativas e erros... O nosso mundo é bem diferente desse de vocês, controlado pela lógica — disse Kusanagi colhendo com o hashi uma batata desmanchada.

Yukawa, porém, não replicou. Kusanagi ergueu os olhos e viu que ele juntava as mãos mirando o espaço. Aquela fisionomia lhe era bem familiar, a de quando Yukawa se perdia em pensamentos. Os olhos dele começaram a adquirir foco gradualmente e se voltaram a Kusanagi.

— O rosto do cadáver estava amassado, não foi?

— Isso mesmo. E a impressão digital nos dedos, queimada. Com certeza para dificultar a identificação.

— O que empregaram para amassar o rosto?

Kusanagi verificou se alguém nas proximidades estava à escuta e se debruçou sobre a mesa.

— Presume-se que o criminoso estivesse com um martelo, embora não tenha sido encontrado ainda. Acreditamos que tenha feito uso de algum instrumento para bater diversas vezes o rosto com ele e destruir sua ossada. A arcada dentária e o queixo estavam completamente amassados, não há como compará-los com uma ficha odontológica.

— Um martelo, talvez... — murmurou Yukawa, partindo com o hashi um pedaço de nabo cozido.

— Por quê? — indagou Kusanagi.

Yukawa depôs o hashi e apoiou os cotovelos sobre a mesa.

— Se a mulher da loja de bentô for a assassina, como você pensa que ela agiu naquele dia? Acha que ela mentiu quando disse que foi ao cinema?

— Não estou certo ainda de que ela mentiu.

— Está bem, então me explique sua linha de raciocínio. — Yukawa o encorajou gesticulando com uma mão enquanto erguia o copo com a outra.

Kusanagi fez um muxoxo e lambeu os lábios.

— Não é propriamente uma linha de raciocínio, mas penso da seguinte forma: a mulher da loja de bentô... a senhora A, para simplificar — pois é, a senhora A concluiu o trabalho e saiu da loja após as seis horas. Até a estação Hamacho são dez minutos a pé. A partir dali até a estação Shinozaki são mais vinte minutos de metrô. E se ela tomou um táxi ou ônibus a partir dessa estação até as proximidades do antigo rio Edo, local do crime, pode ter chegado lá por volta das sete horas.

— E a vítima? O que andou fazendo nesse meio-tempo?

— A vítima se dirigia também ao mesmo lugar. É de se presumir que tivessem marcado um encontro. Mas a vítima surgiu da estação Shinozaki de bicicleta.

— Bicicleta?

— Isso mesmo. Havia uma bicicleta abandonada perto do cadáver, contendo impressões digitais idênticas às da vítima.

— Impressões digitais? Mas não haviam sido queimadas?

Kusanagi assentiu com a cabeça.

— Por isso mesmo a identificação só foi possível quando se descobriu a identidade da vítima. Em outras palavras, as impressões digitais na bicicleta coincidem com as colhidas no quarto alugado pela vítima. Espere, já sei o que você vai me dizer. Que isso prova que o inquilino do quarto alugado é o proprietário da bicicleta, o que não significa que ela seja do morto, não é? E até pode ser que o inquilino do quarto seja o criminoso e tenha usado a bicicleta. Mas nós verificamos os fios de cabelo encontrados no quarto. Eles coincidem com os do cadáver. Aproveitamos para conferir o DNA também.

Yukawa esboçou um sorriso constrangido pelo discurso afobado de Kusanagi.

— Olhe, não vá pensar que eu esteja pondo em dúvida a identificação realizada pela polícia. Mas o caso da bicicleta chama a atenção. A vítima costumava deixar sua bicicleta na estação Shinozaki?

— Pois é, acontece que... — Kusanagi relatou o episódio da bicicleta.

Do fundo dos óculos de aro metálico, Yukawa arregalou os olhos.

— Quer dizer, então, que a vítima roubou deliberadamente a bicicleta para ir até o local do crime? Sem recorrer a um táxi ou ônibus?

— É o que aconteceu, pelo jeito. Pelas nossas investigações, a vítima estava desempregada e na miséria. Quis com certeza poupar o dinheiro do ônibus.

Incrédulo, Yukawa cruzou os braços e fungou.

— Vá, que seja. Então, a senhora A se encontrou com a vítima no local do crime dessa maneira. Continue.

— Marcaram encontro no local, mas acho que a senhora A estava escondida em algum lugar. Notou que a vítima havia chegado e se aproximou silenciosamente dele, por trás. Envolveu a corda que tinha nas mãos no pescoço dele e apertou-a com força.

— Um momento! — Yukawa estendeu a mão aberta.

— A altura da vítima?

— Um metro e setenta, mais ou menos — respondeu Kusanagi aborrecido. Sabia o que Yukawa queria dizer.

— E a da senhora A?

— Diria um metro e sessenta.

— Dez centímetros de diferença — com o rosto apoiado sobre os cotovelos, Yukawa sorriu com escárnio. — Já sabe o que quero dizer, não?

— De fato, não é fácil estrangular alguém mais alto. Além disso, as marcas no pescoço mostram que a corda foi puxada para cima. Mas pode ser que a vítima se achasse sentada, quem sabe sobre o selim da bicicleta.

— Lá vem você com deduções capengas.

— Capengas, não! — Kusanagi esmurrou a mesa.

— E depois? Ela o despiu, amassou o rosto dele com o martelo que havia trazido, queimou as pontas dos dedos dele com um isqueiro. Pôs fogo nas roupas e fugiu. É isso que você diz?

— Dá para chegar até as nove horas em Kinshicho. Não é impossível.

— Em tese, sim. Mas as suas deduções são muito forçadas. Não acredito que todos concordem com você no departamento.

Com a boca contorcida, Kusanagi bebeu a cerveja restante. Depois, pediu mais uma a um garçom que passava e se voltou a Yukawa.

— Muitos dizem que uma mulher não seria capaz disso.

— É o que acho. Não conseguiria de forma alguma estrangular um homem, pois ele resistiria, por mais que ela o atacasse de surpresa. E ele jamais deixaria de resistir. Até mesmo cuidar do cadáver depois seria difícil para uma mulher. Sinto muito, mas eu também deixaria de concordar com o investigador Kusanagi.

— Já esperava isso de você. Nem eu acredito piamente nessas minhas deduções. É apenas uma das possibilidades, entre muitas outras.

— Você me dá a entender que possui outras ideias. Por que não aproveita a oportunidade e desembucha logo o que tem na cabeça, sem se fazer de rogado?

— Não é que esteja me fazendo de rogado. Veja, isso que eu te falei só vale para a hipótese de o crime ter sido cometido no próprio local onde o cadáver foi encontrado. Mas dá para se pensar também que o crime tenha sido cometido em outro lugar, e o cadáver tenha sido transportado para lá. A maioria no departamento pensa dessa forma, tenha sido ou não a senhora A a autora do crime.

— Essa hipótese é a mais natural. Porém o investigador Kusanagi não a considera prioritária. Por quê?

— É muito simples. Se a senhora A for de fato a autora do crime, essa hipótese não existe, pois ela não possui automóvel. Antes disso, ela não sabe dirigir. Então não tem nem como transportar o corpo.

— Sem dúvida. Não se pode ignorar esse ponto.

— E tem ainda a bicicleta abandonada. Pode-se pensar que ela serviu para dar a impressão de ter sido ali o local do crime, mas então as impressões digitais deixadas na bicicleta perdem sentido. Lembre-se de que as do cadáver foram destruídas.

— De fato, a bicicleta é um enigma. Em todos os sentidos. — Yukawa tamborilou a borda da mesa com os dedos, como se estivesse tocando piano. Mas parou e disse: — Seja como for, seria melhor pensar que o crime tenha sido obra de um homem, eu acho.

— É a opinião corrente do departamento. Mas a participação da senhora A não está descartada completamente.

— Quer dizer que a senhora A teve um comparsa masculino?

— Estamos investigando a vida da senhora, no momento. Ela de início foi uma *hostess*. É de se crer que tenha muitos amigos.

— Não deixe as *hostesses* te ouvirem — disse Yukawa com um sorriso malicioso, mas, retomando a seriedade, pediu: — Me mostre aquela ilustração.

— Esta aqui? — Kusanagi exibiu a ilustração da vítima em seus trajes.

Yukawa murmurou enquanto a examinava:

— Por que será que o assassino teria retirado suas roupas?

— Ah, sem dúvida para dificultar sua identificação. O mesmo propósito de ter destruído o rosto e a ponta dos dedos.

— Mas então bastava levar consigo a roupa retirada. Por ter tentado queimá-la, ficaram indícios da queima incompleta, que acabaram permitindo uma ilustração como essa.

— Estava afobado, com certeza.

— Então sapatos e roupas servem para identificar alguém? Entenderia se fosse carteira, ou documento de habilitação. É muito arriscado despir um cadáver, e o assassino deveria ter pressa em fugir.

— O que você está querendo dizer? Há outros motivos para despi-lo?

— Não dá para assegurar, mas, se houver, vocês não vão poder chegar ao criminoso enquanto não descobrirem quais são — disse Yukawa, desenhando com o dedo um enorme ponto de interrogação sobre a imagem.

Os resultados da prova final de matemática da terceira turma do segundo ano haviam sido lastimáveis. Aliás, o desempenho do segundo ano inteiro, e não apenas da terceira turma, deixara a desejar. Ishigami sentia que o raciocínio dos alunos decaía ano a ano.

Devolvidas as folhas da prova, ele anunciou a data prevista para a avaliação complementar. A escola estabelecia um limite mínimo de nota para cada matéria, que o aluno deveria ultrapassar para poder ser aprovado. Logicamente, inúmeras avaliações complementares eram realizadas por diversas vezes, e assim, eram bem poucos os alunos reprovados.

Como de hábito, vozes insatisfeitas se ergueram na classe. Ishigami não lhes deu atenção, mas alguém se dirigiu pessoalmente a ele.

— Mas, professor, existem universidades que não exigem matemática no vestibular. Então, se alguém quer ir para essas universidades, para que se importar com o desempenho em matemática?

Ishigami se voltou em direção à voz. Um aluno — chamava-se Morioka — coçava a nuca e perguntava "concordam?", procurando apoio dos colegas ao redor. Baixinho, era o chefe do bando de moleques da classe, como até Ishigami sabia, embora não estivesse no cargo de orientador. Morioka vinha à escola de motoneta às escondidas, pois isso era proibido, e já fora repreendido diversas vezes.

— Você, Morioka, pretende ingressar em uma dessas universidades? — perguntou Ishigami.

— Sim, se for o caso. Mas, por enquanto, não penso em seguir para a universidade. De todo modo, nem pretendo escolher matemática no próximo ano. Então, por que devo me preocupar com essas notas? Mesmo para você, professor, é um trabalho a mais lidar com burros como a gente. Por isso, que tal entrarmos em um acordo, assim, de adultos?

A classe se punha a rir, achando graça nesse "acordo de adultos". Ishigami também sorriu contrafeito.

— Se você se preocupa comigo, então procure obter aprovação na próxima prova. A matéria se restringe a cálculo diferencial e integral. É pouca coisa.

Desgostoso, Morioka estalou ostensivamente a língua. Cruzou as pernas esparramadas de lado.

— E para que serve isso? É pura perda de tempo.

Ishigami se preparava para ir ao quadro negro explicar sobre as questões da avaliação final de aproveitamento, mas se deteve. Não podia ignorar esse comentário.

— Morioka, parece que você gosta de motos, não? Já assistiu a uma corrida de motocicletas?

Surpreso pela pergunta inusitada e repentina, o rapaz acenou com a cabeça que sim.

— Os corredores não dirigem suas motos em uma velocidade constante. Mudam constantemente de velocidade, em conformidade não apenas com as condições do terreno ou do vento, mas também por circunstâncias ditadas pela estratégia. A derrota ou a vitória depende dessa decisão instantânea, entre se conter e acelerar, entendeu?

— Entendi, mas o que isso tem a ver com matemática?

— Esse, digamos, grau de aceleração é dado pela derivada da velocidade nesse instante. Mais ainda, a distância percorrida resulta da integral das velocidades que variam de instante a instante. No caso da corrida, as motos percorrem uma mesma distância, e assim a derivada da velocidade passa a ser um elemento importante para a vitória. E então, acha ainda que o cálculo diferencial e integral não serve para nada?

Morioka parecia confuso, talvez por não ter compreendido o conteúdo da conversa de Ishigami.

— Mas o corredor não está pensando em derivadas e integrais. Acho que ele disputa a corrida usando seu instinto e experiência.

— É claro que os corredores fazem isso. No entanto, a equipe que dá suporte a eles, não. Eles constroem a estratégia da corrida calculando onde e como os corredores devem acelerar para vencer a corrida, utilizando repetidas simulações, bem precisas. E para isso recorrem ao cálculo diferencial e integral. Talvez nem se deem por isso, mas, na verdade, estão usando softwares de computador onde se empregam esses cálculos.

— Nesse caso, apenas os criadores desses softwares deveriam estudar matemática.

— Até pode ser, porém quem garante que você, Morioka, não venha um dia a se tornar um deles?

Morioka se estirou para trás em sua carteira.

— Mas de jeito nenhum!

— Você talvez não. Mas pode acontecer com alguém dentre os presentes aqui. A matemática está sendo ensinada para esses alunos. E, deixe-me dizer, o que ensino a vocês não passa de uma pequena porta de entrada ao mundo da matemática. E se não são capazes de ver essa porta, como vão conseguir penetrar nesse mundo? Claro, quem não quer entrar, não precisa. Eu passo a vocês minha avaliação porque quero me certificar de que perceberam, pelo menos, onde está a porta.

Ishigami circulava o olhar por toda a classe enquanto falava. Para que estudar matemática? Todos os anos alguém fazia essa pergunta, que ele sempre respondia da mesma forma. Desta vez, um garoto aficionado por motocicletas fizera a pergunta. Ciente disso, tomara como exemplo a corrida de motos. No ano passado, dissertara sobre a matemática utilizando engenharia acústica a um aluno que almejava ser um músico. Ishigami não encontrava dificuldades nesse nível.

Terminada a aula, ele retornou à sala dos professores. Encontrou então um bilhete em cima da mesa, escrito em caligrafia grosseira. Dizia: "Yukawa ligou para você" — e havia um número de celular. A grafia era de um colega, também professor de matemática. Ishigami se viu tomado de uma inexplicável apreensão. Yukawa? O que ele quer?

Saiu ao corredor com o celular na mão. Discou para o número registrado na mensagem e foi atendido logo ao primeiro toque.

— Desculpe incomodá-lo em serviço — a voz de Yukawa soou abrupta.

— Algo urgente?

— De certa forma, sim. Podemos nos encontrar hoje, daqui a pouco?

— Daqui a pouco, você diz?... Bem, tenho ainda algo a fazer. Quem sabe depois das cinco? — Já concluíra a sexta aula do dia, e as sessões de orientação seriam realizadas em cada uma das salas de aula. Ishigami não era orientador e, quanto ao salão de judô, poderia entregar a chave a um outro professor e pedir para fechá-lo.

— Então te aguardo no portão às cinco horas. Pode ser?
— Por mim, tudo bem. Mas onde está você agora?
— Aqui bem perto da escola. Até logo mais.
— Até. — Desligou, mas continuou agarrado ao celular. Que urgência seria essa que o levava a vir procurá-lo na escola?

Concluída a avaliação, Ishigami preparou-se para deixar o serviço. Saiu da sala dos professores exatamente às cinco horas e atravessou o pátio rumo ao portão de entrada. Yukawa se encontrava bem ao lado da faixa de travessia de pedestres diante do portão, envolto em um casaco escuro. Agitou a mão ao perceber Ishigami.

— Me perdoe mesmo por importuná-lo — disse sorrindo.

— O que aconteceu para você se dar ao trabalho de vir até aqui? — perguntou Ishigami, também sorridente.

— Eu explico no trajeto.

Caminhavam pela avenida Kiyosubashi quando Ishigami apontou para uma travessa:

— Vamos por lá, chegaremos direto até as proximidades do meu apartamento.

— Mas eu quero ir lá, naquela loja de bentô — disse Yukawa sem titubear.

— Loja de bentô... mas para quê? — Ishigami sentiu seu rosto endurecer.

— Ora, para comprar bentô, que mais poderia ser? Não posso me demorar hoje, pois tenho outros compromissos. Não há tempo para jantar sossegadamente com você, então pensei em garantir desde já uma refeição para a noite. Os bentôs de lá são deliciosos, certo? Caso contrário, você não compraria lá todas as manhãs.

— Pois bem. Vamos então. — Ishigami voltou os passos em outra direção.

Os dois se puseram a andar lado a lado rumo à ponte Kiyosu. Um caminhão enorme passou ao lado deles.

— Me encontrei outro dia com Kusanagi. Você sabe, é aquele investigador de quem te falei, que foi até o seu apartamento.

Ishigami se pôs em alerta. O mau presságio crescia cada vez mais.

— Ele disse alguma coisa?

— Nada muito importante. Ele sempre me procura quando se vê em um impasse, para se lamuriar. E os problemas que me traz são bem espinhosos. É um chato. Uma vez ele me infernizou pedindo para que eu decifrasse o enigma do *poltergeist*.

Yukawa começou a falar desse incidente com o *poltergeist*, algo de fato bem curioso. Mas com certeza ele não se dera ao trabalho de procurá-lo só para lhe falar disso. Enquanto Ishigami se preparava para indagá-lo sobre o real objetivo da sua visita, a placa da loja já surgia diante deles.

Seria um problema entrar lá com Yukawa. Não sabia como Yasuko iria reagir ao ver os dois. A simples aparição de Ishigami a essas horas já era anormal, quanto mais acompanhado como estava. Ela poderia entrar em pânico, imaginando o pior.

Alheio de todo aos temores de Ishigami, Yukawa abriu a porta do Benten-tei e entrou. Sem outra opção, Ishigami o acompanhou. Yasuko atendia outro cliente.

— Pois não? — Yasuko se voltou a Yukawa com um sorriso de boas-vindas e depois deparou com Ishigami. No mesmo instante, o susto e a confusão subiram ao seu rosto. O sorriso congelou indefinido.

— O que foi que ele fez? — perguntou Yukawa, percebendo a reação de Yasuko.

— Oh, não foi nada — Yasuko abanou a cabeça, conservando o mesmo sorriso incerto. — Ele é meu vizinho. Vem sempre comprar aqui...

— Parece que sim, não é? Ele que me falou desta loja, então fiquei com vontade de experimentar ao menos uma vez o bentô de vocês.

— Muito obrigada! — Yasuko curvou a cabeça.

— Fomos colegas de universidade — Yukawa se voltou a Ishigami. — Até fui visitá-lo outro dia no apartamento dele.

Yasuko curvou outra vez a cabeça.

— Ele não te contou?

— Sim, brevemente.

— Pois bem. E então, o que me recomenda? O que ele costuma comprar?

— O senhor Ishigami leva quase sempre o especial da casa, mas hoje já esgotou...

— Mas que pena! Então, o que será que vou escolher?... Todos eles parecem bons.

Ishigami averiguava a rua lá fora através da porta de vidro. A polícia poderia estar espreitando de algum lugar, não devia deixar que o vissem em intimidades com Yasuko.

Porém, antes disso, Ishigami observou de soslaio o rosto de Yukawa. Esse homem mereceria confiança? Não seria melhor se precaver? Ele era próximo daquele investigador Kusanagi, de forma que a polícia poderia ficar sabendo por ele de tudo que se passou ali nesse dia.

Yukawa acabou de escolher seu bentô no menu, e Yasuko transmitiu o pedido ao fundo da loja. Nesse exato instante, a porta da loja se abriu. Um homem entrou. Ishigami viu-o casualmente e contraiu os lábios de forma instintiva. Sem dúvida alguma, o homem, em uma jaqueta marrom, era o mesmo que vira ainda ontem, defronte ao apartamento. Aquele que viera com Yasuko em um táxi. Oculto debaixo de um guarda-chuva, Ishigami havia visto os dois conversando amigavelmente.

O homem aparentemente não o reconheceu. Aguardou Yasuko voltar do fundo da loja. Instantes depois, ela retornou. Percebendo o novo cliente, a surpresa lhe subiu ao rosto. O homem permaneceu calado. Yasuko dirigiu-lhe uma pequena mesura. Talvez pretendesse conversar com ele após a saída dos dois que eram inconvenientes.

Quem seria esse homem? De onde teria surgido, e desde quando se fizera íntimo de Yasuko? Ishigami se recordava muito bem do semblante de Yasuko ao descer do táxi. Mostrava-se feliz como jamais ele a vira. Não era o rosto de uma mãe, muito menos o de uma funcionária de uma loja de bentô. Vira, quem sabe, a verdadeira Yasuko, o seu verdadeiro rosto. Ela exibia a esse homem uma expressão que jamais lhe dera a ver... Ishigami se pôs a observar alternadamente o homem misterioso e Yasuko. Sentiu que o ar balançava entre ambos. Algo como uma ansiedade tomou o seu peito.

O bentô solicitado ficou pronto. Yukawa o recebeu, pagou a conta e convidou Ishigami a sair. Os dois deixaram o Bentei-ten e, das proximidades da ponte Kiyosu, desceram à margem do rio Sumida, por onde passavam a andar.

— Notou algo naquele homem? — perguntou Yukawa.

— O que você disse?

— Aquele homem que veio depois. Me pareceu que ele chamou sua atenção.

Ishigami se assustou, perplexo pela percepção acurada do velho amigo.

— É mesmo? Mas eu nunca o vi — Ishigami se esforçou para demonstrar indiferença.

— Então está bem — Yukawa não pareceu suspeitar de nada.

— Mas afinal, de que se trata esse assunto urgente? Não me venha dizer que era apenas comprar um bentô.

— Tem razão. Ainda não entrei no ponto mais importante. — Yukawa franziu o cenho. — Como já te disse, aquele Kusanagi me consulta sempre que se defronta com problemas complicados. E foi o que aconteceu também desta vez. Lá veio ele de novo quando soube que você é vizinho daquela mulher da loja de bentô, e com um pedido bem desagradável.

— Pedido?

— Ao que parece, a polícia mantém ainda a mulher sob suspeita. No entanto, não consegue encontrar nenhuma evidência. Então, quer mantê-la em vigilância. Mas há limites para essa vigilância. E aí pensaram em você.

— Por acaso estão querendo que eu vigie minha vizinha?

— Isso mesmo, trata-se desse "por acaso". Claro, não em tempo integral. Querem que você esteja um pouco atento ao que se passa no apartamento ao lado e que eles sejam comunicados se você notar algo estranho. Em suma, estão lhe pedindo para agir como espião. São muito descarados e inconvenientes.

— E você veio me pedir para fazer isso.

— A polícia, é claro, fará uma solicitação oficial. Eles me pediram para sondá-lo primeiro. Particularmente, não me importo se você recusar, e até acho que deveria. Mas, por dever de amizade com Kusanagi, não pude deixar de realizar essa sondagem.

Yukawa parecia sinceramente abatido. Contudo, Ishigami se perguntava se a polícia faria um pedido como esse a um cidadão.

— O fato de você ter ido especialmente ao Benten-tei tem algo a ver com isso?

— Para ser honesto, sim. Quis ver uma vez com estes meus olhos essa mulher que está sob suspeita. E acho que ela não seria capaz de matar quem quer que seja.

Nem eu, Ishigami quis dizer, mas se conteve. Disse, bem ao contrário:

— Sei lá, as pessoas nem sempre são o que parecem.

— É verdade. E então, você aceitará se a polícia te enviar um pedido como esse?

Ishigami abanou a cabeça.

— Sinceramente, gostaria de recusar. Espionar a vida dos outros não faz bem o meu gênero. Além disso, não disponho de tempo para esse tipo de coisa. Sou um homem ocupado, embora talvez não pareça.

— Suponho que sim. Então vou transmitir a Kusanagi o que você me disse. Esta conversa termina aqui. Me desculpe se o magoei.

— Não se preocupe.

A ponte Shin-Ohashi se aproximava. Os abrigos dos moradores de rua já estavam à vista.

— Kusanagi me disse que o crime ocorreu no dia 10 de março — disse Yukawa. — Me disse também que, nesse dia, você havia regressado um pouco mais cedo que de costume.

— Não tive outro compromisso nessa noite. Assim, já estava em casa ao redor das sete horas. Acho que declarei isso ao senhor investigador.

— Depois você permaneceu em seu quarto, lutando para resolver os enigmas de matemática?

— Mais ou menos isso.

Quem sabe esse homem queira confirmar meu álibi, pensou Ishigami. Nesse caso, também estaria sob suspeita.

— Por falar nisso, nunca perguntei sobre seus hobbies. Você pratica algo além da matemática?

Ishigami riu.

— Hobby mesmo, não tenho. Para mim, é só a matemática.

— E para se descontrair? Não dirige? — Yukawa gesticulou com a mão, como se estivesse dirigindo um carro.

— Não posso, nem se quisesse. Eu não tenho carro.

— Mas possui habilitação.

— Isso te surpreende?

— Claro que não. Mesmo ocupado como é, deve ter tido tempo para frequentar, pelo menos, uma autoescola.

— Assim que desisti de permanecer na universidade, tratei logo de tirar a carteira de habilitação. Poderia me ser útil em um novo emprego, mas a verdade é que não me adiantou de nada — disse Ishigami e se voltou para Yukawa. — Você quis se certificar de que eu poderia dirigir um carro?

Yukawa piscou, estranhando a pergunta.
— Não. Por quê?
— Tive essa impressão.
— Não tive outras intenções. Só queria mesmo saber se você passeia de vez em quando de carro. Ou se tem outros interesses além da matemática! Mesmo que seja de vez em quando, vamos procurar outros assuntos, diversos da matemática.
— Você quis dizer diversos da matemática e de assassinatos. — Ishigami pretendia ser irônico, mas Yukawa riu e disse:
— Sim, é isso mesmo!
Estavam sob a ponte Shin-Ohashi. Um homem de cabelo grisalho cozinhava alguma coisa em uma panela sobre o fogareiro. Tinha ao lado uma garrafa. Alguns outros moradores de rua também se achavam fora dos seus abrigos.
— Bem, eu me despeço por aqui, então. Me perdoe por ter feito você ouvir coisas desagradáveis — disse Yukawa, ao terminar de subir a escadaria ao lado da ponte.
— Peça desculpas por mim ao investigador Kusanagi. Diga a ele que sinto muito não poder ajudá-lo.
— Não há necessidade de se desculpar. Antes disso, eu posso procurá-lo outra vez para nos encontrarmos?
— Mas claro que sim...
— Então tomaremos um trago discutindo matemática.
— Matemática e assassinatos, é o que quer dizer.
Yukawa encolheu os ombros e franziu o cenho.
— É capaz que acabe assim. Ah, de passagem, me veio à mente um novo problema de matemática. Gostaria que pensasse nele em seus momentos de folga.

— Certo, me diga qual é.

— O que é mais difícil: criar um problema que as pessoas não consigam resolver ou tentar solucioná-lo? A solução existe, essa é a condição. Então, não é interessante?

— De fato, desperta interesse. — Ishigami observou o rosto de Yukawa. — Vou pensar nisso.

Yukawa assentiu, virou nos calcanhares e se pôs a caminhar em direção à avenida.

9

Serviram-se do último camarão de água doce quando também o vinho terminava na garrafa. Tomando o que restava do vinho em seu copo, Yasuko soltou um pequeno suspiro. Já nem lembrava quando fora a última vez que havia desfrutado de uma autêntica refeição italiana.

— Quer tomar mais um pouco? — perguntou Kudo, com os olhos ligeiramente avermelhados.

— Estou satisfeita. Peça para você alguma coisa.

— Não, também vou parar. Vamos à sobremesa.

Semicerrando os olhos, Kudo enxugou os lábios com o guardanapo.

Yasuko jantara frequentemente com Kudo em seus dias de *hostess*. À moda italiana ou francesa, a refeição era sempre acompanhada de vinho, mas Kudo jamais se satisfizera com uma garrafa apenas.

— Está deixando de beber?

Kudo refletiu por um instante e depois assentiu.

— De fato, bebo bem menos do que antes. Acho que é a idade.

— Melhor assim. Cuide bem da sua saúde.

— Obrigado — respondeu rindo.

Nesse dia, Yasuko havia sido convidada a jantar pelo celular. Hesitou por um momento, mas, enfim, resolveu aceitar. A hesitação provinha, naturalmente, do incidente. O comedimento lhe dizia que aquele não era momento para se distrair em jantares. Pesava-lhe também na consciência a filha, certamente mais aflita ainda do que ela com as investigações da polícia. E ainda por cima havia Ishigami, que tanto a ajudara a ocultar o incidente da polícia, sem impor condições.

Por outro lado, não deixava de ser importante proceder com naturalidade, precisamente em circunstâncias como essa. E nada mais natural do que aceitar o convite de um cliente de sua época de *hostess*, livre como se achava nessa noite. A recusa, sim, seria de se estranhar e até poderia provocar a suspeita de Sayoko, se ela viesse a saber.

Entretanto, tudo isso nada mais era senão pretexto. O único e maior motivo para aceitar o convite se resumia tão somente à sua vontade. Queria encontrar-se com Kudo, e nada mais. Ela própria não sabia dizer ao certo se estava apaixonada. Nem pensara nele até o reencontro de outro dia. No estágio atual, apenas gostava dele. Devia ser essa a verdade.

Mas, por outro lado, também era verdade que o convite a havia enredado em uma atmosfera de extrema felicidade, bem próxima àquela sensação saltitante da perspectiva de um encontro amoroso. Excitada, talvez até febril, fora pedir a Sayoko que a dispensasse mais cedo, e inclusive retornara ao apartamento para trocar de roupa.

Talvez tudo isso fosse fruto da ânsia em se esquivar, ainda que por um só momento, da tensão em que se encontrava e esquecer das amarguras. Ou o despertar do instinto de mulher, desejosa de ser tratada assim.

De qualquer forma, Yasuko não se arrependia de ter aceitado o convite. Embora o remorso estivesse sempre presente em algum canto da memória, estava feliz como não se sentia havia longos anos.

— E o jantar da sua filha? — perguntou Kudo com a xícara de café na mão.

— Deixei um recado a ela, para que pedisse alguma coisa por delivery. Vai pedir pizza, com certeza. Ela gosta de pizza.

— Hum... E nós aqui nos esbaldando.

— Mas acho que ela prefere se sentar em frente à televisão e comer pizza a vir a um lugar como este. Ela detesta ambientes formais.

Kudo suspirou e coçou o nariz.

— Bem plausível, ainda mais com alguém desconhecido. Nem dá para apreciar com calma a comida. Da próxima vez, vamos pensar melhor. Talvez ela prefira um rodízio de sushi.

— Obrigada. Mas não se incomode.

— Em absoluto. Eu é que gostaria de encontrar com ela. Com a sua filha — disse Kudo erguendo os olhos a Yasuko, enquanto sorvia café.

Kudo havia estendido gentilmente o convite a Misato para o jantar. Era uma sincera consideração. Contudo, Yasuko não se animara em trazê-la. Misato realmente detestava ambientes como esse. Mais do que isso, Yasuko evitava expô-la naquele momento. Não acreditava que a filha fosse capaz de manter a serenidade se, por acaso, houvesse alguma referência ao incidente durante a conversa. E a própria Yasuko poderia voltar a se comportar como mulher diante de Kudo e não queria se expor nesse estado à vista da filha.

— Mas e você, Kudo? Não se importa em jantar sem sua família?

— E eu? — Kudo largou a xícara e se pôs de cotovelos sobre a mesa. — Pois é, eu a convidei hoje para jantar para falar, entre outras coisas, também sobre isso.

Yasuko o encarou com o rosto inclinado, em expectativa.

— A verdade é que me acho, neste momento, solteiro.

— Oh! — Yasuko arregalou os olhos.

— Minha mulher teve câncer. No pâncreas. Operou, mas foi muito tarde. E faleceu no verão passado. Era ainda jovem e, por isso, o câncer progrediu com rapidez. Foi num instante — disse Kudo sem demonstrar emoção. Talvez por isso, a conversa soou irreal aos ouvidos de Yasuko. Ela fitou seu rosto atônita, por alguns segundos.

— Verdade?

— Não se brinca com uma coisa dessas — riu Kudo.

— Claro que não, mas... nem sei o que dizer. — Yasuko se curvou, umedeceu os lábios com a língua e depois ergueu o rosto. — Olhe... meus sentimentos... sinto muito. Deve ter sido difícil.

— De fato. Mas, como disse, tudo se passou num instante. Ela se queixou de dores na lombar e, mal chegamos ao hospital, o médico me chamou de repente para me notificar. Internação, cirurgia, recuperação — tudo se passou em uma sequência, como numa corrente. As horas transcorriam em meio ao desespero, e ela se foi. Nem sei se ela chegou a saber da doença que a levou. É hoje um enigma para a eternidade... — dito isso, Kudo ingeriu um copo de água.

— Quando foi que soube da doença?

Kudo refletiu por um momento.

— Fim do ano retrasado... eu acho.

— Então eu ainda estava no Marian. E você costumava aparecer por lá.

Kudo riu com amargura, encolhendo os ombros.

— É uma falta de consideração, não acha? A mulher entre a vida e a morte, e o marido indo beber!

Rígida, Yasuko não sabia o que dizer. Recordava-se do semblante sorridente e feliz de Kudo na boate.

— Bem, se me permite explicar, eu estava cansado por tudo que se passava comigo nessa época, e ia vê-la em busca de alívio. Foi isso... — ele coçou a cabeça, franzindo o nariz.

Yasuko continuava sem voz. Recordava-se do momento em que deixara o emprego na boate. No último dia de trabalho, Kudo viera com um ramalhete de flores. "Seja feliz em seu novo emprego, ouviu?", assim lhe dissera. Como se sentira nessa hora, quando ele próprio carregava nas costas uma infelicidade muito maior que a dela? Nada dissera sobre isso e lhe desejara felicidade.

— A conversa está se tornando sentimental, não? — Kudo puxou um cigarro, meio embaraçado. — O que quero dizer, em suma, é que, por tudo isso, não é mais necessário se preocupar com a minha família.

— Ah, mas e o seu filho? É época dos exames vestibulares, não?

— Ele está sob os cuidados dos meus pais. Porque assim ele fica mais perto do colégio, e eu também não saberia preparar o jantar dele. Minha mãe está feliz por poder cuidar do neto.

— Então você vive agora, de fato, sozinho?

— O que faço em casa é voltar para a cama e dormir, se isso é viver...

— Mas não me contou nada disso da outra vez.

— Não achei necessário. Estava preocupado com você e fui vê-la. Mas se passo a convidá-la para jantar, você se preocupará com minha família. Então achei melhor te contar o que houve.

— Foi isso então... — Yasuko baixou o olhar.

Compreendia os sentimentos reais de Kudo. Ele lhe pedia de forma velada que consentisse em estabelecer relações, talvez com planos para o futuro. Assim se explicaria o seu desejo de se encontrar também com Misato...

Ao deixar o restaurante, Kudo a acompanhou até o apartamento em um táxi, como da outra vez.

— Muito obrigada pelo jantar de hoje — Yasuko se curvou agradecendo antes de descer do táxi.

— Posso convidá-la outra vez?

Ela hesitou por um momento, mas consentiu com um sorriso.

— Boa noite, então. Mande lembranças à sua filha.

— Boa noite — respondeu ela. Contudo, seria difícil falar dessa noite com Misato. No recado que lhe deixara, havia dito que saíra para jantar com Sayoko.

Yasuko observou o táxi de Kudo se afastar e regressou ao apartamento. Misato estava recolhida sob o *kotatsu*, assistindo à televisão. Como esperado, havia sobre a mesa uma caixa vazia de pizza.

— Ah, chegou — disse Misato, erguendo os olhos a Yasuko.

— Tudo bem? Me desculpe por hoje. — Yasuko evitou encarar a filha. Jantara em companhia de um homem, e isso lhe causava certo remorso.

— Você recebeu a ligação? — perguntou Misato.

— Ligação?

— Sim, do nosso vizinho... o senhor Ishigami — respondeu em voz baixa. Referia-se aos telefonemas que o vizinho sempre lhe fazia regularmente.

— Eu estava com o celular desligado.

— Sei... — Misato pareceu estranhar o fato.

— Aconteceu alguma coisa?

— Não, nada. — Misato relanceou o relógio da parede.
— O senhor Ishigami tem entrado e saído do apartamento a toda hora. Vi pela janela que ele foi em direção à avenida, ao que parece. Pensei que estivesse ligando para você.
— Ah.

E talvez fosse isso mesmo. Na verdade, Yasuko se preocupara com Ishigami mesmo enquanto jantava com Kudo. Mais do que com as ligações, afligia-se com o encontro casual de Ishigami com Kudo no Benten-tei, muito embora Kudo tivesse aparentemente tomado Ishigami como um cliente qualquer. Mas por que teria Ishigami surgido na loja hoje, justo naquela hora? Viera em companhia de um amigo, como nunca acontecera até então. Recordou-se, sem dúvida, de Kudo. O homem que outro dia a trouxera de volta para casa em um táxi surgia outra vez no Benten-tei. Deve ter sentido que havia algo por trás disso, o que lhe tirava a vontade de atender ao telefonema que Ishigami decerto logo lhe faria.

Tudo isso lhe passava pela mente enquanto despia o casaco e o punha de volta ao cabide. Mas, então, a campainha da entrada soou de súbito. Assustada, voltou-se para Misato. Seria Ishigami? Impossível, não havia por quê.

— Sim? — respondeu ela à porta.

— Me desculpe por perturbá-la de noite. Pode me atender por um momento? — A voz era masculina. E desconhecida.

Yasuko abriu a porta, sem destravar a corrente. Havia um homem lá fora. Ela o conhecia de vista. O homem retirou do bolso do paletó uma carteira de policial.

— Sou Kishitani, do Departamento de Investigação. Já estive aqui em companhia de Kusanagi.

— Pois não. — Yasuko se recordava dele. Desta vez, ele vinha só.

Ela fechou a porta e, com os olhos, sinalizou à filha que se retirasse. Deixando o *kotatsu*, Misato se dirigiu calada ao quarto dos fundos. Constatando que o *fusuma* fora fechado, Yasuko destravou a corrente da porta para abri-la de todo.

— O que deseja? — perguntou.

Kishitani se curvou:

— Desculpe, ainda é sobre o caso do cinema...

Yasuko franziu o cenho sem querer. Ishigami já a prevenira de que a polícia iria questioná-la insistentemente sobre o cinema e, de fato, era o que sucedia.

— Mas o que se passa? Não mais tenho mais nada a acrescentar sobre esse assunto.

— Sim, nós entendemos. Eu vim hoje te pedir emprestados os canhotos.

— Canhotos? Os do bilhete de entrada do cinema?

— Isso mesmo. Kusanagi havia te orientado a guardá-los com cuidado da outra vez, lembra?

— Espere um pouco.

Yasuko abriu a gaveta do armário. Os canhotos, antes enfiados entre as folhas do catálogo, haviam sido retirados e transferidos para a gaveta.

Ela entregou os canhotos dos bilhetes dela e de Misato às mãos de Kishitani. O investigador os recebeu agradecido. Usava luvas brancas.

— Pelo jeito, sou eu a principal suspeita deste crime? — tomando coragem, perguntou Yasuko.

— Oh não, que absurdo! — Kishitani agitou a mão diante do rosto. — A verdade é que estamos sofrendo pois, até agora, nem temos um suspeito. Então estamos descartando os que não são, um após o outro. Os canhotos são para essa finalidade.

— Eles se prestam para isso?

— Não temos como afirmar que sim, mas podem servir de referência. Melhor seria se vocês pudessem comprovar que, de fato, estiveram aquela noite no cinema... Não se lembraram de mais nada desde aquele dia?

— Nada além do que já dissemos.

— Certo. — Kishitani voltou os olhos ao interior da sala. — Este frio é persistente, não? Vocês costumam utilizar o *kotatsu* elétrico todos os anos?

Yasuko voltou-se para trás, tentando disfarçar seu susto. A pergunta não era casual.

— Desde quando vocês utilizam este *kotatsu*?

— Faz quatro ou cinco anos, nem sei mais. Isso tem algo a ver com este caso?

— Oh, em particular, nada a ver — Kishitani negou com a cabeça. — Mas hoje a senhora regressou tarde para casa. Foi a algum lugar depois do trabalho?

A pergunta inopinada assustou Yasuko. Ao mesmo tempo, porém, a fez perceber que os investigadores estiveram à sua espera defronte ao prédio. E assim deviam tê-la visto descendo do táxi. Precisaria evitar mentiras descuidadas.

— Fui jantar com um conhecido.

Procurava se ater estritamente ao mínimo necessário, contudo o investigador não se satisfez com essa resposta.

— Com a pessoa que te trouxe de táxi até o apartamento, não é? Não se importaria em me contar como o conheceu?

— Kishitani perguntou constrangido.

— Mas tenho que te contar até isso?

— Se não se importa... Estou sendo inconveniente, eu sei, mas meu chefe não vai gostar se eu voltar daqui sem ter te perguntado. Prometo, não irei importunar seu amigo. Assim, não poderia colaborar conosco só um pouco?

Yasuko soltou um enorme suspiro.

— O nome dele é Kudo, senhor Kudo. Ele era freguês assíduo da boate onde eu trabalhei anteriormente. Me procurou para saber como eu estava, pois soube da ocorrência e se preocupou comigo.

— O que ele faz?

— Ouvi dizer que administra uma gráfica, mas não sei de detalhes.

— Poderia me fornecer o endereço?

Yasuko franziu o cenho ante a pergunta, levando o investigador a se curvar repetidas vezes.

— Não faremos contato com essa pessoa a não ser em extrema necessidade, e mesmo nesse caso, prometemos agir com delicadeza.

Calada, Yasuko apanhou seu celular e, sem nem mesmo disfarçar sua contrariedade, repassou ao outro rapidamente o número que Kudo lhe dera, o qual o investigador anotou às pressas. Depois, embora constrangido, Kishitani ainda prosseguiu perguntando minuciosamente sobre Kudo. Yasuko se viu dessa forma levada a revelar até o dia em que Kudo surgira pela primeira vez no Benten-tei.

Kishitani enfim se foi. Yasuko, extenuada, trancou a porta de entrada e sentou-se lá mesmo onde se achava. A porta divisória do quarto se abriu. Misato surgiu.

— Parece que ainda desconfiam do cinema. Tudo como o senhor Ishigami tinha previsto. O professor é fantástico! — disse ela.

— Pois é. — Yasuko se levantou a caminho da sala enquanto penteava a franja para trás com os dedos.

— Mãe, você não tinha ido jantar com o pessoal do Benten-tei?

Surpresa, Yasuko enfrentava o olhar de censura que a filha lhe dirigia.

— Você escutou?

— Claro que sim.

— Sei... — Cabisbaixa, Yasuko introduziu ambos os joelhos sob o *kotatsu*. Nisso, recordou-se de que o investigador demonstrara interesse por ele.

— Mas por que foi jantar com alguém como ele, justo numa hora como esta?

— Não pude recusar. Devo a ele muitos favores. Além disso, ele se preocupa muito com a gente, por isso veio me ver. Me desculpe por ter escondido de você.

— Bem, eu não me importo...

Nesse instante, escutaram a porta do apartamento vizinho se abrir e fechar. E, em seguida, passos que soaram em direção à escadaria. Yasuko e a filha se entreolharam.

— Ligue o celular — disse Misato.

— Já está ligado — respondeu Yasuko.

O celular tocou minutos depois.

Ishigami se valia do telefone público de sempre. Fazia uso dele pela terceira vez naquela noite. Não fora possível contatar o celular de Yasuko nas duas primeiras vezes. Até agora, isso nunca acontecera. Talvez pudesse ter ocorrido algum acidente, e isso o preocupava. Mas tranquilizou-se ao ouvir a voz dela, que não revelava nada disso.

Ishigami ouvira soar a campainha do apartamento vizinho tarde da noite. Um investigador, como desconfiara. Segundo Yasuko, ele viera pedir emprestados os canhotos do bilhete do cinema. Ishigami já imaginava o que a polícia pretendia. Com certeza, queriam cotejar com os bilhetes arquivados no cinema. Se conseguissem encontrar bilhetes cujos cortes combinassem com os do canhoto, iriam então conferir em seguida as impressões digitais. Se encontrassem neles as de Yasuko, então se comprovaria que as duas estiveram no cinema, mas não que tivessem assistido ao filme. No entanto, se as impressões digitais não fossem encontradas, a suspeita se fortaleceria.

Ainda de acordo com Yasuko, o investigador interrogara acerca do *kotatsu*. Isso também estava dentro das previsões de Ishigami.

— Creio que tenham definido o instrumento do crime — disse Ishigami ao telefone.

— Instrumento do crime?

— O cordão do *kotatsu*. Vocês o utilizaram, não foi?

Yasuko se calou do outro lado da linha, provavelmente pela recordação do estrangulamento de Togashi.

— O estrangulamento quase sempre deixa indícios daquilo que foi usado na pele do pescoço — prosseguiu Ishigami sem rodeios. Não era momento para se preocupar com eufemismos. — A ciência forense está avançada e, assim, é possível determinar com certa precisão o instrumento utilizado por meio das marcas deixadas.

— Por isso, o investigador se interessou pelo *kotatsu*...

— É o que penso. Mas não se preocupe. Já tomei minhas providências a esse respeito.

Ishigami já previra que a polícia viria a definir o instrumento do crime. Por isso, trocara o *kotatsu* da sua sala com o da família Hanaoka, agora encerrado no armário do seu quarto. Por sorte, o cabo de energia do seu aparelho diferia daquele do aparelho delas. Se o investigador estivesse atento ao cabo, teria percebido imediatamente esse detalhe.

— E o que mais ele perguntou?
— O que mais? — E Yasuko se calou.
— Senhora Hanaoka? Alô?
— Sim, estou ouvindo.
— A senhora está bem?
— Não foi nada. Estava tentando me recordar do que mais ele me perguntou. Mas foi só isso, nada mais em especial. Me disse apenas que se eu pudesse provar que estive no cinema, estaria então livre de suspeitas.

— Eles irão insistir quanto ao cinema. É natural, esse álibi era exatamente para que isso acontecesse. Portanto, não há o que temer.

— Senhor Ishigami, o senhor me tranquiliza.

As palavras de Yasuko acendiam uma luz no fundo da alma de Ishigami. As contínuas horas de tensão se abrandavam por alguns instantes. Talvez por isso Ishigami tenha pensado em indagá-la sobre aquele homem. Aquele homem — ou seja, o cliente que entrou no Benten-tei quando lá estivera em companhia de Yukawa. Ele trouxera Yasuko de volta naquela noite, de táxi, como bem sabia. Assistira a tudo pela janela.

— Isso é tudo. E o senhor? Teria algo a me dizer? — perguntou Yasuko, talvez porque ele nada dizia.

— Nada em especial. Por favor, viva a sua vida normalmente. Os investigadores virão com certeza importuná-la ainda por algum tempo, mas o importante é manter a calma e não se deixar alvoroçar.

— Sim, já entendi.

— Então, boa noite. Lembranças à sua filha.

Boa noite, ouviu Ishigami de Yasuko, e depois recolocou o telefone no gancho. O aparelho expeliu o cartão telefônico.

Ao ouvir o relatório de Kusanagi, Mamiya mostrou de forma ostensiva sua insatisfação. Balançava-se na cadeira massageando o próprio ombro.

— Quer dizer então que esse homem, Kudo, se reencontrou mesmo com Yasuko Hanaoka só depois do crime? Não há erro nisso?

— É o que diz o casal de donos da loja de bentô. Não acredito que eles estejam mentindo. Yasuko teria ficado surpresa quando ele surgiu pela primeira vez na loja, tanto quanto eles próprios. Mas ela pode ter fingido, é claro.

— Sim, ela foi uma *hostess*. Fingir faz parte dessa profissão. — Mamiya ergueu os olhos a Kusanagi. — Bem, por enquanto, vamos investigar um pouco mais esse homem, Kudo. Essa súbita aparição logo depois da ocorrência me parece uma estranha coincidência.

— Mas, conforme Yasuko Hanaoka, Kudo, ao que parece, veio procurá-la porque soube do ocorrido. Por isso, eu penso que pode não ter sido uma coincidência.

Kishitani, que se achava ao lado de Kusanagi, interveio com todo o respeito:

— E se os dois fossem de fato cúmplices, estariam nestas circunstâncias se encontrando e jantando juntos?

— Pode ter sido uma camuflagem ousada.

A essa observação de Kusanagi, Kishitani franziu o cenho.

— Possível é, mas...

— Devemos procurar Kudo para interrogá-lo pessoalmente? — perguntou Kusanagi a Mamiya.

— Pode ser. Se ele de fato estiver envolvido no crime, quem sabe deixe escapar alguma coisa. Vá procurá-lo.

— Está bem — respondeu Kusanagi e se afastou com Kishitani.

— Escute aqui, Kishitani, deixe de alegar meras suposições. Os criminosos podem se aproveitar disso — Kusanagi advertiu o investigador principiante.

— Como assim?

— Suponha que Kudo e Yasuko Hanaoka tivessem sido secretamente muito íntimos. Eles poderiam então se valer desse relacionamento para assassinar Togashi. Kudo seria um comparsa ideal, se ninguém soubesse disso.

— Nesse caso, eles ainda estariam empenhados em manter o segredo, não acha?

— Não necessariamente. As relações entre homem e mulher acabam por vir à tona um dia. Pode ser que eles tenham decidido valer-se desta oportunidade para simular um reencontro.

Kishitani assentiu, porém sem convicção. Deixando a delegacia de Edogawa, Kusanagi tomou seu carro em companhia de Kishitani.

— Segundo a perícia, o instrumento do crime parece ter sido, com grande probabilidade, um cabo elétrico, não é? Um cabo de força com capa de tecido — disse Kishitani, afivelando o cinto de segurança.

— Sim, do tipo muito utilizado em aquecedores elétricos, por exemplo, em um *kotatsu*.

— O cabo possui um revestimento externo de tecido de algodão, cujas marcas ficaram impressas no ferimento.

— E daí?

— Eu verifiquei o *kotatsu* da sala da senhora Hanaoka, só que o cabo não tinha revestimento de tecido, mas de borracha.

— E daí?

— Apenas isso.

— Há muitos outros apetrechos elétricos além do *kotatsu*. Pode ser ainda que o cabo utilizado não procedesse desses equipamentos de uso cotidiano, ao alcance da mão. Quem sabe um cabo achado por aí, em qualquer lugar.

— Sei... — murmurou Kishitani desanimado.

Junto com Kishitani, Kusanagi estivera ontem o tempo todo vigiando Yasuko. O principal objetivo fora verificar a existência de alguém que pudesse ser cúmplice dela no crime. Por isso, quando ela seguiu em um táxi com um homem ao fim do trabalho, passaram a segui-la com alguma esperança. Mesmo depois, quando constataram que os dois haviam entrado no restaurante em Shiodome, aguardaram pacientemente que saíssem.

Terminado o jantar, Yasuko e seu companheiro tomaram outra vez um táxi. O destino havia sido o apartamento dela. Mas o homem não desembarcou. Kusanagi deixou a Kishitani a tarefa de interrogá-la e foi atrás do táxi. Não havia indícios de que a perseguição fora percebida.

O homem residia em um apartamento espaçoso em Ozaki. Kusanagi verificou seu nome: chamava-se Kuniaki Kudo. Na verdade, Kusanagi não acreditava que o crime pudesse ter sido cometido por uma mulher sozinha. Se Yasuko Hanaoka estivesse de fato envolvida no crime, devia existir certamente um comparsa, ou melhor, quem sabe o próprio autor do crime. Teria sido Kudo? No entanto, mesmo Kusanagi não se convencia disso, apesar de ter repreendido Kishitani da forma como fez. Tinha a sensação de estar perseguindo o alvo errado.

Um novo fato, completamente diverso desse contexto, o intrigava. Ontem, enquanto vigiava nas proximidades do Benten-tei, havia visto surgir alguém completamente inesperado. Manabu Yukawa surgira em companhia do professor de matemática, vizinho de Yasuko Hanaoka.

10

Pouco depois das seis horas da tarde, uma Mercedes verde adentrava o estacionamento no subsolo do prédio de apartamentos — o carro de Kuniaki Kudo, como bem sabia Kusanagi, conforme se certificara no início da tarde quando fora até o escritório de Kudo. Kusanagi, que vigiava de uma lanchonete defronte ao prédio, ergueu-se da mesa e extraiu da carteira o dinheiro dos dois cafés que havia pedido, ainda que tivesse tomado só um gole do segundo.

Kusanagi atravessou a rua correndo e continuou a correr até o estacionamento. O prédio possuía acessos com travas automáticas no subsolo e no andar térreo. Os usuários do estacionamento utilizavam quase invariavelmente o acesso do subsolo. Kusanagi pretendia interpelar Kudo, se possível antes de ele entrar no prédio, pois senão teria de identificar-se pelo interfone para seguir depois até o seu apartamento, dando-lhe tempo para pensar e se preparar.

Por sorte, chegou antes dele ao acesso. Apoiava-se com a mão na parede para retomar a respiração quando Kudo surgiu. Vestia um terno e levava uma pasta de documentos. Kudo retirava a chave do bolso e se preparava para inseri-la na fechadura automática quando Kusanagi o abordou, pelas costas:

— É o senhor Kudo?

Surpreso, Kudo aprumou o corpo. Recolheu a chave e se voltou para encarar Kusanagi. A estranheza lhe subiu ao rosto.

— Sim, sou... — respondeu, examinando Kusanagi de alto a baixo.

Kusanagi mostrou rapidamente do bolso do paletó a caderneta de policial.

— Me desculpe por importuná-lo assim de repente, mas sou da polícia. Posso pedir um pouco da sua colaboração?

— Polícia?... O senhor é investigador?

Kusanagi assentiu:

— Sim, eu sou, e gostaria de ouvi-lo um pouco a respeito da senhora Yasuko Hanaoka.

Kusanagi estava atento à reação de Kudo ao nome Yasuko Hanaoka. Seria suspeito caso simulasse susto ou surpresa, pois já devia saber do assassinato. Mas, aparentemente, algo lhe acudiu à mente, que o fez fechar a carranca.

— Está bem. Vamos então até meu apartamento? Ou prefere conversar ali no bar?

— Em seu apartamento, se for possível.

— Está meio bagunçado, mas não há problema — disse Kudo, introduzindo dessa vez a chave na fechadura da porta de acesso.

O apartamento de Kudo se mostrava, porém, mais desolado do que propriamente bagunçado. Tinha poucos móveis, talvez devido à disponibilidade de armários embutidos em quantidade. Na sala, havia apenas uma poltrona e um sofá. Kudo convidou Kusanagi a sentar-se no sofá.

— Prefere um chá ou alguma outra coisa? — perguntou Kudo sem ao menos tirar o paletó.

— Oh, não se incomode. Não vou me demorar.

— Está bem. — Kudo se dirigiu mesmo assim à cozinha, de onde regressou com dois copos e uma garrafa de chá *oolong* nas mãos.

— O senhor tem família? — perguntou Kusanagi.

— Minha esposa faleceu no ano passado. Tenho um filho, mas, por motivos particulares, ele vive com os meus pais — Kudo explicou sem demonstrar qualquer emoção.

— Sinto muito. Então vive sozinho agora?

— Pois é.

Kudo verteu o chá nos copos, levou um deles à frente de Kusanagi e perguntou:

— Seria a respeito de Togashi?

Kusanagi recolheu a mão que levava ao copo de chá. Delongas não seriam mais necessárias, uma vez que o interlocutor se adiantava puxando o assunto da conversa.

— Sim. É sobre o incidente do assassinato do ex-marido da senhora Yasuko Hanaoka.

— Ela nada tem a ver com isso.

— Por quê?

— Ora, ela já se separou desse homem e não mantém relações com ele. Que motivos teria para matá-lo?

— Bem, nós concordamos em princípio.

— O que quer dizer?

— Existe no mundo uma variedade imensa de casais, e nem sempre a lógica prevalece, é o que eu quero dizer. A partir do dia seguinte à separação, não se falam mais, um não interfere na vida do outro e passam a ser estranhos. Se todos fossem assim, não haveria perseguidores. Só que a realidade não é essa. São muito frequentes os casos em que uma parte deseja a separação, mas a outra parte resiste, mesmo após o divórcio consumado.

— Mas ela me disse que havia muito tempo não se encontrava com Togashi! — O aborrecimento despontava no olhar de Kudo.

— O senhor conversou com a senhora Hanaoka a respeito do incidente?

— Sim, fui procurá-la justamente porque o incidente me deixou preocupado.

Isso coincide com a afirmação de Yasuko, pensou Kusanagi.

— Em outras palavras, o senhor se preocupava com a senhora Hanaoka, mesmo antes do incidente?

Kudo franziu o cenho, irritado.

— Não entendo o que o senhor quer dizer com isso, pois, se veio até mim, é porque sabia das nossas relações, não é? Frequentei assiduamente a casa noturna onde ela trabalhou no passado. E, casualmente, me encontrei lá com o seu marido. Foi nessa oportunidade que fiquei sabendo de seu nome, Togashi. Houve então o crime, e até a fotografia do senhor Togashi apareceu publicada. Por isso, me preocupei e fui vê-la.

— De fato eu já havia sido informado de que o senhor foi um cliente assíduo dela. Mas faria tudo o que fez só por isso? O senhor é empresário, não é? Um homem bastante ocupado, presumo.

Kusanagi se valia da ironia. Por força da profissão, recorria muitas vezes a isso, coisa que no íntimo detestava fazer. Mas essa técnica parecia surtir efeito. Kudo se irritou visivelmente.

— O senhor veio até aqui para me perguntar sobre a senhora Yasuko Hanaoka, não foi? E, no entanto, só está perguntando a meu respeito. É porque desconfia de mim?

Kusanagi sorriu e abanou a mão diante do rosto.

— Não é isso. Me desculpe se o irritei. Só quis perguntar um pouco a seu respeito porque me pareceu que o senhor mantém hoje relações particularmente íntimas com a senhora Hanaoka.

Kusanagi falava com brandura, porém Kudo ainda o encarava com agressividade. Com um longo suspiro, Kudo assentiu uma vez.

— Certo. Para mim, é muito desagradável ser vasculhado dessa forma e, por isso, quero esclarecer de vez essa questão. É claro, ela me atrai. Estou apaixonado. Por isso, quando soube do incidente, vi nisso uma chance para me aproximar dela e fui procurá-la. Está bem assim? Era o que queria ouvir de mim?

Kusanagi mostrou um sorriso contrafeito. Não era um sorriso dissimulado nem tática de investigação.

— Está bem, não se exaspere tanto.

— Mas não era isso que queria saber?

— A nossa intenção era apenas esclarecer as relações da senhora Yasuko Hanaoka.

— Isso eu não entendo. Por que a polícia a mantém sob suspeita... — Kudo se mostrava incrédulo.

— Togashi esteve à procura dela antes de ser assassinado. Ou seja, existe a possibilidade de que a tenha encontrado, logo antes de ser morto.

Não faria mal revelar esse fato a Kudo, pensou Kusanagi.

— E por isso ela teria assassinado Togashi? Vocês são sempre muito ingênuos. — bufou Kudo, encolhendo os ombros.

— Me desculpe a falta de imaginação. Logicamente, temos outros suspeitos além da senhora Hanaoka. Só que, neste momento, não podemos ainda a excluir do rol dos suspeitos. E pode ser que, mesmo não sendo ela a autora, existam pessoas em seu entorno com a chave para desvendar o crime.

— Pessoas em seu entorno? — Kudo franziu o cenho e começou a abanar a cabeça, como se estivesse começando a entender. — Ah, então é isso!

— Como assim?

— O senhor acha que ela procurou alguém que pudesse matar seu ex-marido. E por isso veio me procurar. Ou seja, eu sou o candidato número um a ser o assassino.

— Entenda, não estamos fazendo disso uma premissa única... — Kusanagi demonstrou incerteza deliberada. Se Kudo tivesse algo mais a dizer, queria ouvi-lo.

— Nesse caso, vocês devem procurar muitas outras pessoas além de mim. Havia vários outros clientes apaixonados por ela. É natural, pois ela é linda. E não só clientes da época em que ela era uma *hostess*. Segundo o casal Yonezawa, existem até alguns que vão comprar bentô na loja só para vê-la. Por que não procura todas essas pessoas?

— Se soubermos quem são e onde podem ser encontradas, iremos sem dúvida procurá-las. O senhor conhece alguma delas?

— Não, não conheço. E tenho por princípio não delatar, infelizmente. — Em um gesto definitivo, Kudo cortou os ares com a mão. — Mas mesmo que o senhor conseguisse interrogar todas elas, seria inútil. Ela não é o tipo da pessoa que recorre a pedidos como esse. Não é tão maldosa nem tão tola assim. E, se me permite, eu também não sou tão burro para assassinar alguém a pedido, mesmo que venha de alguém que eu ame. Pois é, senhor Kusanagi — é esse o seu nome? O senhor teve o trabalho de me procurar, mas parece que foi em vão, não é? — concluiu Kudo em rápidas palavras, erguendo-se. Aparentemente, pedia para encerrar a conversa e se retirar sem demora.

Kusanagi também se ergueu. Mas a caderneta de anotações permanecia em suas mãos.

— O senhor esteve em sua empresa como de costume no dia 10 de março?

Surpreso, Kudo arregalou os olhos que, em seguida, brilharam agressivos.

— Trata-se do álibi, agora?

— Bem, seria isso. — Não haveria necessidade de amenizar a resposta, pensou Kusanagi, pois Kudo já estava irritado.

— Espere um pouco. — Kudo retirou da sua mala uma grossa caderneta, que passou a folhear. Suspirou e disse: — Não há nada anotado, então presumo que tenha sido como de costume. Acho que deixei a minha empresa por volta das seis horas. Se duvidar, pergunte aos meus empregados.

— Mas e depois?

— Pois já te disse, não há nada anotado, creio que procedi como sempre. Voltei para cá, jantei alguma coisa e fui dormir. Mas vivo só, não tenho testemunhas.

— Por favor, faça mais um esforço para lembrar. Nós também precisamos reduzir a lista dos suspeitos.

Demonstrando ostensivo aborrecimento, Kudo voltou os olhos à caderneta.

— É verdade, dia 10. Foi aquele dia... — murmurou como se falasse consigo mesmo.

— Houve algo?

— Foi o dia em que fui visitar um cliente. Saí à tarde... isso mesmo, ele me pagou um *yakitori*[6], foi isso...

— Sabe a que horas?

— Não precisamente. Estivemos bebendo até as nove horas, mais ou menos. Depois, voltei direto para casa. Estive na companhia desse homem — Kudo mostrou o cartão de visitas inserido entre as folhas da caderneta. Trazia o nome, ao que parece, de um projetista.

— É o suficiente. Muito obrigado. — Com uma mesura, Kusanagi se dirigiu ao vestíbulo. Calçava o sapato quando Kudo interveio:

— Senhor investigador, até quando vai vigiá-la?

Calado, Kusanagi devolveu-lhe o olhar, e Kudo prosseguiu com animosidade:

— O senhor a vigiava e foi assim que me viu em companhia dela, não? Acho que me seguiu então.

Kusanagi coçou a cabeça.

— Aí o senhor me pegou!

— Me diga, até quando vai persegui-la?

Kusanagi suspirou. Deixou de lado o sorriso e encarou Kudo.

— Até que se torne desnecessário, é claro. — Dito isso, deu as costas a Kudo, que parecia querer dizer algo mais, despediu-se e abriu a porta de entrada.

Deixando o apartamento, Kusanagi tomou um táxi.

— Para a Universidade de Teito.

Aguardou a resposta do motorista e a partida do carro para abrir a caderneta e ler o que escrevera ali em caligrafia apressada, recordando-se da conversa com Kudo. Era

---

6. Espetinho de frango. [N.E.]

necessário confirmar o álibi. Contudo, ele já sabia. Aquele homem estava livre de suspeita. Dizia a verdade. Estava de fato apaixonado por Yasuko Hanaoka. E, como dissera, havia grande probabilidade de existirem muitas outras pessoas dispostas a ajudá-la.

O portão da universidade estava fechado. Havia, porém, luzes acesas aqui e ali, de forma que o recinto não estava completamente às escuras, mas a atmosfera da universidade se mostrava sombria à noite. Kusanagi entrou pela porta de serviço e se dirigiu aos fundos após passar pela cabine de vigilância e declarar o motivo da visita. Havia dito aos vigilantes que tinha uma entrevista marcada com o professor Yukawa, no Laboratório 13 da Física, mas, na verdade, não havia nenhum compromisso agendado com ele.

O corredor no interior da universidade estava silencioso, mas ela não estava deserta, como comprovavam as luzes que vazavam da fresta de algumas portas. Provavelmente, muitos pesquisadores e estudantes se achariam ainda absortos em suas pesquisas. Yukawa também costumava passar a noite na universidade, como ele próprio havia contado uma vez.

Kusanagi se decidira a procurar Yukawa mesmo antes de ir ao apartamento de Kudo. A universidade se situa na mesma direção do apartamento, mas, além disso, pretendia esclarecer uma dúvida. Por que Yukawa teria aparecido no Benten-tei? Viera em companhia de um professor de matemática, colega de turma da universidade. Qual seria o motivo? Algo a ver com o incidente? Se assim fosse, por que não lhe revelara? Talvez só quisesse rememorar os velhos tempos com o colega em um agradável bate-papo, e a passagem pelo Benten-tei não significasse nada.

Entretanto, custava-lhe acreditar que Yukawa tivesse ido justamente à loja onde trabalhava a mulher suspeita de um crime ainda não esclarecido, sem qualquer outra razão que não o mero capricho. Mesmo porque a postura de Yukawa até agora era bem conhecida: não interferia de forma alguma nos incidentes criminais sob sua responsabilidade a não ser em casos extremos. Não tanto porque detestasse se meter em complicações, mas por respeitá-lo como policial.

À porta do Laboratório 13, havia um quadro de presença dos membros da equipe. O nome de Yukawa estava nesse quadro, ao lado dos nomes de estudantes de seminários e de pós-graduação. No quadro, Yukawa constava como ausente no serviço. Kusanagi estalou a língua irritado. Com certeza, Yukawa foi para casa e não retornaria. Mesmo assim, bateu uma vez à porta. Pelo quadro, dois pós-graduandos estariam presentes.

— Entre — respondeu alguém em voz grossa, e Kusanagi abriu a porta. Do fundo desse laboratório familiar, surgiu um jovem de óculos e blusão. Era um estudante pós-graduando que ele já conhecia de vista.

— Yukawa já se mandou?

Constrangido, o estudante assentiu.

— Sim, agora há pouco. Tenho o número do celular dele.

— Não se preocupe, eu também tenho. Na verdade, não tenho assunto algum para tratar com ele. Apenas passava por perto e resolvi dar uma chegada, só isso.

— Então está bem — o estudante relaxou. Decerto já devia estar informado, por Yukawa, que um investigador de polícia chamado Kusanagi costumava aparecer de vez em quando para bater papo.

— Acreditei, em se tratando dele, que estivesse enfurnado no laboratório até tarde.

— É como ele costuma fazer, só que nos últimos dois ou três dias tem voltado cedo. Hoje, em particular, me disse que iria passar em algum lugar na volta.

— Sabe onde? — perguntou Kusanagi. — Talvez para se encontrar com aquele professor de matemática?

Mas a resposta foi inesperada.

— Acho que seria pelos lados de Shinozaki, não sei bem.

— Shinozaki?

— Sim, ele me perguntou como poderia chegar mais rápido à estação Shinozaki.

— Ele não te disse para onde ia?

— Não. Até perguntei a ele o que havia em Shinozaki, mas apenas respondeu que não era nada importante...

— Sei...

Kusanagi agradeceu ao pós-graduando e saiu do laboratório. Não estava plenamente satisfeito. O que Yukawa fora fazer na estação Shinozaki? Essa era a estação mais próxima do local do crime, nem era preciso dizer.

Deixando a universidade, Kusanagi puxou o celular. Procurou o número de Yukawa, mas desistiu. Não lhe pareceu conveniente fazer perguntas a essa altura, pois se Yukawa estivesse se intrometendo na elucidação desse crime sem lhe dizer nada, devia com certeza ter razões para agir dessa forma.

No entanto... Nada o impediria de investigar.

Em meio à correção das provas da avaliação suplementar, Ishigami soltou um suspiro. Estavam muito ruins. Preparara as provas com o intuito de aprovar os alunos, com questões bem mais fáceis que as do exame final, mas as respostas corretas eram quase inexistentes. Tudo indicava que os estudantes, cientes de que a escola não os reprovaria, qualquer que fosse a nota obtida, não se prepararam com seriedade. De fato, a escola dificilmente reprovaria, mesmo que o aluno não alcançasse a nota mínima de aprovação. Acabaria por aprová-lo, por pretextos diversos, junto com a turma inteira.

A escola deveria então desconsiderar desde o início as notas de matemática dos requisitos de aprovação, pensava Ishigami. Apenas um número reduzido de estudantes conseguia compreender realmente a matemática. Sendo assim, não fazia sentido algum ensinar ao grupo inteiro os meandros dela, ainda que em nível primário do curso colegial. Bastaria que tomassem conhecimento da existência, neste mundo, dessa ciência complicada denominada matemática.

Terminada a correção, consultou o relógio. Já eram oito da noite. Ishigami checou se a porta do salão de judô estava trancada e se dirigiu ao portão principal. Saindo por ele, postou-se em espera diante do semáforo da faixa de pedestres, quando um homem se aproximou.

— Voltando para casa? — O homem sorria amavelmente. — Não o encontrei no seu apartamento, por isso vim até aqui procurá-lo.

Conhecia aquele rosto, era o investigador da polícia.

— O senhor, se não me engano...

— Não se recorda de mim?

Ele levou a mão à parte interna do paletó, mas Ishigami o conteve.

— Senhor Kusanagi, não é? Eu me lembro bem.

O semáforo se fez verde, e Ishigami se pôs a andar. Kusanagi o acompanhava. O que ele queria? O cérebro de Ishigami começava a raciocinar enquanto seus pés se punham em movimento. Dois dias atrás, Yukawa viera vê-lo. Teria algo a ver com essa visita? Fizera entender, na ocasião, que a polícia lhe pedia colaboração nas investigações, mas Ishigami acreditava ter sido claro ao recusar.

— Conhece Manabu Yukawa, não?

— Sim, conheço. Ele me procurou. Disse que soube de mim por seu intermédio.

— É o que parece. Comentei com ele sem querer que o senhor era formado pela Universidade de Teito, em ciências exatas. Espero não ter sido inconveniente...

— Absolutamente. Foi uma felicidade para mim.

— E o que conversaram?

— Basicamente, sobre recordações. Foi só isso da primeira vez.

— Da primeira vez? — Kusanagi se mostrou surpreso. — Quantas vezes vocês se encontraram?

— Duas. Na segunda vez, a seu pedido, segundo ele.

— A meu pedido? — O olhar de Kusanagi se perdia. — O que disse ele, exatamente?

— Veio me sondar quanto à possibilidade de me pedir colaboração nas investigações...

— Ah, colaboração nas investigações! — Kusanagi coçou a cabeça.

Havia algo estranho, pressentiu Ishigami. Aquele investigador se mostrava confuso. Talvez estranhasse essa conversa de Yukawa.

Kusanagi sorriu contrafeito.

— Converso muito com ele, por isso estou meio confuso, não me recordo bem do que tratei com ele. Então, a colaboração seria para que caso?

A pergunta do investigador levou Ishigami a pensar. Hesitou em citar o nome de Yasuko Hanaoka. Entretanto, de nada adiantaria disfarçar naquela hora. Kusanagi iria certamente certificar-se junto a Yukawa.

— Para vigiar Yasuko Hanaoka — revelou Ishigami.

Kusanagi arregalou os olhos.

— Ah, foi para isso então. Sim, sim, é verdade, conversamos a respeito. Se o senhor Ishigami não poderia nos ajudar, não é? Então ele se prontificou de imediato a conversar com o senhor, professor. Foi isso, agora entendi.

Uma fala improvisada de última hora, assim pareceu a Ishigami. Ou seja, Yukawa teria vindo por conta própria só para isso. Com que objetivo? Ishigami parou de andar e se voltou a Kusanagi.

— O senhor se deu ao trabalho de me procurar hoje só para me dizer isso?

— Desculpe, esse é só um dos assuntos. Tenho outros motivos. — Kusanagi retirou uma fotografia do bolso do paletó. — O senhor viu alguma vez este personagem? A foto foi batida em segredo, por isso não está muito nítida.

Ao ver a fotografia, Ishigami prendeu a respiração. Lá estava o indivíduo que mais tinha retido a sua atenção nos últimos dias. Não sabia seu nome. Não sabia quem era. Sabia apenas que Yasuko lhe dava muita atenção.

— E então? — Kusanagi o pressionou.

Como poderia responder? O assunto terminaria ali mesmo se declarasse que o desconhecia. Mas, então, deixaria de extrair informações do investigador sobre o homem.

— Tenho a impressão de que já o vi — respondeu Ishigami cuidadosamente. — De quem se trata?

— Onde o viu? Pense um pouco.

— Eu encontro muita gente, todos os dias. Quem sabe consiga me lembrar se me disser o nome e a profissão dessa pessoa.

— Chama-se Kudo. É dono de uma gráfica.

— Senhor Kudo?

— Sim, Kudo. Escreve-se assim — Kusanagi lhe mostrou o nome escrito em *kanji*.

Então seu nome era Kudo — Ishigami observou a fotografia. Seja como for, por que o investigador queria saber desse homem? Certamente, procurava uma conexão com Yasuko Hanaoka. Ou seja, esse investigador pensava que havia algo especial entre os dois.

— E então? Recordou-se?

— Hum... Tenho a impressão de que já o vi em algum lugar... — Ishigami manifestava dúvida. — Me desculpe, não consigo lembrar. Pode ser que esteja confundindo com outra pessoa.

— Certo. — Kusanagi guardou a fotografia no bolso, desapontado, retirando em troca seu cartão de visita. — Poderia me avisar caso venha a se lembrar de algo?

— Certamente. Ah, essa pessoa tem algo a ver com o incidente?

— Sobre isso, não sabemos nada ainda. Por isso estamos investigando.

— Mas pertence ao círculo de relações da senhora Hanaoka?

— Diríamos que sim — Kusanagi se mostrou incerto. Deu a entender que não desejava vazar informações.

— Mudando de assunto, o senhor esteve no Benten-tei com Yukawa, não foi?

Ishigami encarava o investigador. A pergunta era inesperada, não sabia como responder de imediato.

— Eu os vi por acaso outro dia. Mas na hora não pude falar com os senhores, pois me achava em serviço.

Vigiava o Benten-tei, entendeu Ishigami.

— Pois é, Yukawa quis comprar um bentô, por isso eu o levei até lá.

— Por que justo o Benten-tei? Bentôs podem ser encontrados em qualquer loja de conveniência.

— Não sei... Pergunte a ele. Eu só o levei porque ele me pediu.

— Yukawa nada comentou acerca da senhora Hanaoka, ou do incidente?

— Como já te disse, me sondou acerca da minha colaboração...

Kusanagi abanou a cabeça.

— Quero dizer, outros comentários além desse. Como já te falei, ele me ajuda frequentemente no meu trabalho com conselhos muito úteis. É um pesquisador genial no campo da física, mas, além disso, é um investigador talentoso. Supus por isso que tivesse comentado algo a respeito de suas deduções, como sempre faz.

A pergunta de Kusanagi o deixou confuso. Se esse investigador costumava encontrar-se assim frequentemente com Yukawa, deviam com certeza trocar informações com constância. Não entendia então por que o procurava para perguntar coisas desse tipo.

— Ele não me disse nada em particular — assim respondeu, sem mais o que falar.

— Entendido. Então muito obrigado, e me desculpe o incômodo que causei.

Kusanagi curvou-se e retornou pelo caminho por onde viera.

Ishigami acompanhou-o com o olhar. Sentia-se envolto em uma estranha apreensão. Como se uma fórmula, que acreditava ser perfeita, começasse a se desmanchar aos poucos por causa de uma variável inesperada.

11

Saindo da estação Shinozaki, na linha metropolitana de Shinjuku, Kusanagi sacou o celular do bolso. Selecionou nos contatos o número de Manabu Yukawa e pressionou o botão de chamada. Perscrutando os arredores, encostou o celular no ouvido. Eram três horas da tarde, período normalmente de calmaria, mas havia ali uma quantidade relativa de transeuntes e de bicicletas estacionadas em fila diante do supermercado.

A ligação completou. Kusanagi aguardou o sinal de chamada. Entretanto, ele desligou o fone antes disso. Seu olhar havia capturado a pessoa procurada. Yukawa tomava um sorvete sentado em uma grade de proteção, defronte a uma livraria. Vestia uma calça branca e uma blusa preta. Usava óculos de sol um pouco pequenos para o seu rosto.

Kusanagi atravessou a rua e se aproximou dele pelas costas. Yukawa parecia observar fixamente o supermercado e os arredores.

— Professor Galileu! — chamou-o em altos brados para assustá-lo.

A reação de Yukawa, porém, foi surpreendentemente sonolenta. Voltou-se lentamente, dando lambidas no sorvete.

— Que faro notável, hein? Até entendo por que chamam os detetives de cachorros — disse, impassível.

— O que faz você num lugar como este? Não vá me dizer que veio tomar sorvete!

Yukawa sorriu contrafeito.

— Sou eu quem te pergunto o que veio fazer aqui, mas já sei o que vai me responder. Está claro que veio me procurar. Ou melhor, veio saber o que eu fazia.

— Então me diga de uma vez, sem subterfúgios: o que está fazendo aqui?

— Estou aguardando por você.

— Me aguardando? Você está de brincadeira!

— Absolutamente! Liguei agora há pouco para o laboratório, e o pós-graduando me informou que você veio, e também ontem à noite. Imaginei então que, se esperasse aqui, você apareceria, pois já devia saber que eu estaria na estação Shinozaki.

Exatamente como ele dizia, Kusanagi fora até o laboratório da Universidade de Teito e fora informado de que Yukawa havia saído, como no dia anterior. E deduziu que devia estar em Shinozaki, com base na informação que o pós-graduando lhe fornecera na véspera.

— Quero saber o que você veio fazer aqui — Kusanagi elevou um pouco o tom. Já se julgava acostumado com a fala enrolada desse físico, mas não conseguia conter a impaciência.

— Ora, não se afobe. Quer um café? Só posso oferecer um da máquina de venda automática, mas mesmo assim deve ser melhor que o instantâneo do nosso laboratório. — Yukawa se ergueu e atirou a casquinha do sorvete em uma lixeira próxima.

Dirigiu-se depois até a máquina de venda em frente ao supermercado e comprou os cafés. Sentou-se a seguir sobre uma bicicleta estacionada ali perto e se pôs a tomar o seu.

Kusanagi abriu a lata do seu café em pé, como se achava, atento aos arredores.

— Não devia se sentar em uma bicicleta que não é sua sem permissão.

— Não há problema. O dono não vai aparecer tão cedo.

— Como sabe?

— O dono deixou a bicicleta e entrou na estação de metrô. Levará pelo menos trinta minutos até voltar, mesmo que tenha ido até a próxima parada.

Incomodado, Kusanagi tomou um gole do café.

— Era isso que você observava, tomando sorvete?

— Adoro observar o comportamento humano. É muito interessante.

— Deixe de conversa fiada e me diga logo: o que faz aqui? Não me venha dizer que nada tem a ver com o crime, pois seria uma mentira deslavada.

Yukawa torceu então o corpo para verificar o paralama traseiro da bicicleta na qual se achava.

— Hoje em dia, são poucas as pessoas que deixam o nome em suas bicicletas. Com certeza não querem ser identificadas, acham isso perigoso. Antigamente, quase todos punham o nome na bicicleta, mas os costumes mudam com o tempo.

— A bicicleta o intriga? Se não me engano, você já me falou sobre isso.

Kusanagi começava a entender agora o que Yukawa tinha em mente, por suas palavras e atitude. Yukawa assentiu.

— Com relação àquela bicicleta abandonada, você havia me falado que não acreditava que ela tivesse sido deixada de propósito, certo?

— Sim, disse que não havia sentido nisso, deixar propositadamente a bicicleta com as impressões digitais da vítima, quando as do próprio cadáver haviam sido queimadas. Veja, conseguimos identificar a vítima pelas impressões digitais deixadas na bicicleta.

— Aí está. E se vocês não tivessem encontrado essas impressões digitais na bicicleta, teriam conseguido identificar a vítima?

Kusanagi se manteve calado por uns dez segundos. Nunca havia pensado nisso.

— Com certeza — respondeu ele. — O fato é que as impressões da bicicleta coincidem com as do homem que havia sumido do quarto alugado, mas não teria havido problema sem elas. Já te falei sobre o exame do DNA, não?

— Sim. Em suma, destruir as impressões digitais do cadáver foi uma ação de todo inútil. Mas e se o criminoso tivesse levado isso em conta?

— Você quer dizer que o criminoso destruiu as impressões digitais ciente da inutilidade disso?

— Para o criminoso fazia sentido, é claro. Não para esconder a identidade do cadáver, mas para induzir vocês a pensarem que a bicicleta não tinha sido abandonada ali de propósito. Pode ser, não acha?

A ideia era surpreendente. Kusanagi perdeu a fala por um momento.

— Você está insinuando que, na verdade, a bicicleta foi um ato calculado?

— Só não sei dizer ainda para quê.

Yukawa desceu da bicicleta onde se aboletara.

— Pretendia com certeza dar a impressão de que a vítima se dirigiu ao local do crime dirigindo ela mesma a bicicleta. Mas para quê?

— A vítima estava impossibilitada de se locomover por conta própria. Foi para esconder isso — disse Kusanagi.

— Quer dizer, a vítima já estava morta, e o cadáver foi carregado até lá. O nosso chefe, por exemplo, segue essa versão.

— E você se opunha a ela. Isso porque Yasuko Hanaoka, a principal suspeita no caso, não possuía carteira de habilitação, se não me engano.

— A não ser que houvesse um cúmplice, aí a conversa seria outra.

— Muito bem. O que eu questiono, em vez disso, é o momento do roubo da bicicleta, entre onze horas da manhã e dez horas da noite, parece haver certeza quanto a isso. Mas eu tive minhas dúvidas quando vim a saber. Como puderam determinar esse período, com tamanha certeza?

— Mas é a proprietária da bicicleta quem afirma, o que posso fazer? Não é uma questão complicada, certo?

— Aí é que está. — Yukawa estendeu a mão com o copo de café em direção a Kusanagi. — Como conseguiram encontrar a proprietária com tamanha facilidade?

— Isso também não foi nada complicado. O roubo havia sido denunciado. Restava apenas conferir.

Yukawa grunhiu diante dessa resposta. Seu olhar agressivo se fez perceptível mesmo através dos óculos escuros.

— O que é? Por que está zangado?

Yukawa se pôs a encarar Kusanagi.

— Você conhece o local onde a bicicleta foi roubada?

— Claro que sim, pois fui eu quem colheu o depoimento da proprietária.

— Então posso te pedir que me leve até lá? É perto daqui, não?

Kusanagi encarou de volta o rosto de Yukawa. Para que tudo isso, gostaria de perguntar, mas se conteve. Notara naquele olhar de Yukawa o brilho intenso dos instantes de alta concentração.

— Por aqui — disse Kusanagi e se pôs a andar.

O local não distava nem cinquenta metros de onde haviam tomado café. Kusanagi parou em frente a uma fileira de bicicletas estacionadas.

— Diz a proprietária que a bicicleta se achava acorrentada no corrimão desta calçada.

— O criminoso cortou a corrente?

— É provável que sim.

— Veio então com um alicate... — Yukawa examinou as bicicletas ali enfileiradas. — Há muito mais bicicletas sem corrente aqui. Por que teria se dado ao trabalho de escolher justo uma acorrentada?

— Ah, vou lá saber! De repente a sua bicicleta preferida se achava, por acaso, acorrentada.

— Bicicleta preferida, não é? — murmurou Yukawa em solilóquio. — O que o atraiu?

— Vem cá, o que está querendo dizer? — enervou-se Kusanagi.

Yukawa se voltou a ele.

— Como você sabe, eu também estive ontem por aqui. E, como hoje, andei verificando os arredores. As bicicletas são deixadas aqui o dia todo. Além disso, em grandes quantidades. Algumas trancadas com firmeza, outras deixadas ao ladrão. Por que então o criminoso teria escolhido aquela bicicleta específica dentre todas elas?

— Não se sabe ao certo ainda se o criminoso teria roubado.

— Que seja. Pode ser que a própria vítima tenha roubado. Seja lá quem for, por que aquela bicicleta?

Kusanagi abanou a cabeça.

— Não entendo aonde quer chegar. A bicicleta roubada é igual a qualquer outra, nada tem de especial. Foi escolhida por acaso, é só isso.

— Não concordo! — Yukawa ergueu o dedo indicador para agitá-lo. — Vou te dizer o que penso. A bicicleta roubada era nova. Acertei?

Kusanagi se viu tolhido de surpresa. Recordava-se do diálogo com a proprietária, uma dona de casa.

— Isso mesmo! — respondeu ele. — Ela me disse tê-la comprado ainda no mês anterior.

Como se esperava. Yukawa assentiu:

— Acredito. Por isso, ela trancou cuidadosamente a bicicleta com a corrente e levou imediatamente ao conhecimento da polícia quando a roubaram. Inversamente, o criminoso escolheu essa bicicleta para que isso acontecesse. Por isso trouxe até alicate para cortar a corrente, embora soubesse que havia muitas bicicletas desprotegidas, sem corrente.

— Escolheu deliberadamente uma bicicleta nova?

— Com certeza.

— Mas para quê?

— É esse o ponto. Se pensarmos dessa forma, só podemos enxergar uma resposta a essa pergunta: o criminoso queria de todo jeito que a proprietária da bicicleta fosse à polícia. Com certeza, queria tirar proveito disso. Concretamente, queria induzir a investigação da polícia ao rumo errado. Era o que pretendia.

— Conseguimos estabelecer a ocorrência do roubo entre onze horas da manhã e dez horas da noite, mas você acha então que ele nos enganou? O criminoso não sabia o que a proprietária iria dizer em seu depoimento.

— Isso é verdade com respeito ao horário. Mas há uma certeza: a proprietária iria declarar o local do roubo, isto é, a estação Shinozaki.

Com a respiração presa, Kusanagi encarou o rosto do físico.

— Trata-se então de uma armação para atrair a atenção da polícia à estação Shinozaki, é o que pretende dizer?

— É possível pensar dessa forma, não acha?

— Estamos sem dúvida gastando mão de obra e tempo em sindicâncias realizadas em torno da estação Shinozaki. Tudo isso seria inútil se suas deduções estiverem corretas, é isso?

— Inútil não seria, pois a bicicleta foi de fato roubada aqui. Mas nem por isso vocês poderão obter algo substancial. Esse crime não é tão simples assim. Ele foi arquitetado com muita sutileza. — Yukawa girou sobre os calcanhares e voltou a andar.

Kusanagi o seguiu afobadamente.

— Aonde está indo?

— Estou voltando, é claro.

— Espere um pouco. — Kusanagi deteve Yukawa pelos ombros. — Ainda não te perguntei o principal. Por que você se interessa por esse crime?

— E não posso?

— Isso não é resposta.

Yukawa afastou a mão de Kusanagi de seu ombro.

— Você me tem como suspeito?

— Suspeito? Que absurdo!

— Então posso fazer o que quiser. Não vou incomodá-los.

— Já que é assim, devo então te dizer: você entregou meu cartão ao professor de matemática, vizinho de Yasuko

Hanaoka, com uma mentira. Disse que eu pretendia pedir a ele que colaborasse na investigação. Eu tenho o direito de te perguntar por quê.

Yukawa fixou os olhos sobre Kusanagi. Mostrava frieza em seu rosto, como poucas vezes.

— Você foi até ele?

— Fui, porque você não me conta nada.

— E o que foi que ele comentou?

— Espere aí. Quem faz as perguntas aqui sou eu. Você acha que aquele matemático está envolvido no crime?

Yukawa desviou os olhos, sem responder. Voltou a andar em direção à estação.

— Ei, espere aí, já te disse! — Kusanagi gritou às suas costas.

Yukawa se deteve e se voltou.

— Deixe-me dizer uma coisa: desta vez, minha colaboração não será total. Eu estou acompanhando esta investigação por motivos próprios. Não conte comigo.

— Neste caso, não posso mais informá-lo como procedi até agora.

Yukawa derrubou o olhar por alguns instantes e depois assentiu:

— Paciência, o que há de se fazer. Desta vez, agiremos separadamente — disse e começou a andar. Suas costas demonstravam firmeza.

Kusanagi não o deteve mais. Fumou um cigarro e se dirigiu também à estação. Tomava tempo para não ter que viajar com Yukawa, no mesmo trem. Melhor assim. Por motivos desconhecidos, algum problema particular prendia Yukawa a esse crime, e ele pretendia elucidá-lo sozinho. Não desejava atrapalhá-lo.

Entregue aos sacolejos do metrô, Kusanagi cogitava o que estaria perturbando Yukawa. Com certeza teria a ver com o professor de matemática. Chamava-se Ishigami, se bem se lembrava. No entanto, esse nome não surgia em parte alguma das investigações conduzidas até agora por sua equipe. Tratava-se apenas de um vizinho de Yasuko Hanaoka. E por que Yukawa se preocupava com ele?

A cena vista na loja de bentô ressuscitava em sua memória. Yukawa surgira em companhia de Ishigami. Segundo o professor de matemática, fora o próprio Yukawa quem desejara ir ao Benten-tei. Por trás das decisões de Yukawa havia sempre um motivo sólido. Assim era esse homem. Fora com Ishigami até a loja com algo em mente. O que seria?

Por falar nisso, Kudo surgira logo depois. Não achava, porém, que Yukawa tivesse previsto essa aparição. Kusanagi se punha a recordar tudo aquilo que ouvira de Kudo nas conversas com ele. Nem nelas havia menção alguma a Ishigami. Aliás, a nome algum. Kudo fora bem claro: tinha por princípio não delatar ninguém.

Nesse instante, algo lhe fisgou a atenção. Sobre o que conversavam, quando ele lhe disse isso? "Existem até clientes que vão comprar bentô na loja só para vê-la" — recordava-se até do rosto de Kudo, que procurava disfarçar a irritação nessa hora.

Kusanagi respirou fundo e se esticou. A moça sentada defronte a ele observou-o desconfiada. Ele ergueu os olhos ao mapa do metrô. Desceria em Hamacho.

Não punha as mãos em um volante havia tempo, porém bastaram trinta minutos na direção do carro para se acostumar.

Mas estacionar na rua, ao chegar ao destino, lhe custou um pouco de tempo. Dava-lhe a impressão de estar impedindo a passagem de outros carros, onde quer que procurasse deixar o seu. Por sorte, uma camionete estacionou desajeitadamente, e então se decidiu em deixá-lo logo atrás dela.

Era a segunda vez que alugava um carro de locadora. A primeira vez havia sido para acompanhar alunos em uma visita de campo a uma usina elétrica, quando ainda era assistente em uma universidade. Ele não tivera escolha, pois precisava de mobilidade no local. Naquela ocasião, alugara um furgão para sete pessoas, mas hoje optou por um carro popular pequeno, de fabricação nacional, fácil de dirigir.

Ishigami observou um edifício baixo adiante à direita, em direção oblíqua. Havia nele uma placa na qual se lia "Gráfica Hikari Cia. Ltda." Era a empresa de Kuniaki Kudo. Encontrara-a sem muita dificuldade, pois obtivera previamente do investigador Kusanagi o nome, Kudo, e a informação de que ele possuía uma gráfica. Ishigami descobrira na internet um site com uma relação das empresas gráficas e examinara, uma a uma, as de Tóquio. A Gráfica Hikari era a única cujo proprietário se chamava Kudo.

Naquele dia, Ishigami se dirigiu à locadora de veículos logo após o término das aulas para retirar o carro que havia reservado. E foi com ele até lá. Corria riscos, é claro, ao alugar um carro, pois sem dúvida deixaria vestígios, mas decidiu arriscar-se após cuidadosa reflexão.

O relógio digital do carro indicava cinco horas e cinquenta minutos da tarde quando homens e mulheres saíram em grupo no portão frontal do prédio. Ishigami notou entre eles a presença de Kuniaki Kudo e se retesou. Levou a mão à câmera digital deixada no assento ao lado, ligou a câmera e apontou-a em direção a Kudo, mirando pelo visor. Ajustou o foco e ampliou o zoom.

Kudo, como sempre, se apresentava em trajes refinados, que Ishigami nem sequer saberia onde encontrar. Sim, Yasuko gostava de homens como aquele, e não seria apenas ela, pensou. A maioria das mulheres deste mundo teriam com certeza preferido Kudo, se fosse para escolher entre os dois. Tomado de ciúmes, Ishigami pressionou o botão do obturador. A máquina estava ajustada de forma a não acionar o flash, e, mesmo assim, a figura de Kudo surgia nítida na tela de cristal líquido. Kudo se dirigia aos fundos do prédio, onde havia um estacionamento, como já verificara. Ishigami aguardou que ele saísse com o seu carro.

Uma Mercedes surgiu, de cor verde. Kudo estava ao volante. Afobado, Ishigami deu a partida em seu carro. Ele se pôs em movimento, atento à traseira da Mercedes. Não lhe era fácil segui-la, pois nem mesmo estava habituado a dirigir. Outros veículos se interpunham, e receava perder seu alvo de vista. Em particular, o sinal dos semáforos constituía sério problema. Felizmente, Kudo era um motorista prudente. Não corria demais nem avançava ao sinal amarelo.

Ishigami afligiu-se, pois poderia chegar muito próximo e ser percebido. Mas não poderia deixar de segui-lo, e havia levado em consideração essa possibilidade. Enquanto dirigia, Ishigami relanceava de vez em quando o GPS a bordo, pois não conhecia bem a região. A Mercedes de Kudo parecia se dirigir a Shinagawa.

A quantidade de veículos aumentava e se tornava cada vez mais difícil segui-la. Bastou um pequeno descuido e um caminhão se interpôs entre eles. A Mercedes se tornou de todo invisível. Para piorar, o semáforo mudava de cor enquanto Ishigami pensava em buscar a outra pista. Pelo jeito, o caminhão era o primeiro diante da faixa, sem outro veículo à frente. A Mercedes já teria seguido adiante...

Irritado, Ishigami estalou a língua. A perseguição terminava ali. O semáforo voltou a ficar verde, e ele pôs outra vez o carro em movimento. Mas pouco depois, no semáforo seguinte, viu uma Mercedes com a seta piscando à direita. Era, sem dúvida, o carro de Kudo.

Havia um hotel à direita. Aparentemente, Kudo se dirigia para lá. Sem hesitação, Ishigami se colocou atrás. Kudo poderia até desconfiar, mas, naquelas circunstâncias, Ishigami não poderia mais desistir. Ao abrir o sinal à direita, a Mercedes se pôs em movimento. Ishigami o seguiu. Logo à esquerda da entrada do hotel havia um declive que levava ao subsolo. Deveria levar ao estacionamento. Ishigami desceu por ele com o carro, atrás da Mercedes.

Kudo se voltou um pouco para trás ao retirar a ficha do estacionamento. Ishigami se encolheu. Não sabia se fora notado. O estacionamento estava vazio. A Mercedes estacionou próximo à entrada do hotel. Ishigami estacionou bem afastado dele e pegou a câmera tão logo desligou o motor.

Kudo desceu do carro. Ishigami apanhou essa cena na câmera. Pelo jeito, Kudo o percebera. Parecia desconfiado. Ishigami encolheu-se ainda mais. No entanto, Kudo se dirigiu à entrada do hotel. Após se certificar de que Kudo desaparecera em seu interior, Ishigami pôs seu carro em movimento. Para começar, bastariam apenas essas duas fotos.

O tempo no estacionamento havia sido curto, e Ishigami passou livre pela cancela. Ele subiu a estreita rampa de saída manobrando o volante com todo o cuidado. Pensava no bilhete que anexaria às duas fotos. Escreveria nele as seguintes linhas, mais ou menos:

Descobri quem é esse homem com quem você se encontra frequentemente. Você mesma pode averiguar pelas fotos que eu tirei.
Eu te pergunto: o que ele é para você?
Se está tendo um relacionamento com ele, isso é uma traição terrível!
E tudo o que fiz por você? Não foi nada?
Eu tenho direito de te pedir que se separe dele agora mesmo. De outro modo, a minha ira se voltará contra ele.
Para mim, não custa nada dar a ele o mesmo destino de Togashi. Tenho coragem para isso e até sei como.
Repito: se vocês dois estão mantendo relações, não vou perdoar essa traição. Vou me vingar, esteja certa disso.

Ishigami repetia murmurando o texto que criara. Seria suficientemente ameaçador? Quando o semáforo abriu, ele se preparava para deixar o hotel. Foi nesse instante. Ishigami arregalou os olhos. Era Yasuko Hanaoka entrando no hotel.

12

Quando Yasuko adentrou o salão de chá, alguém lhe ergueu a mão de um assento bem ao fundo. Vestia um paletó verde-escuro, era Kudo. Quase um terço dos assentos disponíveis estava ocupado por casais, mas se viam também empresários a negócios. Yasuko seguia entre eles de cabeça baixa.

— Me perdoe por marcar este encontro assim de repente — disse Kudo sorrindo. — O que vai tomar?

A garçonete se aproximou. Yasuko pediu um chá com leite.

— O que aconteceu? — perguntou ela.

— Nada muito importante. — Kudo ergueu a xícara de café, mas, antes de levá-la à boca, acrescentou: — Recebi ontem a visita de um investigador.

Yasuko arregalou os olhos.

— Como eu temia... Você falou a ele sobre mim?

— Perdão, falei. O investigador me procurou depois que nós nos encontramos para jantar e me perguntou insistentemente com quem e aonde havia ido. Por isso, e para não levantar suspeitas... — Kudo agitou a mão diante do rosto. — Não tem por que pedir desculpas, não estou me queixando. Penso até que foi melhor assim. É bom que os investigadores saibam de nós, para podermos continuar nos encontrando publicamente, sem qualquer restrição.

— Acha mesmo?

— Sim. Mas irão estranhar por algum tempo ainda. Ainda agora há pouco, alguém me seguiu enquanto eu vinha para cá.

— Te seguiram?

— Nem percebi no começo, mas me dei conta enquanto dirigia. Um mesmo carro esteve o tempo todo bem atrás do meu. Não foi uma falsa impressão, acredito, pois me seguiu até o estacionamento deste hotel — disse Kudo, com a maior naturalidade.

Yasuko o encarava.

— E então? O que aconteceu depois?

— Depois, não sei. — Kudo encolheu os ombros. — Não pude ver o rosto dele, pois estava afastado, e desapareceu de repente. Para falar a verdade, eu estava atento, observando em volta até você chegar, porém não notei ninguém em atitude suspeita. Mas é claro, pode ser que ele esteja nos vigiando secretamente de algum ponto.

Yasuko voltou-se à direita e à esquerda, para examinar as pessoas em volta. De fato, nada havia que causasse estranheza.

— Desconfiam de você, com certeza.

— Ao que parece, imaginam um cenário em que você é a autora do crime e eu, seu cúmplice. O investigador de ontem esteve me interrogando sobre meu álibi, sem qualquer constrangimento.

O chá com leite foi servido. Yasuko inspecionou os arredores até a garçonete se afastar.

— Se estiverem nos vigiando, vão levantar novas suspeitas se nos virem assim juntos outra vez.

— Eu não me importo. Como já disse, não pretendo esconder nada. Encontros furtivos são muito mais suspeitos. E não temos por que fazer isso. — Kudo se refestelava no sofá. Procurando demonstrar que se achava perfeitamente à vontade, tomou o café.

Yasuko também pegou sua xícara de chá com leite.

— Você me deixa aliviada, mas eu me sinto culpada pelo aborrecimento que te causo. Seja como for, acho melhor não nos encontrarmos por algum tempo.

— Já esperava isso de você. — Kudo largou a xícara à mesa e se adiantou sobre o sofá. — Você acabaria descobrindo que a polícia esteve em casa, e não queria que se preocupasse com isso. Por isso te pedi que viesse hoje aqui. Que fique bem claro, você não precisa se preocupar comigo de forma alguma. Como te falei, fui interrogado quanto ao meu álibi, mas, felizmente, tenho testemunhas em meu favor. Com certeza os investigadores perderão o interesse por mim dentro em breve.

— Então está bem.

— Mas você me preocupa. Os investigadores logo se darão conta de que eu não sou cúmplice, mas continuarão suspeitando de você. Fico aborrecido só em pensar que eles ainda vão importuná-la insistentemente.

— Paciência, o que se há de fazer. Mesmo porque, ao que parece, Togashi esteve realmente me procurando.

— E o que será que esse homem pretendia, com essa importunação? Até morto ele te causa sofrimento... — Kudo fechou uma carranca e depois se voltou a Yasuko. — Você, de fato, nada tem a ver com esse crime, não é? Não estou te perguntando por desconfiar de você. Mas se houve algo entre você e Togashi, gostaria que me contasse, só para mim.

Por sua vez, Yasuko voltou os olhos ao semblante másculo de Kudo. Aí estava a razão do convite repentino que recebera hoje, pensou. Sim, ela não estava de todo livre de suspeitas. Yasuko armou um sorriso.

— Sossegue. Não tenho nada a ver com esse crime.

— Sim, eu sei, mas fico tranquilo ao ouvir isso da sua própria boca. — Kudo consultou o relógio de pulso. — Já que estamos aqui, que tal jantarmos? Conheço um bom restaurante de *yakitori* aqui por perto.

— Me desculpe, não avisei Misato esta noite.

— É mesmo? Então, não devo insistir. — Kudo pegou a conta e se levantou. — Vamos então?

Yasuko percorreu os arredores com o olhar enquanto Kudo pagava a conta. Não havia ninguém com pinta de investigador. Tinha pena de Kudo, mas sentia-se segura enquanto a polícia o mantivesse sob suspeita de cumplicidade, pois ficariam afastados da realidade.

Seria prudente, contudo, levar adiante esse relacionamento com ele? No fundo, ela desejava torná-lo ainda mais íntimo, mas sentia-se insegura quanto às consequências. A face inexpressiva de Ishigami lhe surgia à mente.

— Vou levá-la — disse Kudo, efetuado o pagamento.

— Não precisa. Esta noite voltarei de trem.

— Nada disso, deixe-me levá-la.

— Não, não se preocupe, de verdade. Preciso fazer algumas compras ainda.

— Mesmo? — Kudo, embora incrédulo, sorriu. — Está bem, então nos separamos aqui por hoje. Volto a te ligar.

— Obrigada pelo chá. — Yasuko devolveu o sorriso e se afastou.

Atravessava a faixa de pedestres rumo à estação Shinagawa quando o celular começou a tocar. Andando, ela abriu a bolsa, pegou o celular e checou a origem da chamada pelo visor. Era Sayoko, do Benten-tei.

— Sim?

— Oh, Yasuko! É Sayoko quem fala. Pode me atender agora? — A voz denotava estranha aflição.

— Claro. Aconteceu algo?

— O investigador apareceu de novo, depois que você saiu. Ele me fez uma pergunta esquisita, por isso achei melhor te contar.

Segurando o celular, Yasuko fechou os olhos. O investigador, outra vez! Pegajoso, feito teia de aranha!

— Pergunta esquisita? Como assim? — A intranquilidade invadia seu peito.

— Então, é sobre daquele senhor, o professor de matemática. Ishigami, não é?

Yasuko quase derrubou o celular.

— O que houve com ele? — sua voz tremia.

— O investigador queria saber quem era o cliente da loja que vinha comprar bentô todo dia só para ver você. Ao que parece, ele ouviu isso do senhor Kudo.

— Do senhor Kudo?!

Como ele entrou nessa história? Yasuko não sabia dizer.

— Me lembro de ter comentado o fato com o senhor Kudo faz algum tempo. Quem sabe ele tenha passado ao investigador.

Então era isso. Yasuko entendeu. O investigador que procurara Kudo fora ao Benten-tei confirmar a história.

— E você, o que respondeu?

— Achei que não seria bom esconder essas coisas, então revelei honestamente o que eu sabia, que se tratava do professor de colégio, seu vizinho. Mas deixei bem claro: nós aqui tivemos apenas a impressão de que ele se interessava por você, não estávamos em absoluto afirmando com convicção.

Yasuko sentia a boca seca. A polícia finalmente pusera os olhos sobre Ishigami. Teria sido só por causa da conversa de Kudo? Ou haveria outros motivos?

— Alô, Yasuko? Alô? — chamou Sayoko.

— Sim?

— Foi o que eu disse à polícia. Está bem assim? Será que disse algo que não devia?

Jamais poderia afirmar que sim.

— Acho que não. Eu nem conheço bem aquele professor.

— Sei disso. Só quis te contar o que houve, por via das dúvidas.

— Entendi. Muito obrigada por tudo. — Yasuko desligou o aparelho. O estômago pesava, sentia náuseas. A indisposição continuou até regressar ao apartamento. Passara no caminho pelo supermercado, mas nem se lembrava bem do que havia comprado.

Ishigami se achava diante do computador quando ouviu a porta de entrada do apartamento ao lado se abrir e fechar. No computador, a tela exibia três fotografias. Duas eram de Kudo, e uma de Yasuko entrando no hotel. Desejara registrar a cena dos dois juntos, se possível, mas desistira por prudência, pois Kudo quase o percebera e a situação poderia se complicar ainda mais se fosse notado por Yasuko.

Ishigami imaginava a pior situação. Nela, aquelas fotos iriam ajudar, mas gostaria, é claro, de evitá-la de toda forma. Consultou o relógio de mesa e se ergueu. Já eram quase oito horas da noite. Pelo jeito, Yasuko não se demorara muito no encontro com Kudo. Isso o tranquilizava, como bem o reconhecia.

Enfiando no bolso o cartão telefônico, Ishigami deixou o apartamento e caminhou pela noite como de costume. Não se sentia vigiado, mas, por prudência, checou os arredores com atenção. Pensava no investigador chamado Kusanagi. Ele lhe parecia meio confuso. Perguntava acerca de Yasuko Hanaoka e, no entanto, o que ele aparentemente queria mesmo era saber sobre Manabu Yukawa. Que entendimento havia entre esses dois, Kusanagi e Yukawa? Sem saber ao certo se ele próprio estaria sob suspeita, Ishigami sentia dificuldade em dar o passo seguinte.

Ligou para o celular de Yasuko pelo telefone público de sempre. Ela atendeu ao terceiro toque.

— Sou eu — disse Ishigami. — Podemos conversar agora?

— Sim.

— Temos novidades? — Ishigami pretendia perguntar-lhe acerca do seu encontro com Kudo e da conversa que tiveram, mas não sabia como. Não era natural que já soubesse desse encontro entre ambos.

— S-s-sim, de fato... — foi tudo o que Yasuko conseguiu dizer e se calou confusa.

— O que foi? O que aconteceu? — A conversa com Kudo perturbara Yasuko, quem sabe por besteiras por ele ditas durante a conversa, suspeitou Ishigami.

— O investigador... ele foi até a loja, até o Benten-tei... para perguntar sobre o senhor...

— Sobre mim? Como foi isso? — Ishigami engoliu seco.

— Não sei como te explicar, mas o pessoal da loja já comentava... não se zangue, por favor...

Por que não ia direto ao assunto? Ishigami se irritava. Ela não serve para a matemática, pensou.

— Seja franca, não vou me zangar. O que comentavam?
— Claro, caçoavam da minha aparência, imaginou.
— Ah, veja bem, eu sempre neguei, disse que não era verdade, mas o pessoal da loja... dizia que o senhor vinha comprar bentô só para me ver...
— Como?! — Um branco momentâneo toldou a mente de Ishigami.
— Desculpe... eles só comentavam por brincadeira, sem qualquer maldade, sem levar a sério o que diziam... — Yasuko se desesperava para se explicar, mas nem a metade do que dizia chegava aos ouvidos de Ishigami.

Aquelas pessoas assim o viam, exceto Yasuko. E não estavam enganadas. De fato, ele ia comprar bentô na loja todas as manhãs só para vê-la. Mentiria se dissesse que não esperava ser compreendido, mas fervia de vergonha só em pensar que até terceiros haviam percebido o que se passava. Com certeza se divertiam com a paixão de um homem feio como ele por uma bela mulher como Yasuko.

— Ah, o senhor se zangou? — perguntava Yasuko.
Ishigami pigarreou afobado:
— Não, não... E o investigador, o que ele queria?
— Pois então... ele soube disso e veio perguntar ao pessoal da loja quem era esse cliente. O pessoal acabou revelando seu nome.
— Entendo — respondeu, ainda ardendo de vergonha.
— Mas como será que o investigador veio a saber do comentário?
— Isso... não sei dizer.
— Foi só o que o investigador perguntou?
— Que eu saiba, sim.

Ishigami assentiu, com o receptor ainda nas mãos. Não era hora para pânico. Fosse qual fosse a causa, o investigador começava a tê-lo em suas suspeitas. Quanto a isso, não restava mais dúvida alguma, tratava-se da pura realidade. Sendo assim, deveria pensar em providências cabíveis.

— Sua filha está aí? — perguntou.

— Misato? Sim, está.

— Posso falar com ela?

— Pois não.

Ishigami cerrou os olhos, concentrando esforços em prever o que os investigadores arquitetavam. Nisso, surgiu-lhe à mente o rosto de Yukawa, e se perturbou. O que estaria pensando aquele físico?

— Alô. — A voz de uma menina lhe veio ao ouvido. Misato estava ao telefone.

— Sou eu, Ishigami — respondeu, para prosseguir: — A colega com quem você falou sobre o filme no dia 12 é Mika, estou certo?

— Sim. E também contei ao investigador.

— Ok, você já me disse. E quanto à sua outra amiga, o nome dela é Haruka?

— Sim, Haruka Tamaoka.

— Chegou a conversar com ela sobre o filme, depois?

— Não, foi só naquela hora. Mas pode ser que tenha voltado a comentar de passagem.

— Mas não chegou a contar ao investigador sobre ela?

— Não, só sobre Mika. O senhor mesmo me tinha dito para não falar de Haruka ainda, não foi?

— Sim, é verdade. Mas chegou a hora de você falar dela ao investigador.

Atento aos arredores, Ishigami se pôs então a dar instruções minuciosas a Misato Hanaoka.

Uma fumaça cinzenta se erguia do terreno baldio, ao lado da quadra de tênis. Com a manga do guarda-pó branco arregaçada, Yukawa revolvia com um espeto de pau o conteúdo de uma lata de dezoito litros. Ao ruído de passos sobre a terra, ele se voltou.

— Até parece que você está me perseguindo.

— Investigadores sempre perseguem suspeitos.

— Então você me tem como suspeito — Yukawa se divertia. — Percebo você mais criativo e ousado, como poucas vezes o tenho visto. É disso que você precisa, para progredir muito mais.

— E não vai me perguntar por quê?

— Não vejo necessidade. Em qualquer época, cientistas sempre levantaram suspeitas. — Yukawa continuou remexendo a lata.

— O que está queimando?

— Coisas sem importância. São relatórios e documentos velhos. Você sabe, o triturador não merece confiança. — Yukawa apanhou o balde de água posto ao lado e despejou o conteúdo na lata. Com um chiado, a fumaça branca se fazia mais espessa.

— Quero conversar com você. Tenho perguntas a te fazer, desta vez como investigador.

— Que marra! — Tendo constatado que o fogo dentro da lata se extinguira, Yukawa se pôs a andar com o balde agora vazio nas mãos.

Kusanagi o seguiu.

— Ontem, fui depois ao Benten-tei e ouvi na loja uma história bem interessante. Quer saber?

— Não faço questão.

— Pois vou te contar de qualquer forma. O seu amigo Ishigami está apaixonado por Yasuko Hanaoka.

Yukawa, que caminhava a passos largos, estacou. Ao voltar-se, seus olhos reluziram.

— É o pessoal da loja quem diz isso?

— Mais ou menos. Uma suspeita me surgiu de repente enquanto conversava com você e então fui investigá-la no Benten-tei. O raciocínio lógico pode ser importante, mas a intuição também é uma arma preciosa.

— E daí? — Yukawa o encarou. — Supondo que de fato ele esteja apaixonado por Yasuko Hanaoka, como isso afeta suas investigações?

— Ora, não se faça de inocente a esta altura. Você também suspeitou que Ishigami fosse cúmplice de Yasuko Hanaoka, não sei por que, e andou mexendo seus pauzinhos por aí às escondidas.

— Não me lembro de ter feito isso.

— Seja como for, eu encontrei um motivo para suspeitar de Ishigami. De agora em diante, vou mantê-lo rigorosamente na mira. Pois então. Nós nos desentendemos e nos separamos ontem. Não quer estabelecer um acordo de paz hoje? Eu te forneço informações e, em troca, você me passa o que já tem em mãos. Que tal? Bela sugestão, não acha?

— Você me superestima. Nada tenho ainda. Só estou conjecturando.

— Pois então, me conte quais são as suas conjecturas.
— Kusanagi mantinha os olhos fixos sobre o amigo.

Yukawa desviou o olhar, retomando a caminhada.

— Vamos de qualquer forma ao laboratório.

No Laboratório 13, Kusanagi sentou-se defronte à mesa que mostrava na superfície uma estranha marca de queimadura. Yukawa colocou sobre a mesa duas canecas, como sempre, não propriamente limpas.

— Supondo que Ishigami seja cúmplice, qual terá sido o papel dele? — Yukawa se pôs imediatamente a perguntar.

— Então sou eu quem começa falando?

— Ora, foi você quem propôs a reconciliação. — Yukawa se recostou na poltrona e sorveu seu café instantâneo com toda calma.

— Ah, está bem! O que vou te dizer é fruto inteiramente das minhas deduções, pois nem falei ao meu chefe sobre Ishigami. Se o local do crime não foi aquele, então Ishigami transportou o corpo até lá.

— Ué, mas você se opunha à hipótese de o corpo ter sido transportado ao lugar onde foi encontrado.

— Desde que, como já disse, não tenha havido um cúmplice no crime. A autora do crime, ou seja, aquela que realmente cometeu o assassinato, foi Yasuko Hanaoka. Pode ser que Ishigami a tenha ajudado, mas é certo que ela estava no local e participou do crime. Não há dúvida quanto a isso.

— Você está convicto, não?

— Mas se Ishigami executou o crime e também cuidou do cadáver, ele deixa de ser apenas um cúmplice. Passa a ser o assassino. Mais ainda, o único assassino. Porém não acho que ele se atreva a tanto, por mais apaixonado que esteja por Yasuko. Se ela o traísse, seria o fim. Dessa forma, é claro que Ishigami procuraria compartilhar riscos com ela.

— Não existe a possibilidade de Ishigami ter cometido o crime sozinho e lidado depois com o cadáver, com a ajuda de Yasuko?

— Essa probabilidade não é nula, mas diria que é baixa. O álibi de Yasuko no cinema é questionável, mas os outros álibis posteriores são seguros. Possivelmente, ela planejou bem o tempo para agir. Sendo assim, é difícil acreditar que ela tenha participado do preparo do cadáver, pois não saberia prever de antemão quanto tempo isso tomaria.

— Em que ponto o álibi de Yasuko Hanaoka é incerto?

— O período das sete até as nove horas e dez minutos, quando ela diz que assistia a um filme. Os álibis posteriores, no restaurante de *ramen* e no karaokê, foram confirmados. Mas acredito que ela esteve mesmo no cinema por um momento. Dentre os canhotos dos bilhetes vendidos, conservados no cinema, encontramos digitais das Hanaoka, mãe e filha.

— Então você acredita que, nessas duas horas e dez minutos, Yasuko e Ishigami cometeram o crime.

— E também, quem sabe, transportaram o cadáver. Mas, nesse caso, é bem possível que Yasuko tenha abandonado o local antes de Ishigami, se levarmos em conta o tempo.

— Então onde se deu o crime?

— Isso não sabemos. Seja onde for, Yasuko deve ter convocado Ishigami até lá.

Calado, Yukawa levou à boca a caneca de café. Franzia as sobrancelhas, não estava convencido.

— Tem algo a dizer?

— Nada em particular.

— Desembuche. Já expus minha opinião. Agora é a sua vez.

Yukawa soltou um suspiro.

— Ele não usou um carro.

— Como?

— Ele não deve ter usado um carro, é o que quis dizer. É preciso um carro para transportar o cadáver, certo? Ishigami não tem, precisaria arrumar um, de algum lugar. Não creio que ele seja habilidoso a ponto de conseguir um carro não rastreável, sem deixar provas. Normalmente, ninguém consegue.

— Vou investigar as locadoras de carros, uma por uma.

— Eu te desejo bom trabalho, mas garanto que será inútil.

Que desgraçado!, pensou Kusanagi, armando uma carranca, mas Yukawa se mostrava indiferente.

— Só estou dizendo que se o local do crime for outro, provavelmente foi Ishigami quem transportou o corpo. Mas a probabilidade de o local do crime ter sido lá mesmo onde o cadáver foi achado é muito grande. Em dupla, tudo é possível.

— Quer dizer, a dupla assassinou Togashi, destruiu seu rosto e suas digitais, retirou sua roupa e a queimou, e saiu a pé do local.

— Por isso eu afirmo: com certeza saíram separados. Yasuko precisava regressar de qualquer forma antes do término do filme.

— Segundo essa sua versão, então a vítima veio de bicicleta.

— Sim, é o que parece.

— Ou seja, Ishigami esqueceu de apagar as digitais na bicicleta. Aquele Ishigami não cometeria um erro primário como esse. Não o Ishigami Daruma.

— Mesmo gênios cometem erros.

Yukawa, porém, abanava lentamente a cabeça.

— Não ele.

— Então, por que ele não apagou as impressões digitais?

— Pois é isso que me intriga. — Yukawa cruzou os braços. — Ainda não encontrei resposta.

— Você não o estaria superestimando? Ele pode ser um gênio em matemática, mas presumivelmente é novato em questão de assassinato.

— Tanto faz para ele. Assassinar seria até mais fácil — concluía Yukawa.

Kusanagi abanou a cabeça vagarosamente e ergueu a caneca suja.

— De qualquer forma, pretendo ficar de olho em Ishigami. Se a hipótese da existência de um comparsa for de fato viável, então o âmbito das investigações se fará mais amplo.

— Pelo que você imagina, o crime foi cometido de forma muito descuidada. De fato, o autor deixou de apagar as impressões digitais na bicicleta e nem cuidou de queimar por completo as roupas da vítima. É muito desleixo. Então pergunto: foi um crime planejado? Ou um crime precipitado, provocado por algum motivo premente?

— Quanto a isso — disse Kusanagi, encarando de volta o rosto inquisitivo de Yukawa —, eu diria que foi um crime precipitado, possivelmente. Por exemplo, Yasuko teria convidado Togashi para conversar, com o intuito de chegar a um acordo com ele. Ishigami estaria presente na qualidade de segurança. Mas a conversa se complicou, e então, os dois acabaram assassinando Togashi. Pode ter sido assim.

— Nesse caso, a história do cinema não se encaixa nisso — disse Yukawa. — Se fosse apenas para conversar, seria desnecessário preparar um álibi, mesmo imperfeito.

— Trata-se então de um crime planejado? Yasuko e Ishigami teriam emboscado Togashi, com o intuito de assassiná-lo, desde o início?

— Isso também é inverossímil.

— Essa agora! — Kusanagi armou uma expressão de desânimo.

— Tratando-se daquele Ishigami, não é de se esperar um planejamento assim tão frágil, tão cheio de falhas.

— Isso é o que você diz, mas... — O celular de Kusanagi soou nesse instante. — Com licença — disse ele e atendeu ao chamado.

Kishitani estava do outro lado da ligação. Vinha com uma informação de suma importância. Kusanagi anotava.

— Temos aqui uma história curiosa — disse ele a Yukawa, após desligar o celular. — Yasuko possui uma filha, chama-se Misato. Uma colega de escola dela nos prestou um testemunho interessante.

— O que ela disse?

— Na data do crime, durante o dia, essa colega teria ouvido de Misato que iria à noite com a mãe ao cinema.

— É verdade?

— Kishitani checou. Parece que não há engano. Ou seja, Yasuko e a filha estavam decididas a ir ao cinema desde cedo, à tarde. — Já podemos concluir sem erro, então, que o crime foi planejado, não é?

— Impossível — afirmou Yukawa, abanando a cabeça.

13

O Marian se achava no quinto andar de um prédio de boates, a cerca de cinco minutos a pé desde a estação Kinshicho. O prédio era velho, e o elevador, de outros tempos. Kusanagi consultou o relógio de pulso. Já passava das sete horas da noite. Calculava não encontrar ainda muitos clientes a essa hora. Queria ter uma boa conversa com a madame e, assim, evitava horários de grande afluência, muito embora duvidasse que uma casa como aquela, localizada em um lugar como aquele, pudesse atrair tantos clientes assim — refletia, observando a parede metálica enferrujada do elevador.

Espantou-se, porém, ao adentrar o Marian. Das mais de vinte mesas em seu interior, um terço já estava ocupado, a maioria por assalariados, a se julgar pela aparência deles. Mas viam-se também alguns indivíduos de profissões indefinidas.

— Já estive uma vez em uma boate de Ginza, durante uma investigação — sussurrou Kishitani junto ao ouvido de Kusanagi. — A madame perguntava por onde andariam bebendo agora aqueles fregueses que costumavam lotar sua casa todas as noites, na bela época da bolha econômica. Mas então, veja só, eles passaram a frequentar lugares como este!

— Acho que não — disse Kusanagi. — Quem já experimentou o luxo não vai se dispor a baixar o nível. A corja que está aqui não é a elite que frequentava os bares de Ginza.

Eles chamaram um dos garçons em traje negro e experimentaram solicitar-lhe a presença do gerente, pois precisavam conversar com ele. O garçom desfez de imediato o sorriso amável e se recolheu.

Não demorou muito para surgir um outro, que os convidou a tomarem assento junto ao balcão.

— Querem beber algo? — perguntou ele.

— Me traga uma cerveja — respondeu Kusanagi.

— Podemos beber? — perguntou Kishitani, quando o garçom se foi. — Nós estamos em serviço!

— Se não bebermos, os outros vão estranhar.

— Nesse caso, podia ser chá *oolong*, não?

— Dois marmanjos tomando chá *oolong* em um lugar como este!

Os dois discutiam coisas como essa quando surgiu uma mulher, da faixa etária dos quarenta anos, envergando um terno cinza-prateado. Usava uma maquiagem carregada e trazia os cabelos penteados ao alto. Era magra, mas muito bonita.

— Boa noite, sejam bem-vindos. Desejam alguma coisa? — perguntou em voz contida. Um sorriso aflorava em seus lábios.

— Viemos do Departamento de Investigações — respondeu Kusanagi, também em voz baixa.

Kishitani, ao seu lado, enfiou a mão no bolso interno do paletó. Kusanagi o conteve e se voltou à mulher.

— A senhora quer conferir a nossa identidade?

— Não será necessário.

Ela tomou assento ao lado de Kusanagi e pôs sobre o balcão o seu cartão de visitas. Trazia o nome Sonoko Sugimura.

— A senhora é a madame desta casa?

— Digamos que sim — assentiu Sonoko Sugimura com um sorriso. Pelo visto, não pretendia esconder sua condição de simples assalariada.

— É bem frequentada, não? — Kusanagi circulou os olhos pelo salão.

— É só em aparência. O dono mantém esta boate apenas para resolver seus problemas com o fisco. Esses clientes todos possuem alguma relação com ele.

— Não diga!

— Sabe-se lá o que será desta casa no futuro! Sayoko fez a escolha certa quando preferiu trabalhar em sua loja de bentô.

Apesar do pessimismo declarado, ela demonstrava um discreto orgulho ao mencionar a predecessora.

— Acredito que nossos investigadores já andaram por aqui algumas vezes, não?

Ela assentiu.

— Sim, vieram algumas vezes por causa do senhor Togashi. Eu os atendi quase sempre. E os senhores, vieram hoje aqui para tratar do mesmo assunto?

— Desculpe a insistência.

— Como já disse ao investigador da outra vez, acho que vocês se enganam se estão suspeitando de Yasuko. Ela não tem motivo algum para cometer esse crime.

— Não, não chegamos ainda a esse ponto. — Kusanagi abanou as mãos sorrindo. — Como a investigação não está mostrando progresso algum, nós resolvemos reiniciá-la a partir do começo. É isso que nos traz aqui.

— A partir do começo, não é? — Sonoko Sugimura deixou escapar um pequeno suspiro.

— O senhor Shinji Togashi esteve aqui no dia 5 de março, não é?

— Sim. Nós não nos encontrávamos já havia muito tempo, e me assustei, pois nem esperava que viesse.

— Vocês costumavam se encontrar?

— Me encontrei com ele duas vezes. Eu trabalhava com Yasuko na mesma casa em Akasaka. Foi nessa época. Ele era um homem generoso, bem-vestido... — Deu a entender que, no encontro recente, não restava mais essa figura.

— Consta que o senhor Shinji Togashi procurava descobrir o paradeiro da senhora Hanaoka?

— Entendi que queria restabelecer laços com ela. Mas não contei a ele. Eu bem sabia dos problemas que ele havia causado a Yasuko. Mas então ele passou a perguntar para outras garotas também. Eu me descuidei um pouco, porque achei que nenhuma das garotas de hoje conhecia Yasuko, mas uma delas havia ido até a loja de bentô dela. Ao que parece, ela acabou contando ao senhor Togashi que Yasuko trabalhava ali.

— Certo — assentiu Kusanagi. Quando se vive de contatos, é praticamente impossível esconder-se.

— O senhor Kuniaki Kudo costuma frequentar esta casa? — ele mudou de assunto.

— O senhor Kudo? Da gráfica?

— Sim.

— Ele vinha sempre. Ah, mas não tem aparecido recentemente. — Suniko Sonoda se mostrou incerta. — O que há com ele?

— Ouvi dizer que Yasuko Hanaoka era sua garota preferida nos tempos em que ela trabalhava como *hostess*.

Sonoko Sugimura assentiu com um sorriso nos lábios:

— É verdade. O senhor Kudo a tratava muito bem.

— Mantiveram relações amorosas?

A essa pergunta, Sonoko cruzou os braços em dúvida.

— Houve quem suspeitasse disso, mas eu acredito que não.

— Por quê?

— Os dois mostravam intimidade maior na época em que Yasuko trabalhava em Akasaka, eu acho. Mas, nessa mesma época, ela sofria por causa do senhor Togashi e, ao que parece, o senhor Kudo veio a saber disso. Depois, o senhor Kudo acabou por se fazer conselheiro de Yasuko, e assim, pelo visto não vieram a estabelecer relações amorosas.

— Mas a senhora Hanaoka se divorciou, e depois disso, poderiam passar a se relacionar, não?

Sonoko Sugimura discordou.

— O senhor Kudo não faz esse tipo de homem. Se mantivesse relações por ter ela se divorciado do marido, depois do esforço que fez com seus conselhos para salvar o casamento, todos iriam achar que, no fundo, ele tinha planejado esse divórcio desde o início. Por isso, ele quis que continuassem como bons amigos, ao que tudo indica. Mesmo porque o senhor Kudo é casado.

Aparentemente, Sonoko Sugimura nada sabia do falecimento da mulher de Kudo. E não havia necessidade de informá-la sobre isso. Era provável que o que ela dizia estava correto. A percepção de uma *hostess* com respeito a relações entre homem e mulher superava em muito à de um investigador.

Kudo era de fato inocente, Kusanagi se convencia. Melhor seguir adiante, ao assunto seguinte. Ele retirou do bolso uma fotografia e mostrou-a a Sonoko.

— Conhece este homem?

A fotografia mostrava Tetsuya Ishigami. Kishitani o registrara secretamente em sua câmera, na saída do colégio. Fotografara de uma direção oblíqua, sem ser percebido por Ishigami, que estampava um olhar perdido ao longe.

Sonoko Sugimura estranhou.

— Quem é ele?

— Pelo que vejo, a senhora não o conhece.

— Não, de fato. Não é um cliente da nossa casa.

— Chama-se Ishigami.

— Senhor Ishigami....

— Não ouviu esse nome da senhora Hanaoka?

— Me desculpe, não me lembro.

— Ele é professor de colégio. A senhora Hanaoka não teria mencionado algo a respeito dele, nas conversas?

— Não creio. — Sonoko Sugimura se mostrava duvidosa. — Converso ainda hoje de vez em quando com ela, pelo telefone, mas nunca ouvi nenhuma menção a ele.

— E sobre o relacionamento dela com outros homens? Ela nunca te pediu conselhos, ou comentou a esse respeito?

Sonoko esboçou um sorriso irônico.

— Já falei sobre isso ao investigador outro dia, mas nada ouvi dela a esse respeito. Até é possível que ela estivesse escondendo de mim algum namoro, mas duvido. Acho que Yasuko se dedicava inteiramente a criar Misato com carinho, e nem tinha tempo para relacionamentos. Sayoko também assim me disse, há algum tempo.

Kusanagi assentiu em silêncio. Não se sentia decepcionado. Desde o início, não esperava obter alguma informação valiosa sobre Ishigami e Yasuko naquela boate. No entanto, perdia a confiança na sua tese formulada sobre a cumplicidade entre eles diante da afirmação categórica de que não se via sombra de comprometimento amoroso nas relações de Yasuko.

Novos clientes chegavam. Sonoko Sugimura mostrava sinais de preocupação com eles.

— A senhora disse que costuma falar com frequência com a senhora Hanaoka, pelo telefone. Quando falou com ela a última vez?

— Creio que foi quando o senhor Togashi virou notícia. Eu me assustei e liguei para ela, já disse ao investigador da outra vez.

— Como ela estava?

— Não notei diferença. Me contou que a polícia já tinha ido até ela.

A polícia, no caso, eram eles mesmos, mas isso Kusanagi não verbalizou.

— A senhora não contou a ela que Togashi esteve aqui em seu bar à procura dela?

— Não, senhor. Ou melhor, não quis falar sobre isso. Não queria assustá-la.

Nesse caso, Yasuko Hanaoka não chegou a tomar conhecimento de que Togashi estivera à sua procura. Ou seja, nem imaginava que ele fosse vê-la, e, naturalmente, nem tivera tempo para planejar o assassinato.

— Até pensei em tocar nesse assunto, mas, na hora, ela conversava alegre e desinibida, não era um bom momento para falar disso...

— Na hora? — questionou Kusanagi. — Na hora, quando? Não foi no último dia em que conversaram?

— Oh, desculpe. Foi antes, em outro dia. Acho que três ou quatro dias depois de Togashi ter vindo a esta casa. Havia uma chamada dela, não atendida, e então eu retornei.

— Que dia foi isso?

— Deixe-me ver... — Sonoko retirou do bolso o celular. Kusanagi julgou que ela fosse consultar o registro de ligações recebidas e efetuadas, mas ela pôs na tela o calendário. Consultou-o e ergueu o rosto. — Foi em 10 de março.

— Como? No dia 10? — Kusanagi e Kishitani se entreolharam. — Tem certeza?

— Sim, sem dúvida.

Tratava-se do dia provável do assassinato de Shinji Togashi.

— Que horas teria sido isso?

— Bem, liguei para ela da minha casa, ao regressar. Provavelmente, ao redor de uma hora da madrugada, eu creio. Ela havia me ligado antes da meia-noite, mas não pude atendê-la, pois ainda estava em serviço.

— E conversaram por quanto tempo?

— Uns trinta minutos, quem sabe. É quanto duram as nossas conversas sempre.

— Foi a senhora quem ligou para o celular dela.

— Não, não para o celular. Para o telefone fixo, da sua residência.

— Para ser mais preciso, então, isso não ocorreu no dia 10, mas no dia 11, a uma hora da madrugada, certo?

— É verdade. Exatamente isso.

— Diz a senhora que havia um recado telefônico da senhora Hanaoka. Poderia nos dizer o que dizia o recado, se possível?

— Como já disse, ela me pedia para que eu retornasse a ligação depois do expediente, pois precisava conversar comigo.

— E sobre o que conversaram?

— Sobre coisas sem importância. Ela queria saber qual foi o massagista que me tratou da dor que tive nos quadris...

— Um massagista, apenas... Ela costumava ligar para a senhora para tratar de banalidades como essa?

— Ora, os nossos assuntos eram sempre banalidades. Na verdade, queríamos apenas conversar, tanto eu como ela.

— E a essas horas da madrugada?

— Quase sempre. Por imposição do meu trabalho. Normalmente, eu procuro ligar nos feriados, mas nesse dia, foi ela quem me ligou.

Kusanagi assentiu. Mas suas dúvidas não se dissipavam.

Saindo da boate, Kusanagi caminhou em direção à estação Kinshicho, perdido em lucubrações. Intrigava-o a parte final da conversa com Sonoko Sugimura. Yasuko Hanaoka estivera conversando ao telefone à meia-noite do dia 10 de março. Mais ainda, pelo aparelho fixo da sua casa. Ou seja, ela se achava em casa a essas horas.

Na verdade, uma das hipóteses ventiladas no seio do Departamento de Investigações supunha que o crime tivesse ocorrido após às onze horas da noite de 10 de março. Essa hipótese fora construída tendo por premissa a autoria do crime por Yasuko Hanaoka. Mesmo que fosse válido o álibi até o karaokê, considerava a possibilidade de o crime ter sido executado depois disso.

Entretanto, ninguém se dispunha a defender essa hipótese com convicção. Isso porque, mesmo que Yasuko tivesse corrido ao local do crime logo após o karaokê, teria chegado lá quase à meia-noite. E se tivesse cometido o crime a essas horas, não disporia de meios de transporte para voltar à sua casa. Os criminosos, via de regra, evitavam recorrer a táxis nessas condições, para não deixar vestígios. Além disso, não havia táxis disponíveis nas proximidades do local.

O horário do roubo da bicicleta também intrigava. O roubo fora cometido antes das dez da noite. Se fosse uma dissimulação engendrada por Yasuko, ela deveria estar na estação Shinozaki até essa hora. Não sendo esse o caso, e tivesse Togashi roubado de fato a bicicleta, era de se perguntar então por onde ele teria andado até a meia-noite, quando se encontrou com Yasuko, e o que teria feito nesse intervalo.

Por essas razões, Kusanagi e seus companheiros não se haviam empenhado até o momento em investigar a fundo os álibis da noite. E se tivessem investigado, Yasuko Hanaoka já o possuía, e isso o intrigava.

— Ei, você se lembra do nosso primeiro encontro com Yasuko? — perguntou Kusanagi a Kishitani, enquanto caminhavam.

— Sim, me lembro. Por quê?

— Como foi que eu perguntei a ela sobre o álibi? Onde esteve no dia 10 de março — foi assim?

— Não me recordo de detalhes, mas deve ter sido assim mesmo.

— Então ela me respondeu que estava trabalhando desde manhã, e saiu à noite com a filha. Foram ao cinema, depois jantaram *ramen* e foram ao karaokê. Achava que voltaram para a casa depois das onze horas da noite, provavelmente. Foi o que ela disse?

— Creio que foi algo assim.

— Segundo a conversa da madame agora há pouco, Yasuko telefonou para ela logo depois. Não por necessidade, mas, mesmo assim, deixou até um recado para que ela retornasse a ligação. A madame retornou depois da uma da madrugada, e conversaram por trinta minutos.

— E o que tem isso?

— Naquela hora — quero dizer, quando eu perguntei a Yasuko sobre seu álibi, por que ela não me disse sobre isso?

— Ora, por que, porque não achou necessário, que mais poderia ser?

— E por quê? — Kusanagi estacou e se voltou ao investigador júnior. — Ter falado com terceiros pelo telefone fixo da sua residência serve como prova de que estava em casa.

Kishitani se irritou:

— Lá isso é verdade, mas talvez ela tenha achado suficiente falar sobre o que havia feito fora de casa. Se o senhor tivesse perguntado até o que ela fez depois de retornar, com certeza ela teria falado do telefonema.

— Teria sido de fato só esse o motivo?

— Que mais poderia ser? Poderíamos até desconfiar, se fosse uma tentativa de disfarçar um álibi inexistente, mas ela apenas deixou de mencionar um álibi perfeito. É até estranho teimar com isso.

Kusanagi retomou a caminhada, desviando os olhos do rosto irritado de Kishitani. Esse investigador júnior era simpático às Hanaoka desde o início. Talvez não devesse esperar dele opiniões objetivas.

A conversa com Yukawa, tida à tarde daquele dia, ressurgia na memória de Kusanagi. O físico insistia em afirmar que, se Ishigami fosse cúmplice, não acreditava que o crime tivesse sido planejado. Yukawa começava por afirmar que, se Ishigami tivesse planejado, jamais teria utilizado o cinema como álibi.

— O cinema não é um álibi convincente, por isso provoca suspeitas, como de fato sucede com vocês. Ishigami não deixaria de pensar nisso. Mais ainda, existe uma dúvida ainda maior. Não há motivo algum para Ishigami colaborar com Yasuko no assassinato de Togashi. Mesmo que Togashi estivesse causando sofrimentos a Yasuko, ele teria procurado outras soluções. Jamais teria escolhido assassinar.

Kusanagi lhe perguntara nessa hora se estava querendo dizer que Ishigami não seria assim cruel. Yukawa negara com frieza.

— Não se trata de uma questão de sentimentos. É porque recorrer ao assassinato para fugir do sofrimento não é um procedimento racional, pois o assassinato provoca novos sofrimentos. Ishigami não é tão tolo assim. Inversamente, ele é capaz de cometer qualquer atrocidade se isso for racionalmente necessário.

Então, como Yukawa imaginava ter sido a participação de Ishigami no crime? Sua resposta a essa pergunta fora:

— Se ele se envolveu de alguma forma, só posso imaginar que não tenha participado diretamente da morte de Togashi. Isto é, o assassinato já havia sido cometido quando ele tomou conhecimento dos fatos. E então o que restava para ele fazer? Se fosse possível ocultar o crime, ele o teria feito. Se fosse impossível, teria imaginado mil formas de ludibriar a investigação e instruído Yasuko Hanaoka e a filha sobre como responder às perguntas dos investigadores e quando apresentar quais evidências.

Em suma, Yukawa dizia que os depoimentos prestados até agora por Yasuko e Misato Hanaoka não haviam sido espontâneos, mas assistidos por Ishigami em segredo. Assim deduzia o físico. No entanto, ele acrescentara, de forma meditativa, após essa drástica manifestação:

— Tudo isso, é claro, não passa de inferência da minha mente, a partir da premissa do envolvimento de Ishigami. Existe a possibilidade de a premissa estar errada. Por mim, eu gostaria que tudo não passasse da minha imaginação, que a premissa se mostrasse completamente falsa. Prezo por isso, do fundo da minha alma.

Sofrimento e tristeza afloraram nessa hora no rosto de Yukawa, o que era raro. Até parecia temer a perda de um velho amigo, que tivera a felicidade de reencontrar depois de longo tempo. Mas, enfim, Yukawa deixava de confessar por que começara a suspeitar de Ishigami. Dava a entender que começou a suspeitar dele quando notou que Ishigami se apaixonara por Yasuko, contudo nunca revelava o que de fato o levou à suspeita. Kusanagi, porém, confiava na perspicácia e nas inferências de Yukawa, a ponto de acreditar que o amigo dificilmente se enganava em suas suposições. E isso o levava até a entender o que ouvira durante a conversa no Marian.

Por que Yasuko se calara a respeito do álibi da meia-noite do dia 10 de março? Se fosse ela a autora do crime e tivesse preparado esse álibi para contestar eventualmente a suspeita da polícia, teria, sem dúvida, declarado de cara à polícia. Mas calou-se. Não teria havido interferência de Ishigami nesse silêncio? Teria sido, quem sabe, instruída por ele a "falar apenas o mínimo necessário"? Kusanagi se punha a recordar das palavras de Yukawa, ditas por acaso na época em que ele não demonstrava tanto interesse pelo crime. Ao ouvir de Kusanagi que Yasuko Hanaoka havia extraído o canhoto do bilhete do cinema dentre as páginas de um catálogo, ele dissera:

— Uma pessoa normal não se atina em escolher até onde guardar o canhoto do bilhete preparado para reforçar seu álibi. Se ela cuidou disso prevendo o inquérito, então vocês têm pela frente um adversário formidável.

Já passava um pouco das seis horas, e Yasuko se preparava para retirar seu avental quando chegou um cliente. "Olá, boa tarde", cumprimentou-o com o sorriso costumeiro, mas ficou perplexa ao vê-lo. Conhecia aquele rosto, porém não sabia quem era. Tratava-se de um velho amigo de Ishigami, era só o que sabia.

— A senhora se lembra de mim? — perguntou ele. — Estive antes aqui com Ishigami.

— Ah, sim, eu me lembro. — Ela recuperou o sorriso.

— Vim até aqui perto e então me recordei do bentô. Estava uma delícia.

— Que bom!

— Hoje, deixe-me ver... Sim, quero o especial da casa. É o que Ishigami sempre compra, mas naquele dia estava em falta. Hoje tem?

— Com certeza.

Yasuko transmitiu o pedido à cozinha e se desfez do avental.

— Ué? Já vai embora?

— Sim. Trabalho até as seis.

— Não diga! Vai voltar para o seu apartamento?

— Sim.

— Então, me deixe acompanhá-la por um trecho. Aliás, gostaria de conversar um instante com a senhora.

— Comigo?

— Sim. Melhor dizendo, queria consultá-la um pouco acerca de Ishigami.

Yasuko sentiu-se insegura, sem saber por quê.

— Mas sei tão pouco sobre ele.

— Oh, não vou tomar seu tempo. Conversaremos andando. — Sua fala era macia, mas impositiva.

— Só um pouco, então — respondeu ela, sem outro recurso.

O homem se apresentou. Chamava-se Yukawa. Dizia ser professor associado na universidade onde Ishigami se formara. Os dois aguardaram o bentô e saíram da loja. Yasuko, como sempre, viera de bicicleta. Pôs-se a andar conduzindo-a com as mãos, quando Yukawa interveio:

— Deixe-me levá-la — disse, tomando a bicicleta das mãos de Yasuko. E perguntou: — A senhora não costuma conversar com Ishigami?

— Sim, mas trocamos apenas cumprimentos quando ele vem à loja.

— Entendo — disse ele e se calou.

— Ah, e sobre o que queria me consultar?

Yukawa, entretanto, se mantinha calado. E Yasuko sentia a intranquilidade crescer dentro dela quando, finalmente, ele se dispôs a falar:

— É um homem puro.

— Como?

— Um homem puro, esse Ishigami. Sempre procura respostas simples. Nunca diversas respostas de uma vez.

Para isso, recorre a procedimentos também simples. E assim nunca se perde. Nem se abala com facilidade. Porém, por isso mesmo, ele se mostra incapaz de lidar bem com os percalços da vida. É tudo ou nada, o que ele consegue com isso. Está sempre lado a lado com o perigo.

— Mas, senhor Yukawa...

— Oh, mil perdões! Não estou sendo claro, desse jeito — Yukawa forçou um sorriso. — A senhora o viu pela primeira vez quando se mudou ao apartamento onde se acha agora?

— Sim, eu fui me apresentar.

— Disse a ele então que trabalhava na loja, correto?

— Isso mesmo.

— E então ele começou a frequentar a loja.

— Isso... suponho que sim.

— Que impressão guardou dele, nos breves contatos que manteve depois? Pode ser qualquer coisa.

Yasuko estava confusa. A pergunta era totalmente inesperada.

— Por que o senhor me pergunta essas coisas?

— É porque... — caminhando, Yukawa voltou o olhar ao rosto dela — ele é meu amigo. Um amigo precioso, por isso preciso saber o que aconteceu.

— Mas se for para isso, as palavras que nós trocamos não terão importância alguma...

— Creio que, para ele, eram importantes. Muito importantes, como a senhora deve saber.

Havia uma seriedade no olhar de Yukawa que provocava arrepios em Yasuko. Percebeu que ele estava ciente dos sentimentos que Ishigami lhe devotava e queria saber o que havia provocado essa situação. De repente, a própria

Yasuko se dava conta de que nunca havia pensado a esse respeito. Não fora com certeza amor à primeira vista, sabia muito bem que não era tão atraente assim. Respondeu, abanando a cabeça:

— Que me lembre, nada aconteceu... Nunca cheguei a conversar com o senhor Ishigami, essa é a verdade.

— Certo. Sei lá, coisas estranhas podem acontecer, não é? — Yukawa se mostrou um pouco mais delicado. — O que a senhora acha dele?

— Como assim?!

— Não me diga que não percebeu os sentimentos dele. Sobre isso, o que pensa?

A pergunta repentina a deixou confusa. Não havia ambiente para disfarçar com uma risada.

— Por mim, nada tenho a dizer... acho que ele é uma boa pessoa. É muito inteligente.

— Sabe então que é uma boa pessoa e que é inteligente — Yukawa se deteve.

— Quero dizer, é o que ele me transmite...

— Muito bem. Desculpe por ter tomado o seu tempo — Yukawa lhe passou o guidão da bicicleta. — Minhas recomendações a Ishigami.

— Mas olhe, não sei se vou me encontrar com ele...

Yukawa apenas sorriu e girou sobre os calcanhares. Começou a se afastar. O seu vulto ainda a intimidava.

14

Rostos amargurados em fila. Alguns, exacerbados, demonstravam até sofrimento. Outros iam além do sofrimento e se rendiam, se tornavam apáticos. Morioka, em particular, ignorava desde o início a folha da prova e, com o rosto apoiado sobre os cotovelos, se quedava com o olhar voltado para fora da janela. O dia estava lindo, com o céu azul se distendendo para além da cidade distante. Talvez amaldiçoasse o tempo perdido naquela besteira, quando podia estar correndo em sua motoneta.

A escola já se achava em férias de primavera. No entanto, parte dos alunos estava condenada a passar por uma depressiva provação. Uma quantidade grande deles não alcançara a nota mínima de aprovação mesmo com as avaliações complementares realizadas após os exames finais, e aulas extraordinárias adicionais haviam sido programadas em regime de urgência para eles. Trinta alunos da classe de Ishigami estavam nessas condições, número excessivamente alto em comparação aos de outras matérias. Um novo exame fora programado para depois das aulas e se realizava nesse dia.

Enquanto preparava a prova, Ishigami havia sido advertido pelo diretor-adjunto a simplificar as questões.

— Detesto dizer, mas é uma formalidade apenas, porque não podemos aprovar aluno com nota vermelha. Nem o senhor, professor Ishigami, gostaria de passar por isso outra vez. Há queixas de que as questões do senhor são difíceis demais. Por isso, eu te peço: elabore uma avaliação para aprovar toda a turma, de uma vez. Por favor.

Mas, para Ishigami, suas questões nada tinham de difícil. Eram até simples. Não fugiam daquilo que havia ensinado em aula, bastava entender os conceitos básicos para solucioná-las de pronto, sem qualquer dificuldade. Ele apenas modificava um pouco a aparência das questões. Assim, elas se mostravam com um sabor um pouco diverso daquelas apresentadas nos livros didáticos e nos cadernos de exercícios.

Desta vez, no entanto, seguira as instruções do diretor-adjunto. Escolhera, dentre as questões listadas nos cadernos, aquelas mais representativas, que exigiam apenas um preparo normal para resolvê-las.

Morioka bocejou escandalosamente e consultou o relógio. Ishigami o observava, seus olhos se encontraram. Pensou por um instante que Morioka fosse demonstrar aborrecimento, mas ele fazia uma carranca exagerada e armava um X com os braços. Pretendia com certeza sinalizar que não conseguia, de forma alguma, resolver as questões. Ishigami abriu-lhe um sorriso. Morioka, surpreso, devolveu-lhe o sorriso e voltou a olhar para fora da janela.

Qual é a utilidade de integrais e derivadas? Ishigami se recordava dessa pergunta, feita por Morioka tempos atrás. Puxara então o exemplo da corrida de motos para explicar essa necessidade, mas duvidava se fora compreendido. Ishigami, porém, apreciara a pergunta. Morioka queria saber por que precisava estudar coisas como essa. Era uma dúvida natural. Se resolvida, daria origem à vontade de estudar. Abriria caminho ao entendimento dos fundamentos da matemática.

Muitos professores, contudo, não se dispunham a responder a dúvidas tão simples como aquelas. Ou, quem sabe, nem soubessem como respondê-las. Eles próprios não entendiam o sentido real da matemática, apenas seguiam o currículo e só pensavam em capacitar os alunos a obterem notas de aprovação. Assim, perguntas como as lançadas por Morioka só lhes traziam irritação.

Ishigami se perguntava o que fazia ele num lugar desses. Submetia os alunos a exames com o intuito apenas de lhes dar uma nota, para decidir depois quanto à aprovação ou à reprovação. Não havia sentido algum nisso. Isso não era matemática nem educação. Ele se ergueu e respirou fundo.

— Parem, deixem de lado as questões — disse, circundando o olhar pela classe. — Escrevam apenas o que pensam no verso da folha de testes.

Os alunos se entreolharam perplexos. A classe se agitou. Como assim?, alguns murmuraram.

— Digam o que sentem sobre a matemática. Qualquer coisa sobre a matemática — disse e acrescentou: — A nota virá do que vocês escreverem!

A alegria tomou conta dos alunos imediatamente.

— Vai me dar nota por isso? Que nota? — perguntou um aluno.

— Aí vai depender do que você escrever. Capriche, se não conseguiu lidar com as questões — disse e voltou a sentar-se.

Todos viraram a folha das questões para o verso. Alguns se puseram a escrever de pronto. Morioka foi um deles.

Agora, posso aprovar todos, pensou Ishigami. Não haveria como atribuir uma nota a um papel em branco, mas se escrevessem, poderia avaliá-los. Talvez ouvisse protestos do diretor, mas ele certamente concordaria com o procedimento, para não reprovar ninguém.

A campainha soou anunciando o fim da prova. Mesmo assim, Ishigami concedeu cinco minutos a mais, a pedido de alguns. Depois, recolheu as provas e deixou a sala. Na saída, ao fechar a porta, ouviu um vozerio se erguer na sala. Os alunos conversavam em voz alta. Me salvei, gritavam alguns.

Um funcionário o aguardava na sala dos professores.

— Professor Ishigami, há uma visita para o senhor.

— Uma visita? Para mim?

O funcionário se achegava a ele, para sussurrar junto ao ouvido:

— Parece ser um inspetor da polícia...

— Ah, é?

— Como fazemos? — O funcionário o observava.

— Está me aguardando, não é?

— Podemos mandá-lo embora com uma desculpa qualquer.

Ishigami esboçou um sorriso irônico:

— Não é necessário. Onde ele está?

— Pedi que aguardasse na sala de visitas.

— Então, vou já. — Juntando as folhas do teste, Ishigami guardou-as em sua pasta e, com ela sob o braço, saiu da sala dos professores. Pretendia examiná-las em casa.

O funcionário se prontificou a acompanhá-lo, mas Ishigami dispensou-o. Não era necessário, ele resolveria sozinho. Adivinhava suas intenções, com certeza estava curioso para saber o motivo da presença do investigador. Até sugerira mandá-lo embora porque, assim, teria a oportunidade de indagar Ishigami sobre o que se passava.

De fato, havia alguém na sala de visitas a aguardá-lo — o investigador Kusanagi.

— Me desculpe por ter vindo procurá-lo aqui na escola. — Ele se ergueu e o cumprimentou com uma mesura.

— Como soube que estava aqui? A escola está em férias de primavera...

— Na verdade, eu o procurei em seu apartamento, mas não o encontrei. Por isso, liguei para a escola e me informaram que o senhor veio aplicar um exame suplementar. Muito trabalho, não, professor?

— Pior para os alunos. O exame de hoje não é suplementar, mas é um reexame.

— É mesmo? Suas provas devem ser difíceis...

— Por quê? — perguntou Ishigami, encarando o inspetor.

— Ora, por nada. Só tive essa impressão.

— Difíceis não são. As minhas provas apenas procuram chamar a atenção dos alunos às falsas premissas, provocadas por falhas de entendimento.

— Falsas premissas?

— Simulo, por exemplo, uma questão de geometria que, na realidade, é de álgebra. — Ishigami tomou assento defronte ao inspetor e prosseguiu: — Mas isso não vem ao caso. Bem, a que devo a sua visita hoje?

— Não é nada importante. — Kusanagi sentou-se também e puxou a sua caderneta do bolso. — Queria apenas te perguntar mais uma vez sobre aquela noite.

— Aquela noite?

— A noite de 10 de março, como sabe, da ocorrência daquele crime.

— Foi quando descobriram o cadáver, no rio Arakawa?

— Na verdade, no antigo rio Edo, não no rio Arakawa — Kusanagi corrigiu de pronto. — Já te perguntei uma vez a respeito da senhora Hanaoka, lembra? Se não tinha notado algo estranho...

— Sim, me lembro. Respondi então que nada percebi...

— Foi isso mesmo. Mas gostaria hoje que se recordasse dessa noite em detalhes.

— Não estou entendendo. Se nada percebi, não tenho o que recordar, eu acho. — Ishigami esboçou um sorriso.

— Sim, mas é possível que alguns fatos a seu ver irrelevantes tenham significância profunda para nossas investigações. Por isso, muito nos ajudaria se pudesse nos contar, com o máximo de detalhes, o que aconteceu naquela noite. Não se preocupe em relacioná-los ao crime.

— Sei... — Ishigami esfregou o pescoço.

— Não será fácil, eu creio, pois já se passou algum tempo. Por isso, eu pedi estas coisas emprestadas, para auxiliar a sua memória. — Kusanagi mostrou o registro de frequência de Ishigami, o horário de suas aulas e a programação das atividades da escola. Pedira esses documentos por empréstimo à administração, com certeza. — Achei que talvez pudesse ajudar sua memória... — O inspetor esboçou um sorriso amável.

Porém, nesse mesmo instante, Ishigami entendeu o que ele queria. Embora disfarçasse, pelo jeito nada tinha a ver com Yasuko Hanaoka, mas com ele próprio, Ishigami, com o seu álibi. A polícia se voltava contra ele, não sabia por quê. Contudo, se algo o intrigava, era o comportamento de Manabu Yukawa.

De qualquer maneira, se a polícia investigava seu álibi, deveria então proceder em conformidade. Ishigami se endireitou no assento.

— Voltei para casa aquela noite após o treino de judô. Acredito que em torno das sete horas. Acho que já te disse.

— Sim, de fato. E permaneceu depois disso em seu apartamento?

— Não estou certo, mas acho que sim — Ishigami demonstrou incerteza de propósito. Pretendia ver como Kusanagi reagiria.

— Não recebeu visitas? Ou telefonemas?

Ishigami se pôs em dúvida diante da pergunta.

— Visitas? O senhor quer dizer no apartamento da senhora Hanaoka?

— Não, em seu apartamento.

— No meu apartamento?

— Sei que deve estar pensando o que isso tem a ver com o crime, e com razão. Mas o que nos interessa é saber com toda clareza, e em detalhes, o que aconteceu na vizinhança da senhora Yasuko Hanaoka naquela noite, e não com o senhor.

Desculpa esfarrapada, pensou Ishigami. Com certeza esse investigador sabe disso.

— Não recebi ninguém naquela noite. Creio que nem telefonemas, pois raramente recebo.

— Certo.

— Sinto muito. Teve o trabalho de vir até aqui, mas não ajudei muito.

— Não se preocupe. Outra coisa — disse Kusanagi, mostrando o registro de frequência. — Vejo por isto aqui que o senhor faltou às aulas na manhã do dia 11. Só compareceu à tarde. O que aconteceu?

— Nada de mais. Descansei por indisposição. A matéria do terceiro ano já estava quase esgotada, e assim acreditei que não haveria problema.

— Foi ao hospital?

— Não, não era para tanto. Por isso, compareci à tarde.

— Um funcionário da administração me contou que o professor Ishigami quase nunca falta às aulas. Talvez uma vez por mês, no período da manhã.

— Na verdade, uso as minhas férias para isso.

— O professor continua a se dedicar à pesquisa no ramo da matemática, varando muitas vezes a noite nesse afazer. O funcionário me disse que, nessas ocasiões, costuma faltar às aulas na manhã do dia seguinte, ao que parece.

— Me lembro de ter falado a esse respeito com ele, sim.

— Isso ocorre em geral uma vez ao mês, foi o que ouvi. — Kusanagi voltou os olhos ao registro de frequência, para prosseguir: — Porém o senhor também descansou na manhã do dia anterior, isto é, do dia 10. Nesse dia, a administração não se surpreendeu, pois se tratava de uma ocorrência normal. Mas se surpreendeu um pouco quando o senhor disse que faltaria também na manhã seguinte. Ao que parece, até agora nunca havia acontecido de o senhor faltar por dois dias seguidos.

— Nunca... será? — Ishigami levou a mão à testa. Precisava responder com cuidado. — Bem, não foi nada sério. Como o senhor disse, pedi para comparecer ao trabalho apenas na tarde do dia 10, pois trabalhei durante a noite no dia anterior. Entretanto, nesse dia, à noite, tive um pouco de febre, por isso fui obrigado a descansar no dia seguinte, de manhã.

— E assim compareceu à tarde?

— Isso mesmo — assentiu Ishigami.

— Ué...

— É estranho?

— Se foi capaz de comparecer à tarde, acredito que a indisposição deve ter sido ligeira. Em geral, em casos como esse, costuma-se fazer um pequeno sacrifício e comparecer ao trabalho enfrentando a indisposição, não é mesmo? Mais ainda se teve que faltar no dia anterior.

Kusanagi expôs claramente sua desconfiança. Não se importava em irritar Ishigami com isso. Com um sorriso irônico, Ishigami se esquivou da provocação.

— Pode ser. O fato é que, naquela hora, eu nem conseguia sair da cama. Mas, miraculosamente, me senti aliviado à tarde, e assim me esforcei para ir ao trabalho. Mesmo porque, como disse o senhor, me sentia em débito por ter faltado no dia anterior.

Kusanagi o encarou fixamente enquanto ele falava, com um olhar insinuante. Parecia acreditar que o pânico surgia com certeza nos olhos de um suspeito, quando mentia.

— Muito bem. O senhor está dizendo que, como praticante de judô, é capaz de superar qualquer probleminha de saúde em metade de um dia. O funcionário também me disse que jamais soube de algum caso em que o professor Ishigami estivesse doente.

— Isso é estranho. Eu tenho gripes como qualquer um.

— Como, por acaso, aconteceu naquele dia.

— Por acaso? O que quer dizer? Para mim, aquele dia foi igual a qualquer outro.

— É verdade. — Kusanagi fechou a caderneta e se ergueu. — Me perdoe por incomodá-lo em serviço.

— Eu é que peço perdão por ter sido inútil.

— Imagine, foi proveitoso.

Ambos deixaram a sala juntos. Ishigami decidiu acompanhar o investigador até a porta de saída.

— Tem encontrado com Yukawa? — perguntou Kusanagi, enquanto andava.

— Não, não o encontrei mais nenhuma vez — respondeu Ishigami. — E o senhor? Costuma encontrar-se com ele, de vez em quando, não?

— Pois é, eu também ando atarefado e não o tenho visto ultimamente. Que tal nos encontrarmos nós três um dia? Yukawa me disse que o senhor é um bom apreciador de bebidas. — Kusanagi fez o gesto de virar um copo.

— Boa sugestão, porém não seria bom aguardar a solução do crime?

— Pode ser, mas nós também temos as nossas folgas. Vou convidá-los um dia.

— É mesmo? Então, ficarei no aguardo.

— Combinado — disse Kusanagi e se foi pela porta de entrada.

Ishigami voltou pelo corredor e, da janela, contemplou o investigador que se afastava. Ele conversava pelo celular. Não era possível ver suas feições.

O investigador viera examinar seu álibi. Ishigami avaliava o que havia por trás disso. Devia haver uma causa, já que passava a suspeitar dele. Qual seria? Tivera, tempos atrás, um encontro com ele, mas na época não lhe parecera desconfiado. Contudo, pelo questionamento a que fora submetido hoje, via que Kusanagi não percebera ainda a verdadeira natureza do crime. Parecia vaguear longe da realidade. O investigador teria com certeza tirado suas conclusões a partir do fato de Ishigami não possuir um álibi. Até aí, tudo bem. Essa situação já estava nos seus planos.

O problema — o rosto de Yukawa lhe vinha à memória. Até onde esse homem farejara? E até onde queria desvendar o crime?

Outro dia, Yasuko lhe dissera ao telefone coisas estranhas. Que Yukawa lhe perguntara sobre os sentimentos dela em relação a Ishigami. Parecia ter percebido a afeição dele por ela. Ishigami se punha a recordar a conversa que teve com Yukawa, mas não se lembrava de ter dito, por descuido, nada que o fizesse perceber o que sentia por Yasuko. Então, como aquele físico percebera?

Ishigami voltou seus passos em direção à sala dos professores. A meio caminho, encontrou-se com o funcionário da administração no corredor.

— Ué, e o investigador?

— Conseguiu o que queria e já se foi, agora há pouco.

— E o senhor, professor, não vai embora?

— Não ainda, tenho algumas pendências.

Deixando para trás o funcionário curioso por saber o motivo da vinda do inspetor, Ishigami retornou a passos apressados à sala. Ao chegar à sua mesa, extraiu sob ela alguns arquivos cujo conteúdo nada tinha a ver com as aulas. Eram parte dos resultados do estudo de um complexo problema de matemática a que se dedicara por anos seguidos. Enfiou os arquivos em sua mala e deixou a sala.

— Já te disse, pesquisar é alcançar frutos da compreensão. Alcançar resultados esperados em uma experiência produz apenas impressão. Para começar, nada acontece exatamente como esperado. O que eu quero é que descubram algo por si mesmos, durante uma experiência. De qualquer forma, pensem um pouco mais antes de escrever.

Yukawa se irritou como poucas vezes. Abanou a cabeça fortemente e devolveu as folhas do relatório ao estudante abatido à sua frente, que se curvou e saiu da sala.

— Então você também se irrita! — disse Kusanagi.

— Eu não me irritei. Apenas instruí, pois a abordagem deixou a desejar. — Yukawa se ergueu. Preparava um café instantâneo na caneca. E continuou: — E então? Houve avanço nas investigações?

— Examinei o álibi de Ishigami. Melhor, eu o indaguei acerca disso.

— Ataque frontal, é? — Yukawa deu as costas à pia, com a enorme caneca nas mãos. — Como ele reagiu?

— Diz ele que esteve aquela noite inteira em seu apartamento.

Com um muxoxo, Yukawa abanou a cabeça:

— Eu te perguntei como ele reagiu, não como ele respondeu.

— Como reagiu?... Bem, ele não me pareceu particularmente afobado. Com certeza sabia que um investigador o procuraria e teve tempo de se preparar.

— Não estranhou que investigassem o seu álibi?

— Não, não me perguntou o porquê. E eu também evitei perguntas diretas.

— Tratando-se dele, é possível que já previsse ser questionado sobre o álibi — murmurou Yukawa em um monólogo e tomou um gole do café. — Diz ele que esteve a noite inteira em seu apartamento?

— E ainda por cima diz que teve febre e não foi trabalhar na manhã seguinte.

Kusanagi depôs sobre a mesa o registro de frequência que recebera da administração da escola. Yukawa se aproximou e, sentando-se defronte à mesa, apanhou as folhas do registro.

— Na manhã do dia seguinte... é isso?

— Suponho que esteve atarefado depois do crime. Por isso deixou de ir à escola.

— E a mulher da loja de bentô? O que andou fazendo?

— Não deixamos de investigar também. Yasuko Hanaoka foi trabalhar como sempre no dia 11. Para você também saber, a filha dela compareceu às aulas na escola. Nem se atrasou.

Yukawa largou as folhas do registro sobre a mesa e cruzou os braços.

— Mas por que ele estaria atarefado após o crime?

— Ora, para esconder, por exemplo, a arma do crime...

— Mas isso não tomaria essas dez horas ou mais...

— Por que acha que foram mais de dez horas?

— Pois o crime não ocorreu na noite do dia 10? E se ele não foi trabalhar na manhã seguinte, vê-se por aí que esteve atarefado por mais de dez horas...

— Teria que dormir, não?

— Não há criminoso que durma sem ter antes eliminado os vestígios do crime. E se porventura não conseguiu dormir por causa disso, não iria descansar em seguida. Iria sem dúvida trabalhar, enfrentando qualquer fadiga.

— Quer dizer, algo o forçou a se ausentar do trabalho...

— É precisamente nisso que estou pensando.

Yukawa apanhou a caneca de café. Kusanagi dobrou com capricho o registro de frequência na mesa.

— Tenho algo que preciso mesmo saber de você hoje: o que o levou a suspeitar de Ishigami? Não vou relaxar enquanto você não me disser.

— Não estou entendendo. Não foi você mesmo quem descobriu, por conta própria, que Ishigami estava caidinho por Yasuko Hanaoka? Então! Ainda precisa me perguntar?

— Não é tão simples assim. Eu preciso defender minha postura também. Não posso reportar ao meu chefe que estou de olho em Ishigami por puro capricho.

— Você investigava Yasuko Hanaoka, e isso pôs em destaque o professor de matemática chamado Ishigami. Não é o bastante?

— Assim eu reportei. E então fui investigar o que havia entre Ishigami e Yasuko Hanaoka. Mas, infelizmente, não consegui até agora obter evidências de que os dois mantivessem um relacionamento íntimo.

Segurando a caneca, Yukawa se pôs a rir sacudindo o corpo.

— É compreensível.

— Como assim? O que quer dizer?

— Ora essa! Só estou dizendo que, provavelmente, não há mesmo nada entre os dois. Poderá investigar o quanto quiser, não encontrará nada. Isso eu garanto.

— Não trate o caso com essa indiferença. O nosso chefe já está perdendo o interesse em Ishigami. Se continuar assim, em breve não poderei mais agir por conta própria. Por isso, queria que me dissesse por que suspeitou de Ishigami. Então, Yukawa! Já está na hora, por que se cala?

A fala de Kusanagi beirava a súplica. Yukawa retomou a seriedade e depôs a caneca sobre a mesa.

— Não adiantaria falar. Não vai te servir para nada.

— Não entendi.

— O motivo de achar que Ishigami esteja envolvido no caso é esse mesmo que você vem repetindo o tempo inteiro, até agora. Um pequeno detalhe me desvendou os sentimentos de Ishigami em relação a Yasuko Hanaoka. Isso me despertou o interesse em examinar a possibilidade do envolvimento dele no crime. E você agora vai querer saber por que suspeitei dele só por isso? Digamos que foi um ato instintivo, compreensível apenas aos que o conhecem de alguma maneira. Você costuma falar do instinto de investigador, não? É isso aí.

— Instinto? Vindo de você, é algo inesperado.

— Não faz mal de vez em quando.

— Poderia então me contar o que o levou a perceber os sentimentos de Ishigami?

— Eu me recuso.

— Ora essa!

— Porque fere o brio de Ishigami. Não quero alardear por aí.

Kusanagi suspirou. Nesse instante, alguém bateu à porta. Um estudante entrou na sala.

— Olá — Yukawa se dirigiu ao estudante. — Sinto tê-lo convocado assim de repente. Queria conversar com você a respeito do relatório que me submeteu.

— Pois não. — O estudante, de óculos, se perfilou.

— Seu relatório estava bem redigido. Porém há um ponto que queria verificar. Você se valeu da física do estado sólido para desenvolver o trabalho. Por quê?

— Mas a prova era de física do estado sólido... — respondeu confuso.

Yukawa esboçou um sorriso e abanou a cabeça:

— A prova considerava em essência a teoria das partículas elementares. Assim, gostaria que houvesse essa abordagem. A prova era de física do estado sólido, mas nem por isso despreze as outras teorias, se quiser ser um bom cientista. A presunção é sempre inimiga. Acaba ocultando o que está à vista.

— Entendo — o estudante assentiu.

— Eu chamo a sua atenção porque você é brilhante. Parabéns pelo esforço. Pode ir.

O estudante agradeceu e saiu. Kusanagi fixou o olhar sobre Yukawa.

— O que há no meu rosto? — perguntou Yukawa.

— Nada, estava apenas pensando. Acho que os cientistas falam sempre do mesmo jeito.

— Como assim?

— Ishigami me disse qualquer coisa parecida — e repetiu as palavras de Ishigami sobre as questões dos testes de matemática: — Hum... "falsas premissas, provocadas por falhas de entendimento"... É bem próprio dele.

Yukawa sorriu. Mas, no instante seguinte, suas feições mudaram. Levantou-se de súbito da cadeira e, com as mãos sobre a cabeça, foi até a janela. E se voltou ao alto, como se observasse o céu.

— Ei, Yukawa!

Mas Yukawa estendeu a mão em direção a Kusanagi, como se lhe pedisse para não o perturbar. Sem saber o que fazer, Kusanagi contemplou o amigo.

— Não pode ser — murmurou Yukawa. — Ele não faria isso...

— O que há? — Kusanagi perguntou sem se conter.

— Me mostre aquele papel. O registro da frequência de Ishigami.

Atendendo ao pedido, Kusanagi retirou apressadamente a folha dobrada do bolso. Ao recebê-lo, Yukawa franziu o cenho e rugiu baixo.

— Não... não pode ser...

— Ei, Yukawa, o que aconteceu? Me diga...

Yukawa devolveu o registro a Kusanagi.

— Me desculpe, mas vou ter que pedir para você me deixar por hoje.

— E essa agora! — protestou Kusanagi. Mas, ao encarar Yukawa, perdeu a fala. Uma expressão de tristeza e dor distorcia o semblante de seu amigo, como jamais vira.

— Perdão, me deixe — repetiu Yukawa. Sua voz mais parecia um gemido.

Kusanagi se levantou. Uma profusão de perguntas lhe acudia à mente. Contudo, não lhe restava alternativa no momento a não ser deixá-lo.

15

O relógio indicava sete horas e trinta minutos. Ishigami apanhou sua mala e deixou a sala. Levava nela o que havia de mais precioso no mundo todo para ele — um arquivo que continha uma certa tese matemática que pesquisava atualmente. Ou melhor, que já pesquisava por muito tempo, pois a iniciara como tese de formatura na universidade, e que permanecia ainda inconclusa.

Seriam necessários mais vinte anos para terminá-la, ou até muito mais, possivelmente. A tese, por ser mesmo complexa a esse ponto, consumiria a vida inteira de um matemático para ser resolvida. Mas estava confiante. Ele sim, poderia resolvê-la, só ele.

Ishigami se perdia algumas vezes em lucubrações. Quão maravilhoso seria se pudesse dedicar-se exclusivamente a ela, sem pensar em outros assuntos, sem perder tempo com os afazeres, para mergulhar de corpo e alma exclusivamente na solução desse espinhoso problema. Poderia de fato concluir a pesquisa em vida? Quando a incerteza o assaltava, dava-lhe desgosto perder tempo em atividades alheias à pesquisa. Onde quer que fosse, jamais deixaria de levar aquele arquivo. Precisava avançar, que fosse um só passo. Bastavam-lhe, para isso, lápis e papel, nada mais. Dedicar-se à pesquisa, era tudo o que desejava.

Todos os dias, seguia o mesmo trajeto, caminhando feito um robô. Atravessava a ponte Shin-Ohashi e prosseguia pela margem do rio Sumida. À direita, estendia-se a fileira de barracas de plástico azul. Um homem, com longos cabelos grisalhos amarrados atrás da nuca, punha uma panela sobre o fogareiro. Não se podia ver o que havia na panela. O homem trazia a seu lado um cachorro vira-lata marrom-claro preso em uma correia. O cachorro estava sentado, aparentemente exausto, voltando as costas ao dono.

O Lateiro, como sempre, amassava latas, murmurando algo em um monólogo. Perto de si já havia dois sacos de plástico cheios de lata. Passando por ele, um pouco adiante, havia um banco de jardim desocupado. Ishigami lançou-lhe um olhar, para logo depois voltar os olhos ao chão e seguir cabisbaixo, sem alterar as passadas.

Alguém vinha caminhando em sua direção. Pelo horário, poderia ser a velha com os seus três cachorrinhos, mas parecia não ser ela. Ishigami ergueu o rosto.

— Oh! — exclamou e se deteve.

A pessoa, no entanto, se aproximou sorrindo e só parou diante dele.

— Bom dia! — cumprimentou Manabu Yukawa.

Ishigami perdeu momentaneamente a fala. Mas umedeceu os lábios e então perguntou:

— Estava à minha espera?

— Claro que sim — respondeu Yukawa, ainda sorrindo. — A bem dizer, não esperava. Vim perambulando da ponte Kiyosu, na esperança de encontrá-lo.

— Algo urgente?

— Urgente... quem sabe. Bem, pode ser. — Yukawa parecia em dúvida.

— Precisamos falar agora? — Ishigami consultou o relógio de pulso. — Não tenho muito tempo.

— Bastam dez ou quinze minutos.

— Podemos conversar andando?

— Não me importo. — Yukawa lançou um olhar aos arredores. — Gostaria de conversar rapidamente aqui mesmo. Bastam dois ou três minutos. Quer sentar um pouco neste banco?

Yukawa se dirigiu ao banco vazio sem esperar pela resposta de Ishigami. Com um suspiro, Ishigami seguiu o amigo.

— Já andamos por aqui juntos certa vez — disse Yukawa.

— É verdade.

— Você me contou então sobre os desabrigados, que eles vivem certinhos como um relógio, lembra?

— Lembro. O homem acaba assim quando se livra do relógio, foi seu comentário.

Yukawa assentiu satisfeito.

— Tanto eu como você não podemos nos livrar do relógio. Nos degradamos a ponto de nos transformar em engrenagens deste relógio chamado sociedade. Sem engrenagens, o relógio desbaratina. E por mais que procuremos girar sozinhos, à nossa maneira, os que estão à nossa volta não nos permitem. Isso nos traz, ao mesmo tempo, estabilidade, mas o fato é que deixamos de ser livres. Porém eu diria que muitos desses desabrigados não querem mais voltar à vida antiga que levavam.

— Só nessa conversinha, dois ou três minutos vão se passar em um instante. — Ishigami consultou o relógio. — Veja, já se foi um minuto.

— Queria apenas dizer que, neste mundo, não há engrenagens inúteis, e são as próprias engrenagens que decidem seu papel. — Yukawa encarou o rosto de Ishigami. — Você pretende deixar a escola?

Assustado, Ishigami arregalou ou olhos.

— Por que me pergunta essas coisas?

— Por nada, apenas me pareceu. Nem você pensa que o papel que te cabe é esse, de uma engrenagem denominada professor de matemática, foi o que pensei. — Yukawa se levantou do banco. — Vamos então?

Lado a lado, os dois se puseram a caminhar pela barragem do rio Sumida. Ishigami aguardou o velho companheiro ao seu lado puxar conversa.

— Kusanagi me disse que foi procurá-lo. Para checar seu álibi.

— Sim, na semana passada, se não me engano.

— Ele suspeita de você.

— É o que parece. Nem sei por quê.

Yukawa esboçou um sorriso.

— Para falar a verdade, nem ele mesmo sabe. Percebeu que eu me preocupo com você, e isso chamou a atenção dele, foi só. Talvez não devesse te confidenciar, mas a polícia possui poucos motivos para suspeitar de você.

Ishigami se deteve.

— E por que está me contando isso?

Yukawa também se deteve e se virou para Ishigami.

— Porque sou seu amigo. Não há outro motivo além desse.

— Por ser meu amigo, achou necessário me contar? Por quê? Eu nada tenho a ver com esse crime. Pouco me importa se a polícia suspeita ou não de mim.

Ishigami viu que Yukawa soltou um longo e profundo suspiro. Abanando de leve a cabeça, havia um traço de tristeza em seu semblante. Ishigami se inquietou.

— O álibi nada tem a ver — disse Yukawa calmamente.

— Hein?

— Kusanagi e seus companheiros estão empenhados em destruir o álibi dos suspeitos. Acreditam que, se cutucarem os pontos dúbios do álibi de Yasuko Hanaoka, poderão chegar uma hora à verdade, se for ela a autora do crime. E se você for o comparsa, bastará investigar o seu álibi para derrubar a fortaleza de vocês. É o que pensam.

— Não consigo entender por que você está me relatando essas coisas — continuou Ishigami. — Tudo isso faz parte das atividades normais dos investigadores, não? Supondo, é claro, que seja ela a autora do crime.

Os lábios de Yukawa se abrandaram, para continuar:

— Kusanagi me contou algo interessante. Foi a respeito de como você preparava suas provas. Você atacava ideias preconcebidas. Por exemplo, simulava uma questão de geometria, quando se tratava, na verdade, de uma questão de álgebra. Está certo, eu pensei. É adequado para aqueles alunos que não entenderam os fundamentos da matemática e se acostumaram com os procedimentos dos manuais para resolver as questões. À primeira vista, fica parecendo para eles um problema de geometria, e a ela recorrem desesperadamente para resolvê-lo. E não conseguem. O tempo passa rapidamente. Parece maldade, mas é eficiente para provar a capacidade real do aluno.

— O que está querendo dizer?

Yukawa retomou a seriedade:

— Kusanagi e seus companheiros acreditam que, neste caso, toda a questão se resume em destruir álibis. Não deixa de ser uma postura natural, pois os maiores suspeitos se aferram a seus álibis. Ainda mais porque esses álibis parecem frágeis. E eles são tentados a atacar por um ponto de partida. Isso faz parte da natureza humana. O mesmo acontece quando nós nos empenhamos em uma pesquisa. Mas o problema está nesse ponto de partida. Muitas vezes, ele é completamente enganoso, como é comum ocorrer no mundo das pesquisas. Kusanagi e seus amigos caíram nessa armadilha. Melhor, se atolaram nela.

— Se você tem dúvidas quanto ao procedimento das investigações, é ao investigador Kusanagi que devia manifestá-las, e não a mim, não acha?

— Com certeza. Em algum momento, serei obrigado a isso. Mas queria antes que ficasse a par disso, já te disse o porquê.

— Por ser meu amigo?

— Mais ainda, porque não quero estragar a sua genialidade. Gostaria de resolver o quanto antes essas perturbações, para que você possa se dedicar aos assuntos que são da sua competência exclusiva. Não quero que desgaste o seu cérebro inutilmente.

— Nem é preciso que me diga, eu não perco tempo com inutilidades — disse Ishigami e se pôs a andar novamente, não porque temesse se atrasar para chegar à escola, mas porque se cansou de ficar ali parado.

Yukawa o seguiu.

— O problema da solução desse crime não pode ser entendido como uma mera questão de destruição de álibis. O problema é outro, bem diverso. A diferença é até mais ampla do que aquela entre a geometria e a álgebra.

— Posso saber então, para o meu governo, qual é o problema?

— É difícil resumi-lo em uma palavra, mas eu diria que se trata de um problema de camuflagem. Os investigadores estão sendo enganados pela camuflagem dos criminosos. Tudo aquilo que eles acreditam que é o ponto de partida é falso. Os investigadores caem prontamente na armadilha preparada pelos criminosos quando pensam que conseguiram um indício.

— Parece complexo, não?

— E é. Mas basta alterar um pouco a abordagem e tudo se torna espantosamente simples. Se um amador tentar uma camuflagem complexa, a própria complexidade o leva a cavar seu túmulo. Porém os gênios não agem assim. Escolhem uma camuflagem bem simples, mas que passa despercebida às pessoas normais, que jamais a adotariam. E daí o problema se torna complexo de uma vez.

— Pensei que os físicos detestassem linguagem abstrata.

— Posso então falar um pouco de coisas concretas. Tem tempo?

— Dá ainda.

— Vai conseguir passar na loja de bentô?

Ishigami lançou um rápido olhar a Yukawa,

— Não vou lá todos os dias.

— Verdade? Pelo que ouvi, você vai quase todos os dias.

— E por isso você acha que tenho parte nesse crime.

— Talvez sim, talvez não. O fato de você ir comprar bentô no mesmo lugar todos os dias não significa nada, mas se vai para ver uma determinada mulher, então não posso ignorar.

Ishigami se deteve e encarou Yukawa furiosamente:

— Está pensando que por ser um velho amigo você pode me dizer o que quiser?

Yukawa se manteve firme. Sustentou o olhar de Ishigami com energia.

— Você se irritou para valer? Está perturbado, eu compreendo...

— Besteira! — Ishigami se pôs a andar. Nas proximidades da ponte Kiyosu, começou a galgar a escadaria que lhe dava acesso.

— Peças de roupa, aparentemente da vítima, foram queimadas perto do local onde acharam o corpo — Yukawa, que seguia o amigo, se pôs a falar. — Restos foram encontrados em uma lata. Possivelmente, foi obra do assassino. Quando soube da notícia pela primeira vez, eu estranhei. Por que não teria ele permanecido ali até terminar a queima? Kusanagi e sua turma parecem acreditar que o criminoso teve pressa em fugir, mas, se fosse assim, ele poderia ter abandonado o local de uma vez, com as roupas, para depois se livrar delas com calma. Ou teria ele calculado que a queima se daria por completo em menos tempo? Essa dúvida me incomodou o tempo todo. Então resolvi queimar umas roupas eu mesmo, por experiência.

Ishigami se deteve outra vez.

— Você queimou roupas?

— Em uma lata. Blusão, suéter, calças, meias... e que mais? Ah sim, uma camiseta também. Comprei-as em uma loja de roupa velha. Uma despesa inesperada. Nós, físicos, só nos convencemos pela experiência, e nesse ponto, diferimos dos matemáticos.

— E o resultado?

— Queimou muito bem, produzindo gases tóxicos — afirmou Yukawa. — Por completo, e num instante. Não levou sequer cinco minutos.

— E daí?

— O assassino não conseguiu esperar nem esses cinco minutos? Por quê?

— Vai saber. — Terminando de subir a escadaria, Ishigami dobrou à esquerda na avenida da ponte Kiyosu, em direção contrária ao Benten-tei.

— Não vai comprar bentô? — perguntou Yukawa, como se esperava.

— Mas como você é insistente! Não compro bentô todos os dias, já te disse! — Ishigami franziu as sobrancelhas.

— Se não vai ficar sem almoço, então tudo bem.

Yukawa se pôs ao seu lado.

— Até bicicleta encontraram, perto do corpo. Pelas investigações, trata-se de uma bicicleta estacionada na estação Shinozaki, que foi roubada. Havia nela impressões digitais, aparentemente da vítima.

— E daí?

— Esse assassino destrói até o rosto da vítima e esquece de apagar as impressões digitais na bicicleta. É um perfeito idiota. Mas, se deixou de apagar de propósito, então a conversa é outra. O que ele quis com isso?

— O que acha?

— Talvez associar a bicicleta à vítima... quem sabe. Não convinha ao assassino fazer crer que a bicicleta nada tinha a ver com o crime.

— Por quê?

— Queria que a polícia descobrisse que a vítima utilizou a bicicleta para ir da estação Shinozaki até o local. Além disso, com aquela bicicleta, não uma outra qualquer.

— Mas o que descobriram foi uma bicicleta comum, igual às outras, não?

— De fato, uma bicicleta comum, encontrável em qualquer parte. Uma particularidade apenas: era quase nova.

Ishigami se arrepiou. A custo, tentou disfarçar a respiração, que se alterava.

— Bom dia — alguém o cumprimentou, e Ishigami voltou a si. Uma aluna, em uma bicicleta, passou por ele e lhe fez uma ligeira mesura.

— Ah, bom dia! — respondeu afobado.

— Surpreendente. Eu nem acreditava que ainda houvesse alunas hoje em dia que cumprimentam seus professores — disse Yukawa.

— Quase não existem. Mas, voltando ao assunto, qual o sentido de uma bicicleta quase nova?

— A polícia acredita que foi apenas uma questão de preferência — o assassino preferiu uma quase nova, já que precisava roubar uma. Mas a questão não é tão simples. Ele se preocupou em saber quanto tempo a bicicleta se achava estacionada na estação.

— Por quê?

— Para o assassino, não interessavam as bicicletas abandonadas havia muito tempo na estação. Queria que o proprietário se apresentasse para dar queixa. Para isso, era necessário que a bicicleta fosse quase nova. Ninguém deixaria abandonada uma bicicleta quase nova, recém-comprada, e, em caso de roubo, provavelmente iria apresentar queixa à polícia. Nada disso constitui condição indispensável para a camuflagem do crime, mas, para o criminoso, seria ótimo se desse certo. Ele escolheu proceder de forma a elevar a probabilidade de sucesso.

— Hum...

Sem comentar as ilações de Yukawa, Ishigami prosseguiu caminhando adiante. A escola se aproximava. Já se viam estudantes na calçada.

— Sua história é bem interessante, até gostaria de ouvir mais — parando de andar, Ishigami se voltou ao amigo —, mas eu te peço para me deixar aqui. Não quero que meus alunos estranhem sua presença.

— É verdade, também acho melhor. Mesmo porque já te disse em linhas gerais o que queria.

— Foi interessante. Você me fez há algum tempo a seguinte pergunta: entre elaborar um problema insolúvel e resolvê-lo, o que é mais difícil? Lembra?

— Lembro sim. A minha resposta é elaborar o problema. Mas acho que os solucionadores sempre devem respeitar os proponentes.

— Entendi. E com respeito ao problema $P \neq NP$? O que é mais fácil: procurar a resposta por iniciativa própria ou verificar se a resposta proposta por terceiros está correta?

Yukawa se mostrou perplexo. Quiçá não compreendesse as intenções de Ishigami.

— Você já tem sua resposta. Quer agora ouvir a dos outros, não? — Ishigami apontava o peito de Yukawa.

— Ishigami...

— Até mais, então — Ishigami deu costas a Yukawa e começou a se afastar, segurando com firmeza a sua mala.

Não há mais o que fazer, pensou. O físico desvendara tudo...

Misato se mantinha calada, mesmo enquanto comia a sobremesa de gelatina de amêndoa. Talvez tivesse sido melhor não ter trazido a menina, Yasuko temia.

— Está satisfeita, Misato? — Kudo procurava puxar conversa. Estivera o tempo inteiro preocupado com ela.

Levando a colher à boca, Misato assentiu sem nem mesmo olhar para ele.

Estavam em um restaurante chinês em Ginza. Kudo insistira em ter a companhia de Misato, por isso Yasuko a trouxera, quase à força, apesar da relutância dela. Promessas de pratos deliciosos não eram suficientes para atraí-la. Isso não funcionava em estudantes de nível colegial. Para convencê-la a vir, Yasuko argumentara: "Se você não for, a polícia pode desconfiar."

Daquele jeito, porém, só deixaria Kudo descontente, e Yasuko se arrependia. Mesmo durante a refeição, Kudo procurara de toda forma conversar com Misato, mas ela mal correspondera a essas tentativas.

Terminada a gelatina, Misato se voltou a Yasuko:

— Vou até o banheiro.

— Está bem.

Yasuko esperou até Misato se afastar e juntou as mãos.

— Me desculpe, senhor Kudo!

— Ué? Por quê?

— Aquela menina é tímida. Especialmente diante de homens adultos.

Kudo se abriu em uma risada.

— Não achei que seria fácil conquistar a amizade dela. Eu também era assim na fase de estudante secundarista. Hoje eu só queria conhecê-la.

— Muito obrigada.

Kudo assentiu e retirou cigarro e isqueiro do bolso do paletó pendurado no encosto da cadeira. Abstivera-se de fumar durante a refeição, talvez pela presença de Misato.

— E então, temos novidades? — perguntou, depois de uma baforada.

— Novidades?
— Sim, sobre aquele incidente, por exemplo.
Yasuko baixou os olhos, para depois fitá-lo.
— Nada em particular. Está tudo normal.
— Ainda bem. O inspetor não tem aparecido?
— Faz tempo que não. Nem na loja. E com você?
— Também não. Pelo jeito, deixaram de suspeitar da gente.

Kudo derrubou a cinza do cigarro no cinzeiro e continuou:
— Mas uma coisa me preocupa.
— O quê?
— Bem... — Mostrava-se indeciso, mas, enfim, abriu a boca: — Estou recebendo com frequência nestes dias telefonemas mudos, no meu aparelho fixo.
— O que será isso? Que coisa desagradável! — Yasuko franziu o cenho.
— Não bastasse — Kudo retirou do bolso algo parecido com um bilhete —, encontrei isto entre a minha correspondência.

Yasuko leu o bilhete e se sobressaltou. Seu nome estava nele, que dizia: "Afaste-se de Yasuko Hanaoka. Homens como você não farão a felicidade dela."

Aparentemente, o texto fora escrito em um processador de texto ou computador. Naturalmente, não continha o nome do remetente.
— Veio pelo correio?
— Não. Alguém deixou na minha caixa de correspondências.
— Tem ideia de quem possa ter sido?
— Nenhuma. Pretendia perguntar se você tem.

— Nem eu tenho... — Yasuko puxou a bolsa e retirou dela um lenço. Suas mãos suavam. — Era só o que havia na caixa?

— Não. Havia também uma fotografia.

— Fotografia?

— Daquele encontro que tivemos em Shinagawa. Fui flagrado no estacionamento do hotel. Nem percebi.

Instintivamente, Yasuko circulou o olhar pelos arredores. Mas era improvável que alguém os observasse naquele restaurante.

Misato retornou, e o assunto se encerrou ali mesmo.

Deixando o restaurante, Yasuko e a filha se separaram de Kudo e tomaram um táxi.

— Gostou da comida? — perguntou Yasuko à filha.

Emburrada, Misato se manteve calada.

— Não faça essa cara, é uma indelicadeza!

— Por que me trouxe, então? Eu disse que não queria!

— Mas ele teve a gentileza de nos convidar!

— Pois devia ter ido sozinha, mãe! Eu não quero, nunca mais!

Yasuko suspirou. Kudo parecia acreditar que, um dia, Misato iria abrir-lhe o coração, mas não era de se esperar que isso fosse acontecer.

— Você pretende se casar com ele, mãe?

Yasuko ajeitou o corpo no assento onde se recostava.

— Sério, quer se casar com ele?

— Não quero!

— Verdade?

— Claro que não! Estamos só nos encontrando, de vez em quando.

— Ainda bem. — Misato virou o rosto para a janela.

— O que está querendo dizer?
— Nada de mais — disse Misato e se voltou lentamente a Yasuko. — Só achei que não devia trair o tio...
— O tio? Você quer dizer...
Calada, Misato fitou diretamente os olhos da mãe. Estava claro que se referia ao vizinho. Não o citava de forma explícita, para evitar os ouvidos do motorista de táxi.
— Você não devia se preocupar com essas coisas. — Yasuko se recostou novamente no assento.
Misato grunhiu em resposta. Parecia não confiar na mãe. Yasuko pensava em Ishigami. Preocupava-se com ele, nem era preciso que Misato lhe dissesse. A estranha conversa de Kudo a intrigava. Suspeitava apenas de uma pessoa. O olhar sombrio de Ishigami, quando a vira em companhia de Kudo, que a levava de volta ao apartamento, havia ficado gravado indelevelmente em sua memória.

Era perfeitamente presumível que Ishigami estivesse ardendo de ciúmes pelos seus encontros com Kudo. Colaborara em dissimular o crime e ainda hoje protegia ela e a filha da polícia porque lhe dedicava, sem dúvida alguma, sentimentos muito especiais. Mas seria mesmo Ishigami o autor das importunações a Kudo? Se fosse, de que maneira ela seria tratada de agora em diante? Isso a afligia. Pretendia ele governar sua vida, a partir de agora, a pretexto de ser seu cúmplice no crime? Estaria ela proibida de se casar com outro homem, ou mesmo de encontrar-se com alguém?

Yasuko começava a escapar da perseguição da polícia, pelo assassinato de Togashi, graças a Ishigami. Porém, se por causa disso ela fosse obrigada a se submeter a vida inteira às vontades dele, sem poder fugir, que sentido faria ter dissimulado o crime? A situação voltaria a ser a mesma dos tempos de

Togashi. Apenas trocara de carrasco, que passava a ser Ishigami em vez dele. E agora era pior, um carrasco de quem era absolutamente impossível fugir, alguém impossível de trair.

O táxi chegou defronte ao apartamento. Elas o deixaram e subiram a escada. A luz do apartamento de Ishigami se achava acesa.

No apartamento, Yasuko trocou de roupa. Imediatamente depois, ouviu-se a porta do apartamento ao lado se abrir e fechar.

— Está vendo? — disse Misato. — O tio esteve à espera esta noite também.

— Eu sei — a resposta de Yasuko se mostrou sem querer irritada.

Minutos depois, o celular soou. Yasuko atendeu ao chamado.

— É Ishigami — ouviu-se a voz esperada. — Pode falar agora?

— Sim, não há problema.

— Nenhuma novidade hoje?

— Sim, nenhuma.

— Ótimo! — Ishigami suspirou ao fone. — Na verdade, preciso te passar algumas coisas. Em primeiro lugar, deixei na caixa postal em sua porta três envelopes contendo cartas. Por favor, confira depois.

— Cartas? — Yasuko se voltou para a porta.

— Serão necessárias no futuro, aconselho que as conserve com todo o cuidado.

— Oh, entendi.

— Eu esclareço a finalidade delas em um memorando, que se encontra anexo. Nem é preciso que te diga, destrua o memorando. Entendeu?

— Sim. Quer que vá pegá-los agora?

— Pode ser depois. E mais uma coisa, isto é muito importante — disse Ishigami e fez uma pausa. Pareceu a Yasuko que ele relutava.

— O que seria?

— É sobre estas nossas comunicações — lançou ele. — Com este telefone, vamos terminar com elas. Não farei mais nenhuma ligação, por minha iniciativa. Nem a senhora deverá tentar contato comigo. Aconteça o que acontecer comigo, a senhora e sua filha deverão assistir a tudo, como espectadoras. Não se envolvam. É a única maneira de salvá-las.

Um forte abalo assaltou Yasuko, mesmo enquanto Ishigami falava.

— Mas, senhor Ishigami... O que se passa?

— A senhora virá a saber um dia. É melhor não dizer nada agora. Seja como for, não se esqueça disso que eu te disse, de forma alguma. Entendeu?

— Espere, por favor! Não poderia me explicar um pouco mais?

Misato se aproximou. Sentira algo anormal no comportamento da mãe.

— Não há necessidade. Então, me despeço.

— Oh, não! — mas quando exclamou, a ligação já fora interrompida.

O celular de Kusanagi soou quando se deslocava de carro com Kishitani. Sentado ao lado do motorista, Kusanagi mantinha o encosto reclinável totalmente estendido e, nessa posição, atendeu ao chamado.

— Alô, é Kusanagi.

— Sou eu, Mamiya — a voz rouca do chefe do departamento lhe chegou aos ouvidos. — Venha imediatamente à delegacia de Edogawa.

— Descobriu algo?

— Não se trata disso. Temos visita. Um homem quer vê-lo.

— Visita? — Yukawa, quem sabe, pensou por um instante.

— É Ishigami. O professor de matemática, vizinho de Yasuko Hanaoka.

— Ishigami? Quer me ver? Não podia ter me telefonado?

— Por telefone não dá — afirmou Mamiya resoluto. — O assunto é de grave importância.

— Perguntou a ele do que se trata?

— Diz ele que dará detalhes só a você. Por isso, volte logo.

— Sim, entendido — Kusanagi cobriu o microfone e bateu no ombro de Kishitani: — Nos querem na delegacia de Edogawa.

— Está confessando que foi ele quem matou — ouviu-se a voz de Mamiya.

— O quê?!

— É o que diz, que matou Togashi.

— Não pode ser! — Em um só ímpeto, Kusanagi se exaltou.

16

Ishigami encarava Kusanagi com um olhar perfeitamente inexpressivo, de quem olha sem nada ver, quem sabe mantendo o olhar da sua alma em algum ponto bem distante, sem tomar conhecimento de Kusanagi, ali sentado bem diante dele. Apagava por completo qualquer resquício de emoção em seu semblante.

— Eu vi aquele homem pela primeira vez no dia 10 de março — começou ele, em voz monótona. — Deparei com ele perambulando perto do meu apartamento, quando voltei da escola, mas pelo jeito ele procurava algo no apartamento da senhora Hanaoka, pois vasculhava com a mão a caixa de correspondências da porta dela.

— Perdão, por "aquele homem", o senhor quer dizer ...

— Seu nome é Togashi, mas, é claro, eu não sabia na ocasião. — Ishigami torcia de leve o canto da boca.

Apenas Kusanagi e Kishitani se achavam na sala do interrogatório, com o segundo na mesa ao lado, tomando notas. Ishigami havia recusado a participação de outros investigadores. Muita gente perguntando poderia até atrapalhar, fora esse o motivo da recusa.

— Aquilo me intrigou, por isso fui falar com ele. O homem se afobou e me respondeu que precisava falar com Yasuko Hanaoka. Me disse também que era marido dela, mas viviam separados. Logo descobri que mentia, porém fingi ter acreditado, para deixá-lo à vontade, desprecavido.

— Espere um pouco. Por que pensou que ele mentia? — perguntou Kusanagi.

Ishigami suspirou de leve.

— Porque eu sei tudo sobre Yasuko Hanaoka — que ela é divorciada, que vivia fugindo do ex-marido, enfim, tudo.

— Mas como sabia disso tudo? Ouvi dizer que o senhor era apenas um vizinho, que mal conversava com ela, e não passava de um cliente assíduo da loja onde ela trabalha.

— É como nos mostramos em público.

— Como assim?

Ishigami se empertigou, estufando ligeiramente o peito:

— Sou guarda-costas de Yasuko Hanaoka. Minha função é protegê-la dos mal-intencionados que se aproximam dela. Mas isso não é muito do conhecimento público. Mesmo porque todos me conhecem como professor de matemática.

— Foi por isso que me disse, no nosso primeiro encontro, que quase nem se falavam?

Ishigami suspirou de leve, para responder:

— O senhor me procurou para me interrogar sobre o assassinato de Togashi, não foi? Então não havia como eu te contar a verdade. O senhor teria suspeitado de mim imediatamente.

— Certo — Kusanagi assentiu. — E, como guarda-costas, o senhor sabia tudo sobre a senhora Yasuko Hanaoka — é o que me diz?

— Sim.

— Então vocês eram próximos, certo? Desde antes do incidente.

— Sim. É claro, repito, era tudo em segredo. Ela tem uma filha e, por isso, procedíamos com todo o cuidado para que ela não nos percebesse.

— Precisamente, de que maneira?

— De diversas maneiras. Quer que te diga, agora? — Ishigami lhe lançou um olhar inquisitivo.

Estranho, pensou Kusanagi. Esse relacionamento secreto com Yasuko Hanaoka surgia de repente e em circunstâncias duvidosas. No entanto, sentia pressa em assimilar o que aconteceu.

— Pode ser depois. Prossiga em detalhes como foi sua conversa com Togashi. Já me contou que fingiu acreditar que ele fosse marido da senhora Yasuko Hanaoka.

— Ele me perguntou se eu sabia por onde ela andava. Então disse a ele que ela não morava mais ali, que tinha sido obrigada a se mudar por causa do seu emprego, havia pouco tempo. Ele ficou surpreso, evidentemente. E voltou a me perguntar se eu sabia para onde se mudara. Respondi que sabia.

— E informou a ele o paradeiro dela?

Ishigami esboçou um sorriso:

— Shinozaki. Um apartamento à margem do antigo rio Edo.

Então é aqui que Shinozaki entra na história, pensou Kusanagi.

— Mas só com isso não é possível saber exatamente para onde ela foi.

— Togashi, é claro, quis saber o endereço certo. Pedi a ele que me esperasse e entrei no meu apartamento. Puxei o mapa e anotei um endereço em um pedaço de papel. Era o endereço de uma estação de tratamento de esgoto. Entreguei a ele, e o sujeito pulou de alegria. Foi uma grande ajuda, me disse.

— Por que deu a ele esse endereço?

— Para atraí-lo a um local ermo, pouco frequentado, é lógico. Eu já tinha na cabeça o mapa das redondezas daquela estação de tratamento, desde antes.

— Espere um pouco. Então você decidiu assassiná-lo no mesmo instante em que se encontrou com ele? — indagou Kusanagi, surpreso, encarando Ishigami diretamente.

— Claro que sim — respondeu Ishigami sem se alterar. — Como já disse, eu devia proteger Yasuko Hanaoka. Se alguém viesse atormentá-la, eu precisava eliminá-lo de pronto. Era meu dever.

— Você tinha certeza de que Togashi a atormentava.

— Eu sabia. Aquele sujeito estava atormentando Yasuko Hanaoka. Yasuko se mudou para o apartamento vizinho ao meu para fugir desse desgraçado.

— A senhora Hanaoka te contou isso, abertamente?

— Sim, valendo-se dos procedimentos de comunicação especiais, como mencionei.

Ishigami não titubeava em sua narrativa. Sem dúvida a ensaiara suficientemente em sua cabeça antes de comparecer à delegacia. Entretanto, havia nela muitos pontos questionáveis, que não se coadunavam com a imagem que Kusanagi fazia dele.

— Você entregou a ele o papel com o endereço, e depois fez o quê? — resolveu por ora prosseguir ouvindo a narrativa.

— Ele veio me perguntar se sabia onde Yasuko trabalhava. Respondi que ouvi dizer que trabalhava em um restaurante, mas não sabia onde. Disse também que o trabalho dela terminava às onze horas, e que a filha, ao que parece, esperava por ela no restaurante até esse horário.

— Por que contou a ele essas mentiras?

— Para poder controlá-lo. Não seria bom ele aparecer cedo demais na área do endereço, mesmo sendo um local pouco frequentado. Ele não se disporia a ir até o apartamento de Yasuko se soubesse que ela estaria trabalhando até às onze horas, nem a filha estaria de volta até lá.

— Perdão — Kusanagi estendeu a mão para interrompê-lo. — O senhor quer me dizer que pensou em tudo isso, naquele instante?

— Sim. Por quê?

— Bem... Estou apenas admirado, pois teve muito pouco tempo para pensar.

— Ora, não há nada de mais. — O semblante de Ishigami retomou a seriedade. — O desgraçado queria ver Yasuko de toda forma. Resolvi então tomar proveito dessa ansiedade. Não foi difícil.

— Talvez para o senhor. — Kusanagi umedeceu os lábios com a língua. — Bem, e depois?

— Para terminar, passei a ele o número do meu celular. Disse para me ligar, caso não conseguisse achar o apartamento. Normalmente, qualquer pessoa desconfiaria um pouco diante de tanta bondade, mas aquele homem não suspeitou de nada. Um idiota consumado.

— Mas quem iria pensar que a pessoa que acabou de conhecer pudesse alimentar intenções assassinas?

— Pois deveria desconfiar, por se tratar de um primeiro encontro. Porém aquele sujeito guardou no bolso, com todo o cuidado, o endereço falso, como se fosse a coisa mais preciosa do mundo, e se foi saltitando. Eu me certifiquei de que ele havia ido, entrei no apartamento e iniciei os preparativos.

Nesse ponto, Ishigami estendeu a mão vagarosamente até a xícara e tomou com gosto o chá provavelmente morno a essa altura.

— Quais preparativos? — Kusanagi o instigou a prosseguir.

— Nada de mais. Eu me troquei para poder me mover com facilidade e aguardei a hora chegar. Pensei, enquanto isso, na melhor maneira de assassinar o desgraçado. Considerei diversas possibilidades e acabei escolhendo o estrangulamento. Achei que seria o procedimento mais eficaz. Matar a punhaladas ou pauladas resultaria em manchas de sangue, concorda? E eu também não me sentia confiante em conseguir matá-lo de um só golpe, dessa forma. Por outro lado, o estrangulamento pode ser realizado com armas simples, mas resistentes. Assim, escolhi o cabo do *kotatsu*.

— E por que o cabo elétrico, e não uma corda? Há muitas cordas resistentes por aí.

— Como alternativas, pensei também em gravatas ou cordas de vinil, para amarrar pacotes. Mas elas podem escorregar na mão. O cabo do *kotatsu* era a melhor escolha.

— E levou o cabo ao local do crime?

Ishigami assentiu:

— Deixei o apartamento em torno das dez horas. Além da arma do crime, levei um canivete e um isqueiro descartável. No caminho até a estação, encontrei um plástico azul jogado em uma lixeira, que dobrei e trouxe comigo. Depois, tomei o trem na estação e desci em Mizue, onde peguei um táxi para ir até as proximidades do antigo rio Edo.

— Em Mizue? Não em Shinozaki?

— Se descesse em Shinozaki, poderia ter um encontro imprevisto com aquele homem, o que seria desastroso — Ishigami respondeu com simplicidade. — E ainda desci do táxi em um ponto bem distante daquele que tinha indicado a ele. Todo o cuidado devia ser tomado para não ser descoberto por ele até realizar o meu objetivo.

— E depois de descer do táxi?

— Comecei a andar rumo ao ponto no qual ele deveria aparecer, cuidando para não ser visto por outras pessoas. Mas não havia ninguém nas proximidades — disse Ishigami, sorvendo mais um gole de chá. — Mal cheguei à ribanceira e o celular começou a tocar. Era o sujeito me ligando. Queixava-se de ter chegado ao endereço no bilhete e não conseguir encontrar o apartamento. Perguntei onde ele estava naquele momento. Ele me respondeu educadamente, sem perceber que eu me aproximava dele, falando no celular. Disse para aguardar um instante, que iria verificar o endereço de novo, e desliguei. Só que nessa hora eu já o havia localizado. Estava sentado com desleixo em um gramado, ao lado da ribanceira. Me aproximei dele lentamente, sem fazer barulho. Ele nem percebeu. Quando deu por mim, eu já estava de pé bem atrás dele. E já havia enrolado o cabo em volta do seu pescoço. Ele resistiu, mas logo amoleceu, quando apertei o laço com toda a força. Foi tudo muito simples.

Ishigami contemplou a xícara. Estava vazia.

— Posso repetir o chá? — perguntou.

Kishitani se levantou e encheu-lhe a xícara com o chá do bule. Ishigami agradeceu.

— A vítima era corpulenta, e na faixa dos quarenta anos de idade. Eu diria que não seria tão fácil enforcá-lo, se ele resistisse desesperadamente — Kusanagi experimentou dizer.

Ishigami, indiferente, só estreitou os olhos:

— Sou instrutor de judô. Para mim, é fácil dominar um adversário, por mais corpulento que seja, atacando-o pelas costas.

Kusanagi assentiu, fixando o olhar nas orelhas de Ishigami. Estavam amassadas, em forma de couve-flor, como muitos judocas ostentam, como uma medalha. Muitos policiais também mostram o mesmo tipo de orelha.

— E depois do crime? — perguntou Kusanagi.

— Precisava impedir a identificação do corpo. Achei que se o corpo fosse identificado, a suspeita recairia necessariamente sobre Yasuko Hanaoka. Antes de tudo, retirei suas roupas, rasgando-as com a lâmina que havia trazido. Depois, esmaguei o rosto — disse Ishigami em tom monótono, sem qualquer emoção. — Estendi o plástico sobre o rosto, apanhei uma pedra relativamente grande e, com ela, agredi o rosto, não me lembro quantas vezes. Creio que foram umas dez vezes. Depois, com o isqueiro descartável, queimei as impressões digitais dele. Terminei tudo isso, recolhi as roupas retiradas do cadáver e abandonei o local. Mas, quando deixava a ribanceira, descobri uma lata de dezoito litros vazia, e então resolvi enfiar as roupas nela e queimá-las. Porém o fogo se tornou mais forte do que o esperado. Poderia chamar a atenção de alguém, por isso me apressei em sair dali antes mesmo que se extinguisse. Fui andando até a área onde os ônibus circulam, peguei um táxi e desci na estação Tóquio, para voltar ao meu apartamento em outro táxi. Creio que já passava da meia-noite quando regressei.

Nesse ponto, Ishigami soltou um suspiro profundo.

— Isso é tudo. O cabo elétrico, a faca e o isqueiro descartável que usei estão guardados no apartamento.

Lançando de soslaio um olhar a Kishitani, que registrava a essência do depoimento, Kusanagi levou um cigarro à boca. Acendeu-o, soltou uma baforada e se voltou a Ishigami, que se mantinha perfeitamente apático.

Seu depoimento se mostrava consistente. Tanto as condições do local do crime quanto a aparência do cadáver se coadunavam com os fatos de conhecimento da polícia, muitos deles ainda nem divulgados pela imprensa. Sendo assim, não dava para acreditar que se tratasse de uma história inventada.

— Já revelou à senhora Yasuko Hanaoka que o senhor mesmo cometeu o crime? — perguntou Kusanagi.

— Por que faria isso? — respondeu Ishigami. — Seria um desastre se ela confidenciasse a outros. Mulheres, em geral, não conseguem guardar segredo.

— Então nunca conversaram sobre o crime.

— Claro que não. Não podia deixar que a polícia percebesse o nosso relacionamento e, assim, evitei ao máximo entrar em contato com ela.

— O senhor me disse agora há pouco que se comunicavam sem serem percebidos por ninguém. Como procediam?

— Adotávamos alguns procedimentos. Um deles era ouvi-la.

— Quer dizer, encontravam-se em algum lugar?

— Jamais. Isso daria na vista. Ela falava do seu quarto, e eu a ouvia, utilizando um aparelho.

— Um aparelho?

— Eu usei um refletor parabólico de som, instalado na parede do meu quarto, voltado ao quarto delas.

Kishitani parou de escrever e ergueu a cabeça. Kusanagi percebeu o que ele queria falar.

— Isso é escuta clandestina, não?

Ishigami franziu as sobrancelhas e abanou a cabeça em desacordo.

— Não se trata de escuta clandestina. Estava apenas ouvindo o que ela tinha a me dizer.

— Então a senhora Hanaoka sabia da existência desse aparelho?

— Talvez não. Mas ela devia estar falando voltada à parede.

— Para o senhor ouvir?

— Sim. Mas a filha fica com ela no mesmo quarto, então não dá para falar abertamente comigo. Ela fala como se estivesse conversando com a filha, quando, na verdade, está passando uma mensagem para mim.

O cigarro entre os dedos de Kusanagi estava pela metade em cinzas, e ele as derrubou no cinzeiro. Seus olhos encontraram os de Kishitani. O investigador júnior inclinava a cabeça em dúvida.

— Foi ela quem te disse isso? Que fingia conversar com a filha, para falar com o senhor?

— Não era necessário me dizer. Partindo dela, eu compreendia tudo.

— Ou seja, isso ela não te disse. O senhor está apenas supondo, porque te convém.

— Absurdo! — O rosto inexpressivo de Ishigami enrubesceu ligeiramente. — Eu soube que seu ex-marido a perseguia através das queixas que me fez, a mim! De que valeria queixar-se dessas coisas com a filha? Ela falou sobre isso para que eu ouvisse! Estava me pedindo para que eu desse um jeito!

Kusanagi gesticulou com uma das mãos para que ele se acalmasse, enquanto, com a outra, apagou o cigarro.

— E que outros procedimentos vocês adotavam, para se comunicarem?

— O telefone. Eu ligava para ela todas as noites.

— Ao telefone dela?

— Ao seu celular. Não necessariamente para falar com ela. Apenas para soar a chamada. Ela atendia se tivesse algo urgente para me passar. Se não, deixava tocar. Eu esperava até cinco toques, para então desligar. Nós havíamos combinado esse procedimento.

— Combinado entre vocês? Então ela sabia?

— Sim, nós havíamos combinado.

— Então, vou confirmar com a senhora Hanaoka.

— Melhor. É mais seguro — afirmou Ishigami confiante.

— O senhor terá que me repetir esta conversa diversas vezes, até porque iremos redigir formalmente suas confissões.

— Oh, eu repito quantas vezes quiser. Não há outro jeito.

— Uma última pergunta. — Kusanagi cruzou os dedos sobre a mesa. — Por que se entregou?

— Não deveria?

— Não disse isso. Se veio se entregar, é porque teve motivos para isso, ou algo o levou a fazê-lo. É o que gostaria de saber.

Ishigami suspirou:

— Mas o que isso tem a ver com seu trabalho? Torturado pelo remorso, o assassino se apresentou à polícia. É o bastante, não acha? Precisa ainda de algum outro motivo?

— O senhor não me parece torturado pelo remorso.

— Se me perguntar se tenho consciência do crime, eu teria de dizer que não é bem isso que sinto. Mas estou arrependido. Não devia ter feito o que fiz. Se soubesse que seria traído da forma como fui, não teria cometido esse assassinato.

— Traído?

— Aquela mulher... Yasuko Hanaoka... — Ishigami ergueu um pouco o rosto para prosseguir: — Ela me traiu. Está saindo com outro homem. E eu cheguei até a matar seu ex-marido, por ela! Se ela não tivesse se queixado dele, eu não teria chegado a esse ponto. Ela havia me falado tempos atrás: "Quero matar esse homem!" Fiz isso em seu lugar. Então, ela é comparsa. A polícia deve prender Yasuko Hanaoka!

A polícia resolveu vasculhar o apartamento de Ishigami, para comprovar sua história. Entrementes, Kusanagi decidiu ouvir Yasuko Hanaoka em companhia de Kishitani. Ela já se achava em casa. Misato também, mas outro investigador a levou para fora, em sua companhia. Não para evitar que ela ouvisse coisas desagradáveis, e sim para interrogá-la à parte.

Ao saber que Ishigami se apresentara à polícia, Yasuko arregalou os olhos e conteve a respiração. Nem conseguia falar.

— Não esperava por isso? — perguntou Kusanagi, observando com atenção o rosto dela.

Yasuko abanou a cabeça e depois abriu a boca a custo.

— Nem imaginei! Mas por que ele fez isso?

— Não tem ideia?

Um misto de perplexidade e assombro assaltou Yasuko. Ela parecia guardar algo inconfessável.

— Diz Ishigami que matou por sua causa. Que foi pela senhora.

Yasuko franziu o cenho, demonstrando sofrimento, e soltou um enorme suspiro.

— Ao que parece, algo te ocorreu.

Ela assentiu ligeiramente:

— Eu sabia que ele tinha por mim sentimentos especiais. Mesmo assim, não esperava que fosse fazer isso...

— Diz ele também que mantinha contato com a senhora, desde muito tempo...

— Comigo? — Yasuko se irritou. — Nunca fiz isso.

— Mas recebia telefonemas, não? Aliás, todas as noites?

Kusanagi relatou a Yasuko a conversa de Ishigami. Ela fechou o semblante.

— Então era mesmo ele quem me ligava?

— Não sabia?

— Suspeitei às vezes que fosse ele, mas não tinha certeza. Nunca dizia quem era.

Yasuko contou ter recebido a primeira ligação havia três meses, talvez. O autor não se identificara e passara a dizer-lhe coisas que interferiam em seu cotidiano. Em tudo dava a entender que ele a vigiava constantemente. É um assediador, ela havia se dado conta, assustada. Não tinha ideia de quem poderia ser. Depois disso, vieram outros telefonemas, porém ela tratou de não os atender. Mas, certa vez, por descuido, foi ao telefone. O homem lhe disse:

— Entendi que você é muito ocupada e não consegue me atender ao telefone. Então, vamos fazer o seguinte: eu vou ligar para você todas as noites. Você me atende se precisar falar comigo. Deixarei tocar cinco vezes, me atenda até o quinto toque.

Yasuko concordara. Desde então, os telefonemas se repetiram quase todas as noites. Procediam, ao que parece, de telefone público. Tratara então de não os atender.

— Não descobriu pela voz que se tratava de Ishigami?

— Foi impossível, pois, até então, quase nunca havia trocado palavras com ele. Havíamos conversado ao telefone apenas no começo. Por isso, já nem me lembrava da sua voz. Além do que, jamais imaginei que ele fosse agir dessa forma, pois é professor de colégio, não é?

— Existem professores de todo tipo — disse Kishitani, ao lado de Kusanagi. Depois, ele baixou o rosto, como se pedisse desculpa pela interferência.

Kusanagi se recordou de que aquele investigador novato protegia Yasuko Hanaoka desde o início. Sem dúvida, estaria aliviado por Ishigami ter se apresentado à polícia.

— Houve mais alguma coisa, além dos telefonemas?

— Espere um pouco — disse Yasuko e se ergueu, para retirar da gaveta de um armário alguns envelopes. Eram três. Estavam endereçados à senhora Yasuko Hanaoka e não traziam o nome do remetente.

— De que se trata?

— Encontrei estes envelopes na caixa de correspondência da porta do meu apartamento. Havia outros ainda, que joguei fora. Mas soube pela televisão que provas desse tipo devem ser guardadas, pois podem ajudar no julgamento, por isso decidi conservar essas três cartas pelo menos, embora me causem repulsa.

— Com sua permissão — disse Kusanagi e abriu os envelopes.

Continham uma página de carta cada um deles, com mensagens impressas. O texto não era extenso.

Noto que você começou a carregar em sua maquiagem. E usa vestidos vistosos. Está irreconhecível. Vestidos mais modestos caem melhor em você. Além disso, tem voltado tarde para casa, e isso é preocupante. Volte imediatamente, assim que sair do trabalho.

Está com problema? Se estiver, me diga logo o que está acontecendo. É para isso que te ligo todas as noites. Posso te dar muitos conselhos. Os outros não merecem confiança. Não confie em mais ninguém. Basta seguir meus conselhos.

Estou com um pressentimento tenebroso. Sinto que você está me traindo. Ainda quero acreditar que isso não está acontecendo, mas, se estiver, eu não vou perdoá-la. Porque só eu sou seu amigo. Só eu posso protegê-la.

Kusanagi leu as cartas e as repôs em seus envelopes.
— Posso ficar com elas, por um momento?
— Por favor.
— Houve mais alguma coisa desse tipo?
— Não comigo, mas... — Yasuko titubeou.
— Com sua filha?
— Não, não com ela, mas com o senhor Kudo...
— O senhor Kuniaki Kudo? Aconteceu algo com ele?
— Quando me encontrei com ele outro dia, ele me disse que havia recebido uma carta estranha. Sem remetente. Segundo ele, a carta o advertia a não se aproximar de mim. Continha até uma foto dele, batida em segredo.

— Enviada para ele, não é?

Pelo visto, essa carta só podia ter sido enviada por Ishigami. Kusanagi pensava em Manabu Yukawa. Ele parecia respeitar Ishigami como cientista. Que choque ele teria se viesse a saber que o amigo se comportara como um assediador!

Alguém bateu à porta.

— Pois não — respondeu Yasuko, e a porta se abriu. Um investigador jovem mostrou o rosto. Pertencia à equipe que vasculhava o apartamento de Ishigami.

— Senhor Kusanagi, venha cá um instante.

— Já vou. — Kusanagi se levantou.

No apartamento ao lado, Mamiya o esperava, sentado em uma cadeira. Sobre a mesa, havia um computador ligado. Jovens investigadores enchiam uma caixa de papelão com diversos objetos.

— Veja isso aí! — Mamiya indicou com o dedo a parede ao lado de uma estante.

— Uau! — Kusanagi deixou escapar sem querer.

O papel de parede havia sido despregado em uma área de quase vinte centímetros quadrados, e a madeira da parede fora arrancada nesse local. Um cabo delgado saía da parede, tendo na ponta um fone de ouvido.

— Experimente colocar o fone.

Kusanagi obedeceu. Ouviu imediatamente uma voz em conversa. "Se pudermos confirmar o que Ishigami disse, o resto será fácil. Creio então que deixaremos de perturbá-las a toda hora." A voz era de Kishitani. Vinha com um pouco de ruído, mas tão clara que nem parecia chegar do outro lado da parede.

"... E o que será do senhor Ishigami?"

"Isso vai depender do julgamento. Porém tratando-se de um caso de assassinato, ele não poderá se ver livre tão cedo, mesmo que não receba pena de morte. Então, ninguém mais vai importunar a senhora."

É apenas um investigador júnior, mas está muito tagarela, pensou Kusanagi e retirou o fone do ouvido.

— Vamos depois mostrar isto a Yasuko Hanaoka. Segundo Ishigami, ela devia estar a par disso tudo, mas aí eu duvido — dizia Mamiya.

— Quer dizer que Yasuko Hanaoka ignorava o que Ishigami fazia?

— Com sua licença, eu ouvi o diálogo entre você e Yasuko usando este aparelho — sorriu Mamiya, indicando o refletor de som na parede. — Ishigami é um típico assediador, presumia que seus sentimentos eram correspondidos por Yasuko e procurava afastar todos os homens que dela se aproximavam. Penso que o ex-marido devia ser, entre eles, o mais odiado.

— Sei...

— Que cara é essa? Não gostou?

— Não é bem isso. Estou confuso. Estava convicto de ter captado a natureza humana de Ishigami, mas seu depoimento não condiz em absoluto com a imagem que fiz dele.

— O homem possui muitas faces. Os assediadores, quase sempre, surpreendem.

— Sei disso... Descobriram algo mais, além do refletor?

Mamiya assentiu enfático:

— Descobrimos o cabo do *kotatsu*. Estavam juntos, na mesma caixa. Um cabo isolado, do mesmo tipo daquele usado no estrangulamento. Se mostrar vestígios da pele da vítima, então acabou.

— Mais alguma coisa?

— Veja isto aqui — Mamiya mexia o *mouse* do computador, mas com dificuldade, talvez por não estar acostumado a usá-lo. — Aqui.

O computador estava aberto em um processador de texto. A tela exibia uma página com um texto que dizia o seguinte:

Descobri quem é esse homem com quem você se encontra frequentemente. Você mesma pode averiguar pelas fotos que eu tirei.
Eu te pergunto: o que ele é para você?
Se está tendo um relacionamento com ele, isso é uma traição terrível!
E tudo o que fiz por você? Não foi nada?
Eu tenho direito de te pedir que se separe dele agora mesmo. De outro modo, a minha ira se voltará contra ele.
Para mim, não custa nada dar a ele o mesmo destino de Togashi. Tenho coragem para isso e até sei como.
Repito: se vocês dois estão mantendo relações, não vou perdoar essa traição. Vou me vingar, esteja certa disso.

17

De pé diante da janela, Yukawa observava o exterior em silêncio. Decepção e solidão pareciam pesar-lhe nos ombros. Acabava de saber que seu velho amigo, com quem se reencontrara após longos anos, havia cometido um assassinato. Assim, devia estar, naturalmente, abalado. Entretanto, Kusanagi o via com outros olhos. Seriam outros os sentimentos que assediavam Yukawa.

— Então — disse Yukawa em voz baixa — você acreditou nessa conversa! Nessa confissão de Ishigami!

— A polícia não tem por que suspeitar — disse Kusanagi. — Nós a confirmamos, de ângulos diversos. Fui hoje colher depoimentos nas proximidades de um telefone público, um pouco distante do apartamento de Ishigami. Diz ele que telefonava dali para Yasuko Hanaoka, quase todas as noites. Há uma mercearia próxima ao telefone público, cujo proprietário havia visto alguém parecido com Ishigami. Lembrava-se dele porque, hoje em dia, são poucos os que ainda usam telefone público. O dono diz que o viu telefonando diversas vezes.

Yukawa se voltou lentamente para Kusanagi.

— Não me venha com ambiguidades, como "a polícia...". Estou perguntando se você acreditou. Eu não me importo com a investigação.

Kusanagi assentiu com um suspiro:

— Honestamente, não me convenci. A conversa de Ishigami não é incoerente. Ela faz sentido. Mas não me convence.

Em resumo, não dá para acreditar que aquele homem seja capaz de fazer tudo aquilo. É como sinto. Porém não adianta falar ao meu chefe sobre isso. Não irá me ouvir.

— Para os chefões da polícia, o criminoso foi preso sem maiores incidentes, e isso basta.

— A conversa seria outra se houvesse uma só incongruência, mas não há. O depoimento é perfeito. Por exemplo, no que diz respeito às impressões digitais deixadas na bicicleta sem serem apagadas, Ishigami diz que nem sabia que a vítima tinha vindo de bicicleta. Não há o que estranhar também nisso. Enfim, as ocorrências todas apontam a veracidade do depoimento dele. Sendo assim, eu posso dizer o que quiser que a investigação não vai mudar.

— Em suma, você não se convenceu, mas vai admitir assim mesmo que, nesse caso, Ishigami é o assassino, como aponta a investigação.

— Você está sendo maldoso. Se bem o conheço, você mesmo tem por princípio acreditar nos fatos, e não em sentimentos. Estou enganado? Deve-se aceitar o que é logicamente correto, mesmo contrariando os sentimentos. É o princípio básico dos cientistas, como você mesmo sempre diz.

Yukawa abanou a cabeça de leve e se sentou defronte a Kusanagi:

— Quando me encontrei com Ishigami pela última vez, ele me trouxe uma questão matemática: a questão conhecida por $P \neq NP$. É uma questão famosa por sua complexidade. Trata-se de saber o que é mais simples: chegar à solução por esforço próprio ou verificar se a solução proposta por terceiros está correta.

Kusanagi fez uma careta.

— Isso é matemática? Me soa como filosofia.

— Veja bem. Ishigami mostrou a vocês uma solução em seu depoimento, bem pensada, perfeita sob todos os ângulos. Se vocês a aceitam agradecidos, isso significa que foram derrotados. Na verdade, agora é a vez de vocês empreenderem o máximo esforço para verificar se ela está correta. Vocês estão sendo desafiados e testados.

— Para isso, nós procuramos evidências.

— Vocês nada fizeram senão seguir as sugestões dele nessa procura, quando deveriam estar procurando outras soluções. E se chegarem à conclusão de que, de fato, não há outra solução exceto aquela que ele indicou, então sim, poderão afirmar que ela é a única. — Yukawa se irritou, como Kusanagi bem percebeu pela contundência do amigo, rara nesse cientista sempre calmo e composto.

— Você quer me dizer que Ishigami está mentindo. Que o assassino não é ele.

Yukawa franziu o cenho e derrubou o olhar. Kusanagi continuou, encarando-o:

— Quais são as evidências? E se deduziu de alguma forma, gostaria de saber como. Ou você simplesmente se recusa a aceitar que ele seja o assassino, por se tratar de um velho amigo?

Yukawa se ergueu dando as costas a Kusanagi.

— Yukawa!

— É verdade, não quero acreditar. Aquele homem preza a lógica, creio que já te disse. Sentimentos não importam. Fará qualquer coisa se estiver convicto de que assim o problema será resolvido. Mas chegaria a matar alguém?... Ainda mais um homem até então desconhecido?... Não posso imaginar.

— Aí está, é isso, como pensei.

Yukawa se voltou de repente a Kusanagi com um olhar fuzilante. Porém havia nesse olhar mais tristeza e angústia do que irritação.

— Sei muito bem que neste mundo existem coisas que não gostaríamos de acreditar, mas que somos obrigados a aceitar como realidade.

— Mesmo assim, você diz que Ishigami é inocente?

Yukawa, com o rosto contorcido, negou, abanando levemente a cabeça.

— Não, isso eu não afirmo.

— Eu sei o que você quer dizer. Para você, de todas as maneiras, foi Yasuko Hanaoka quem matou Togashi, e Ishigami só quer protegê-la. Mas essa possibilidade se torna mais improvável quanto mais você investiga os fatos. Por exemplo, Ishigami a importunava, há provas diversas quanto a isso. Fingia? Não é crível que chegasse a esse ponto, só para proteger Yasuko. Eu te pergunto, sobretudo: existirá neste mundo alguém capaz de assumir um assassinato praticado por um outro? Para Ishigami, Yasuko não é nem esposa, nem parente, nem sequer namorada. Mesmo que quisesse protegê-la, ou que tivesse colaborado com ela na ocultação do crime, teria desistido se essas tentativas falhassem. Assim é a natureza humana.

De súbito, Yukawa arregalou os olhos, como se algo lhe ocorresse.

— Desistir se não dá certo. Essa é a natureza humana. Insistir em proteger até o fim é trabalho sobre-humano — murmurou Yukawa, com o olhar perdido a distância. — Ishigami sabe bem disso. E assim...

— E assim?

— Nada. Não há nada. — Yukawa abanou a cabeça.

— Quanto a mim, não posso deixar de acreditar que Ishigami é o assassino. A investigação seguirá seu curso enquanto não surgirem novas evidências.

Yukawa esfregou o rosto, sem responder. Deixou escapar um longo suspiro.

— Ou seja... escolheu o caminho do presídio.

— O que você queria? Ele matou.

— É verdade... — Yukawa, cabisbaixo, se tornou de repente imóvel e acrescentou: — Por favor, poderia me deixar sozinho agora? Sinto muito, estou um pouco cansado.

Visivelmente, Yukawa não estava bem. Kusanagi pensou em perguntar-lhe o que se passava, mas ergueu-se da cadeira em silêncio. Yukawa lhe parecia, de fato, extenuado.

Kusanagi deixou o Laboratório 13. Caminhava pelo corredor escuro quando um jovem veio subindo a escada. Um pouco magro, meio sensível pela aparência, Kusanagi já o conhecia. Era um estudante universitário chamado Tokiwa, aluno de Yukawa.

Ao percebê-lo, Tokiwa quis passar por ele com uma ligeira mesura. Tinha sido esse jovem quem, tempos atrás, lhe informara que Yukawa havia ido em direção a Shinozaki, quando indagado sobre seu paradeiro.

— Um momento! — Kusanagi o deteve com um sorriso. Tokiwa se voltou hesitante. — Tem um minuto?

Tokiwa consultou o relógio de pulso e respondeu que sim, mas não poderia demorar. Ambos deixaram o edifício dos laboratórios de física e entraram no refeitório utilizado principalmente por estudantes da área de ciências exatas. Compraram café na máquina de venda automática e se sentaram a uma mesa, em lados opostos.

— Este café é muito melhor que o instantâneo que vocês tomam no laboratório — disse Kusanagi, tendo provado um gole do copo de papel. Pretendia deixar o estudante à vontade. Tokiwa riu, mas com o rosto ainda tenso.

Pensou então em trocar algumas banalidades, porém ponderou que não fariam naquela hora efeito algum, e assim resolveu ir direto ao assunto.

— É sobre o professor Yukawa. Não notou nada de estranho nele?

Tokiwa pareceu confuso. A pergunta fora malfeita, pensou Kusanagi, e a refez:

— Ele não esteve, quem sabe, interessado, ou não andou se ausentando, por assuntos estranhos às atividades da universidade?

Tokiwa se pôs a pensar. Parecia considerar seriamente a questão. Kusanagi sorria.

— Olhe, não vá entender que ele esteja envolvido em alguma ocorrência, não se trata disso, é claro. Não sei como poderia explicar, mas o fato é que Yukawa me parece estar escondendo algo de mim, até para o meu próprio bem. Você sabe, ele é bastante teimoso.

Não saberia dizer quanto ajudariam essas explicações, mas o universitário pós-graduando amenizava um pouco suas feições e assentia. Yukawa era teimoso, isso ele entendia, e talvez fosse o único ponto de concordância.

— Alguns dias atrás, o professor ligou para a biblioteca. Talvez estivesse pesquisando alguma coisa, não sei.

— Para a biblioteca? Da universidade?

Tokiwa assentiu:

— Salvo engano, perguntou se a biblioteca conservava jornais.

— Jornais? Uma biblioteca que se preze deve ter jornais.

— É claro, mas, pelo jeito, o professor queria saber até quando a biblioteca costumava guardar jornais antigos.

— Jornais antigos, não é?...

— Antigos, mas não tanto. Pelo que entendi da pergunta, ele só queria saber se poderia ler todos os jornais do mês, sem restrições...

— Os jornais do mês?... Mas então, ele conseguiu?

— Acredito que a biblioteca autorizou, pois me pareceu que o professor seguiu imediatamente para lá.

Kusanagi agradeceu a Tokiwa e se ergueu com o copo de café pela metade. A biblioteca da Universidade de Teito se achava em um prédio de três andares. Kusanagi estivera nessa biblioteca apenas duas ou três vezes, em seu tempo de estudante daquela universidade. Por isso, não sabia dizer ao certo se obras de reforma haviam sido executadas no prédio. A seu ver, o prédio ainda lhe parecia novo.

Havia uma atendente sentada ao balcão logo à entrada. Kusanagi se dirigiu a ela para lhe perguntar sobre o caso dos jornais que o professor Yukawa pedira para examinar. A recepcionista hesitou, desconfiada. Kusanagi não achou outro jeito senão apresentar a caderneta da polícia.

— Não há nada pessoal contra o professor Yukawa. Queremos apenas saber que artigos ele leu nessa ocasião.

— Uma pergunta confusa, Kusanagi admitia, mas não havia outra maneira de fazê-la.

— Ele queria ler as reportagens de março, se bem me lembro — disse a atendente, em tom precavido.

— Que reportagem de março?

— Isso eu já não sei dizer — respondeu ela, mas depois, acrescentou de leve, como se algo lhe tivesse ocorrido:

— Me pediu para ver apenas as páginas das notícias locais, se não me engano.

— As notícias locais? E onde ficam os jornais?

A sala aonde ela o levou era um recinto com estantes em fileiras, cada uma delas contendo jornais sobrepostos — separados em lotes de dez dias.

— Só guardamos aqui jornais até um mês. Descartamos os mais antigos. Costumávamos guardá-los antigamente, mas, hoje em dia, já podemos acessar antigas reportagens pela internet.

— E Yukawa... o professor Yukawa só quis ver jornais de até um mês?

— Sim, de 10 de março em diante.

— Dez de março?

— Creio que foi o que ele disse.

— Posso consultar estes jornais?

— Fique à vontade. Me avise quando terminar.

A atendente voltou-lhe as costas. Ao mesmo tempo, Kusanagi retirou uma pilha de jornais, para colocá-la sobre a mesa ao lado. E começou a examinar a página das notícias locais a partir de 10 de março — o dia em que Togashi fora assassinado.

Evidentemente, Kusanagi viera à biblioteca para investigar essa ocorrência. Mas então, o que ele teria pretendido lendo jornais? Kusanagi procurava reportagens sobre o crime. A primeira publicação constara do vespertino do dia 11 de março. Depois disso, a notícia da identificação do cadáver fora publicada no matutino do dia 13. Desde então, o noticiário do crime havia sido descontinuado por um momento, para retornar com a apresentação de Ishigami à polícia. Qual dessas reportagens teria atraído a atenção de Yukawa?

Kusanagi leu e releu com todo o cuidado as escassas reportagens. Nada havia nelas que chamasse sua atenção. Yukawa obtivera de Kusanagi muito mais informações a respeito do crime do que as fornecidas por essas reportagens. Nem era necessário recorrer a elas.

Kusanagi cruzou os braços à frente dos jornais. Para começar, não podia acreditar que alguém como Yukawa tivesse de recorrer a jornais para investigar esse crime. Assassinatos aconteciam quase diariamente, e os jornais nunca se detinham por muito tempo sobre um mesmo caso, senão quando havia algum desdobramento. Para o público, o assassinato de Togashi nada tinha de novidade, como Yukawa devia bem saber. Aquele homem não perdia tempo.

Apesar do que dissera a Yukawa, Kusanagi ainda relutava em admitir plenamente que Ishigami era o assassino. Não conseguia dissipar a incerteza de seguirem a pista errada. Tinha a impressão de que Yukawa sabia muito bem onde e como erraram. Até então, o físico havia ajudado a polícia por diversas vezes. E a polícia esperava desta vez por um conselho. Por que, então, ele não lhe dava?

Kusanagi arrumou os jornais de volta e se dirigiu à atendente.

— Pudemos ajudá-lo? — perguntou ela, preocupada.

— Talvez sim — respondeu incerto.

Dispunha-se a sair em seguida quando a atendente lhe disse:

— Parece que o professor Yukawa também procurou jornais de outras regiões.

— Como? — Kusanagi se voltou. — Jornais de outras regiões?

— Sim. Ele me perguntou se guardávamos jornais de Chiba e Saitama. Respondi que não.
— Que mais ele perguntou?
— Acho que foi só isso.
— Chiba ou Saitama...

Confuso, Kusanagi deixou a biblioteca. Não conseguia entender de forma alguma o que havia na cabeça de Yukawa. Por que esse interesse pelos jornais regionais? Quiçá não passasse de uma fantasia maluca, fruto da própria cabeça, voltada a algo inteiramente diferente, sem nada a ver com o crime.

Retornou ao estacionamento perdido em pensamentos. Viera aquele dia de carro. Tomava assento no banco do motorista e se preparava para dar a partida no motor quando, da porta do prédio em frente, Manabu Yukawa apareceu. Não vestia o jaleco branco e tinha sobre os ombros uma jaqueta azul-marinho. Com ar preocupado, dirigia-se diretamente ao portão principal sem olhar para os lados.

Após se assegurar de que ele dobrara à esquerda ao sair do portão, Kusanagi pôs o seu carro em movimento e saiu vagarosamente. Nesse instante, Yukawa tomou um táxi. Kusanagi esperou que ele se pusesse em movimento para sair com o carro à rua.

Yukawa, solteiro como era, passava a maior parte do dia na universidade, pois nada havia para fazer em sua casa se regressasse. A universidade lhe convinha, mesmo para ler ou praticar esporte. Assim se justificava para permanecer ali. Chegara até a afirmar que a universidade lhe convinha até mesmo para as refeições.

Consultando o relógio, Kusanagi constatou que ainda não eram nem cinco horas. Yukawa não regressaria tão cedo a casa. O investigador memorizou o nome da empresa e o número da placa do táxi enquanto o seguia. Assim, poderia descobrir depois onde ele deixara o passageiro, caso viesse a perdê-lo de vista.

O táxi rumava para o leste. O tráfego estava ainda um pouco denso. Diversos outros carros entravam e saíam entre os dois, mas, felizmente, não foram afastados por percalços como faróis de trânsito.

Atravessando a ponte Nihonbashi, o táxi finalmente parou bem em frente à ponte Shin-Ohashi, pouco antes de cruzar o rio Sumida. O prédio de apartamentos onde residiam Ishigami e Yasuko ficava logo adiante.

Kusanagi encostou o carro em um canto da rua, atento ao que acontecia. Yukawa desceu pela escadaria bem ao lado da ponte Shin-Ohashi. Parecia não se dirigir ao prédio. O investigador examinou rapidamente os arredores à procura de espaço para estacionar o carro. Por sorte, descobriu uma vaga em uma área de estacionamento próxima e lá encostou o carro. Depois, seguiu às pressas os passos de Yukawa.

Ele caminhava lentamente à jusante do rio Sumida. Não parecia procurar por algo, apenas passear. De vez em quando, dirigia o olhar aos desabrigados, embora não se detivesse. Só parou no limite da zona de habitação dos desabrigados. O físico se apoiou sobre a cerca construída à margem do rio, mas voltou-se de súbito a Kusanagi.

Confuso, Kusanagi reparou que Yukawa, no entanto, não se mostrava surpreso e até sorria. Com certeza, percebera muito antes que estava sendo seguido. Kusanagi se aproximou dele a passos largos.

— Então você já sabia?

— O seu carro dá na vista — disse Yukawa. — Não há muitos Skylines velhos como o seu.

— Você desceu do táxi neste ponto porque soube que eu o seguia ou estava vindo para cá desde o início?

— Eu diria que qualquer uma dessas suposições está correta, ou que ambas estão erradas. Meu objetivo inicial está um pouco adiante, mas percebi o seu carro e resolvi alterar um pouco a descida do táxi. Quis trazê-lo até aqui.

— E para que, meu Deus? — Kusanagi relanceou o olhar aos arredores.

— Eu conversei com Ishigami pela última vez aqui. Foi quando eu disse a ele: neste mundo, não há engrenagens inúteis, e são as próprias engrenagens que decidem seu papel.

— Engrenagens?

— Depois, experimentei lançar algumas dúvidas acerca do crime. Ele nada comentou comigo nessa hora, mas me respondeu depois. Apresentou-se à polícia, foi essa a sua resposta.

— Você o levou a resignar-se, é o que quer dizer?

— Resignação... Ah, quem sabe tenha sido, de certa forma, resignação, mas deve ter sido sua última cartada. E por sinal, muito bem preparada.

— E o que disse a Ishigami?

— Já te falei, a conversa foi sobre engrenagens.

— Mas lançou depois diversas dúvidas a ele, não foi?

Yukawa então exibiu um sorriso meio tristonho e abanou a cabeça lentamente.

— Isso não tem importância alguma.

— Não tem importância?

— O importante mesmo é a conversa sobre as engrenagens. Foi isso que o levou à decisão de se apresentar.

Kusanagi suspirou fundo:

— Você examinou os jornais na biblioteca. Com que propósito?

— Tokiwa te contou? Então você começou até a me investigar, pelo visto?

— Não que eu quisesse. Acontece que você não me conta nada.

— Ora, eu não estou magoado por isso. É seu serviço, e eu não me importo que investigue a mim ou a quem quer que seja.

Kusanagi fitou o rosto de Yukawa e curvou a cabeça.

— Por favor, Yukawa! Pare com essas insinuações! Você farejou algo, não? Me conte o que é. Ishigami não é o verdadeiro assassino, certo? Então, não é justo que ele seja preso. Você quer fazer do seu velho amigo um assassino?

— Olhe para mim!

Kusanagi ergueu o rosto para Yukawa e se assustou. O amigo tinha o semblante distorcido, em evidente sofrimento. Levou a mão à testa e fechou os olhos.

— Também não quero, é claro, fazer do meu amigo um assassino. Mas não tem mais jeito. Como é que tudo foi acabar assim?

— Mas o que o faz sofrer? Por que não me conta tudo? Somos amigos, não?

Yukawa então abriu os olhos para dizer, ainda com a expressão sofrida no rosto:

— Você é meu amigo, mas também um investigador!

Kusanagi perdeu as palavras. Pela primeira vez, sentiu uma parede entre ele e o seu velho amigo. Ali estava ele, sofrendo como nunca até hoje, e Kusanagi nem conseguia perguntar-lhe a razão, por ser um investigador da polícia!

— Eu vou ver Yasuko Hanaoka agora — disse Yukawa. — Quer me acompanhar?

— Posso?

— Não me importo. Mas não interfira.

— Ok.

Girando sobre os calcanhares, Yukawa começou a andar. Kusanagi o acompanhou. Yukawa tencionava aparentemente seguir até o Benten-tei. O investigador queria perguntar-lhe de imediato o que ele pretendia conversar com Yasuko Hanaoka nesse encontro, mas prosseguiu em silêncio.

Diante da ponte Kiyosu, Yukawa se pôs a subir a escadaria. Atingindo o topo, aguardou Kusanagi, que o seguia.

— Está vendo esse prédio de escritórios? — Yukawa apontou para um edifício nas proximidades. — Há uma porta de vidro na entrada. Consegue ver?

Kusanagi voltou o olhar à direção indicada. A porta de vidro refletia a imagem de ambos.

— Estou vendo. O que há com ele?

— Eu e Ishigami também vimos as nossas imagens refletidas nessa porta quando nos encontramos aqui, logo após o crime. Isto é, eu mesmo não notei e só me dei conta quando Ishigami me chamou a atenção. Até então, nunca tinha pensado na possibilidade de Ishigami estar envolvido no crime. Eu estava até eufórico por ter me reencontrado com um velho competidor, depois de tanto tempo.

— Está me dizendo que passou a suspeitar dele por ter visto a imagem refletida na porta?

— Observando a imagem, ele me disse: "Mas você se mantém sempre jovem, ao contrário de mim. Seu cabelo ainda é bem farto", e levou as mãos à cabeça, mostrando preocupação com a própria cabeleira. Isso me surpreendeu, porque Ishigami não é o tipo de homem que se preocupa com a própria imagem. Acredita que o valor de um homem não se mede por sua imagem e detesta viver em ambientes em que a imagem é valorizada. Foi sempre assim, mas lá estava ele, preocupado com seu aspecto. De fato, sua cabeleira estava rala, porém de nada serviria lamentar a essa altura. Foi então que percebi. Por algum motivo, ele precisava se preocupar com a própria imagem e figura. Em outras palavras, devia estar amando. Mesmo assim, por que essa manifestação repentina, e naquele lugar? Por que, de repente, se preocupava com a aparência?

Kusanagi percebeu o que Yukawa insinuava. E disse:

— Talvez porque estivesse para se encontrar em breve com a mulher que amava?

Yukawa assentiu:

— Foi o que pensei. Nesse caso, sua bem-amada não seria outra senão a mulher da loja de bentô, sua vizinha, cujo marido havia sido assassinado. Mas então surgia uma enorme dúvida: seu comportamento diante do crime. Ele deveria logicamente morrer de preocupação, mas se comportava como um mero espectador. Afinal, talvez esse seu amor pela vizinha não passasse de pura imaginação minha. Por isso, fui me encontrar com ele novamente, e com ele fui até a loja de bentô. Pensei que pudesse descobrir algo, pelas suas atitudes. E nisso surgiu um personagem inesperado. Um conhecido de Yasuko Hanaoka.

— Kudo, não é? — perguntou Kusanagi. — Ele se encontra com ela.

— Ao que parece, sim. E a cara de Ishigami ao vê-la conversando com Kudo! — Yukawa franziu o rosto e balançou a cabeça. — Isso me convenceu. Ali estava de fato a mulher amada de Ishigami. O rosto dele revelava cores de ciúme!

— Mas isso traz de volta aquela dúvida.

— Sim, e para a qual só há uma explicação.

— Ishigami está envolvido no crime. Então, foi assim que você começou a suspeitar dele. — Kusanagi voltou novamente os olhos à porta de vidro e disse: — Você me assusta! Pobre Ishigami, um pequeno deslize acabou sendo fatal!

— Sua personalidade marcante permaneceu gravada na minha memória por todos estes anos. Se não fosse assim, nem eu teria percebido.

— Seja como for, ele não teve sorte — disse Kusanagi e se pôs a andar em direção à rua. Percebendo, porém, que Yukawa não o seguia, ele se deteve. — Não quer ir ao Benten-tei?

Cabisbaixo, Yukawa se aproximou dele.

— Quero te fazer um pedido cruel. Você não se importa?

Kusanagi esboçou um sorriso amargo:

— Isso depende.

— Você pode me ouvir apenas como amigo? Deixando de lado a sua condição de investigador?

— O que está querendo me dizer?

— Há uma coisa que preciso te falar. Mas vou falar como amigo, e não como policial. Assim, quero que não comente absolutamente com ninguém o que eu disser. Nem aos seus superiores, nem aos seus companheiros, nem em família. Me promete?

Por trás dos óculos, os olhos se encheram de aflição. Dava a entender que Yukawa tinha razões para essa exigência tão assertiva.

Depende, Kusanagi gostaria de responder, porém engoliu essa resposta. Temia perder o amigo.

— Está bem — disse. — Eu prometo.

18

Yasuko acompanhou com a vista o cliente que comprara o bentô de frango frito sair da loja e consultou o relógio. Faltavam poucos minutos para as seis horas da tarde. Com um suspiro, retirou o boné branco da cabeça.

Kudo a convidara para um encontro depois do expediente. O convite havia sido feito por celular.

— Vamos comemorar — dissera ele, em tom alegre.

Ela então quis saber o que havia para comemorar.

— Ora essa, está na cara! — fora a resposta. — Está claro que é a prisão do assassino! Agora você está livre desse crime, e eu, de preocupações. A polícia não vai nos importunar mais, e isso merece um brinde!

De fato, Kudo parecia aliviado e eufórico ao telefone. Era compreensível, pois desconhecia o que se passara, mas Yasuko não compartilhava da euforia dele.

— Não me sinto assim — respondeu.

Kudo perguntou por que, porém ela permaneceu calada.

— Ah, entendi — disse ele finalmente. Pelo jeito, interpretara o silêncio à sua maneira. — Vocês estavam separados, mas, é claro, têm um passado em comum. Seria desrespeitoso comemorar, não? Me desculpe.

Não se tratava disso, no entanto Yasuko permaneceu calada. Ele então acrescentou:

— Mas preciso conversar com você sobre um assunto muito importante. Podemos nos ver?

Ela pensou em recusar o convite. Não se sentia disposta. Seria muito desrespeitoso com Ishigami, que se apresentara à polícia em seu lugar. Mas não sabia como recusar. Qual seria esse "assunto importante" a ser tratado? Por fim, acabou concordando. Kudo viria buscá-la por volta das seis e meia. Pelo jeito, ele também gostaria da presença de Misato, mas a isso Yasuko se recusou com delicadeza. No momento, sua filha não se achava em condições de encontrar-se com Kudo.

Yasuko deixou um recado no telefone fixo de sua casa para avisá-la que voltaria um pouco mais tarde aquela noite, contudo a alma lhe pesava só em imaginar como Misato reagiria.

Às seis horas, Yasuko despiu o avental e se despediu de Sayoko, nos fundos da loja.

— Oh, já está na hora! — disse Sayoko, consultando o relógio. Jantava naquele dia um pouco mais cedo que de costume. — Vá descansar e deixe o resto comigo.

— Obrigada, estou indo — Yasuko dobrou o avental.

— Vai ver o senhor Kudo? — perguntou Sayoko em voz baixa.

— Como?

— Ele te ligou hoje à tarde, não é? Convite para um encontro?

Yasuko, perturbada, emudeceu. Sayoko então continuou em tom sentimental, mas sem entender o que se passava:

— Que felicidade, não? Aquele crime esquisito foi resolvido, você já pode se encontrar com pessoas como o senhor Kudo, finalmente a vida volta a te sorrir...

— Será mesmo?

— Claro que sim! Você sofreu demais. Agora, está na hora de ser feliz. Inclusive para o bem de Misato.

As palavras de Sayoko a sensibilizavam. Ela desejava do fundo da alma a felicidade da amiga. Nem sequer imaginava que essa amiga era uma assassina.

— Até amanhã — disse Yasuko e deixou a loja. Não conseguiu encarar Sayoko.

Deixando o Benten-tei, seguiu em direção contrária ao rumo de casa. O encontro se daria no restaurante da esquina, o que não era de seu agrado, pois ali se encontrara com Togashi. Kudo, entretanto, insistira, porque o local lhe era familiar e facilitaria o encontro, e não houve como lhe pedir para alterar.

A rodovia expressa corria ao alto. Acabava de passar por baixo dela quando alguém às suas costas a chamou. A voz era masculina. Deteve-se e se voltou. Dois homens se aproximavam, e ela os reconheceu. Um deles, que conhecia como Yukawa, dizia ser um velho amigo de Ishigami. O outro, um investigador chamado Kusanagi. Yasuko não entendia por que estavam juntos àquela hora.

— Lembra-se de mim, não? — perguntou Yukawa.

Yasuko percorreu o olhar de um a outro e assentiu.

— A senhora tem algum compromisso agora?

— Sim, é que... — Yasuko gesticulou como se estivesse consultando o relógio, mas, perturbada como se achava, nem conseguiu ver as horas. — Vou me encontrar com uma pessoa.

— Ah, sim? Gostaria de conversar com a senhora por uns trinta minutos. É muito importante.

— Não, não posso — recusou ela.

— Então só quinze minutos, ou mesmo dez, ali naquele banco — Yukawa apontou para um pequeno jardim próximo. Uma área sob a rodovia estava sendo aproveitada para o jardim.

Falava com delicadeza, mas suas maneiras eram impositivas. Yasuko pressentiu que a conversa poderia ser séria. Da outra vez que se vira com esse homem, supostamente um professor universitário, havia sido muito pressionada, embora tudo se tenha dado em um tom informal de simples bate-papo. Sinceramente, sua vontade era fugir dali. Entretanto, preocupava-se também em saber o que ele queria. O assunto seria Ishigami, tinha certeza.

— Ok, apenas dez minutos, não mais.

— Ótimo! — sorriu Yukawa e se adiantou ao jardim.

Yasuko hesitou, e Kusanagi lhe estendeu a mão convidando-a a passar.

— Por favor — disse.

Yasuko concordou e seguiu Yukawa. O investigador se manteve calado, o que a assustou. Yukawa tomou assento no banco para duas pessoas, deixando espaço para ela se sentar.

— Por favor, fique aí mesmo — disse ele a Kusanagi.
— Quero conversar a sós com ela.

Pelo jeito, Kusanagi não gostou, mas retornou até as proximidades da entrada do jardim e puxou um cigarro. Um pouco preocupada com Kusanagi, Yasuko sentou-se ao lado de Yukawa.

— Isso está certo? Ele é investigador, não?

— Não ligue. Eu pretendia mesmo vir sozinho. E para mim, ele é um amigo, desde a época em que ele nem era investigador.

— Um amigo?

— Colega dos tempos de estudante universitário — disse Yukawa, mostrando seus dentes brancos. — Por isso, também é colega de Ishigami, mas, ao que parece, não se conheciam até tudo isso acontecer.

Yasuko então compreendeu a situação. Até agora, não havia entendido por que esse professor fora procurar Ishigami quando se deu o crime. Ishigami nada lhe dissera. Para ela, contudo, o plano de Ishigami havia fracassado por ingerência desse homem, Yukawa. Com certeza, Ishigami não levara em conta que o investigador era um colega da universidade e que tinham um amigo em comum. Seja como for, sobre o que ele queria conversar?

— É lastimável que Ishigami tenha se apresentado à polícia — Yukawa foi direto ao assunto. — Como pesquisador, não posso me conformar que um gênio como aquele seja fadado a utilizar o seu cérebro somente nos recintos de um presídio. Não me conformo!

Yasuko nada respondeu. Apenas apertou os punhos sobre os joelhos.

— Não consigo acreditar de forma alguma que ele estivesse agindo daquela forma com a senhora.

Yasuko sentiu que Yukawa se voltava para ela e se enrijeceu.

— Não dá para acreditar que ele se comportasse de forma tão execrável! Ou melhor, eu não acredito! Ele... ele está mentindo! Por quê? Já que resolveu assumir a infâmia de ser um assassino, que sentido faz mentir, a esta altura? Mas está mentindo, e só posso pensar em um motivo. Não está mentido para se proteger, mas para proteger alguém, escondendo a verdade.

Yasuko engoliu seco. Esforçava-se para aparentar calma. Esse homem começava a perceber a verdade, pensou. Ishigami só estava protegendo alguém, e o autor do crime seria outro. Por isso, ele tentava socorrê-lo. Mas o que ele poderia fazer? O caminho mais rápido seria levar o verdadeiro assassino a se apresentar. E fazê-lo confessar tudo, nos mínimos detalhes. Ela se voltou medrosa para Yukawa. Para sua surpresa, ele estava sorrindo.

— A senhora está pensando que eu vim aqui para persuadi-la, não é?

— Me persuadir? — Yasuko balançou a cabeça para negar. — Não entendi, o senhor iria me persuadir de quê?

— É verdade. Fui inconveniente. Peço desculpas — curvou-se ele. — Mas gostaria que soubesse de uma coisa. Foi por isso que vim até aqui.

— O que seria?

— Quero te dizer que... — Nesse ponto, Yukawa fez uma pequena pausa e continuou: — A senhora desconhece totalmente a verdade — é isso.

Assustada, ela arregalou os olhos. Yukawa já não sorria.

— Provavelmente, o seu álibi deve ser real — continuou ele. — Deve ter ido de fato ao cinema, tanto a senhora como a sua filha. Se não fosse assim, não teriam conseguido suportar o questionamento obstinado da polícia. Talvez a senhora conseguisse, mas a sua filha, uma colegial, seguramente não. Vocês não estavam mentindo.

— É verdade, nós não mentimos. E o que tem isso?

— Mas a senhora deve ter estranhado. Por que não precisou mentir? Por que a polícia foi tão branda? Ele... Ishigami planejou tudo para que vocês só tivessem que falar a verdade durante o interrogatório. Preparou tudo para que a polícia, por mais investigativa que fosse, não pudesse atingi-las de forma definitiva. Provavelmente, a senhora não sabe como foi esse preparo. Pensa apenas que foi um truque de Ishigami, mas não conhece os detalhes. Estou errado?

— Olhe, não estou entendendo absolutamente nada do que está me dizendo. — Yasuko tentou rir, mas percebeu que o seu rosto se contraía.

— Ele fez um enorme sacrifício para protegê-la. Um sacrifício tremendo, inimaginável para pessoas normais como eu e a senhora. Suponho que ele estivesse desde o início disposto a se fazer de bode expiatório no pior caso, desde quando tudo aconteceu. O plano inteiro foi preparado prevendo essa possibilidade. Em outras palavras, tudo girou em torno dessa possibilidade, bastante cruel. Mas todos têm seus momentos de fraqueza. Ishigami bem o sabia e, por isso mesmo, tratou desde o início de cortar o próprio caminho de retirada, se a situação chegasse a tanto. Foi a esse truque espantoso que hoje assistimos.

A conversa de Yukawa começou a perturbá-la. Yasuko não conseguia entender a que ele se referia. Não obstante, pressentia que algo terrível estava por acontecer. Ele estava certo. Ela não tinha conhecimento algum dos planos engendrados por Ishigami. E, ao mesmo tempo, estranhava a inesperada brandura das investidas dos investigadores. O interrogatório a que fora seguidamente submetida por eles lhe parecia até desfocado. Mas Yukawa tinha conhecimento desses planos!

Ele consultou o relógio. Preocupava-se talvez com o tempo restante.

— Detesto ter que te contar estas coisas — disse, estampando no rosto todo o sofrimento que sentia. — Mesmo porque Ishigami jamais o desejaria. Creio que ele pretendia de toda forma que a senhora, pelo menos, nunca viesse a conhecer a verdade. Não para o benefício dele, mas para o da senhora. Porque a senhora teria então que passar o resto da vida carregando um fardo de sofrimento ainda maior que o atual, se viesse a saber. Mas nem por isso posso deixar de revelar à senhora. Ele a amava, a ponto de dar a própria vida! Essa verdade não posso esconder da senhora, pois, se o fizesse, eu me condenaria por ter abandonado Ishigami a um castigo de todo imerecido. E isso eu não poderia suportar.

Um forte abalo assaltou Yasuko. Com a respiração entrecortada, estava prestes a desmaiar. Não tinha ideia alguma daquilo que esse homem estava para lhe contar, mas dava para pressentir, pelo tom de sua conversa, que devia ser algo inesperado, fora do alcance da sua imaginação.

— Afinal, de que se trata? Se tem algo a falar, por favor, diga logo! — As palavras eram fortes, mas sua voz saiu fraca e trêmula.

— Aquele crime... o verdadeiro assassino do crime do antigo rio Edo — Yukawa respirou fundo — é ele. É Ishigami. Não é a senhora nem a sua filha. Ishigami matou. Ele não está se apresentando à polícia por um crime que não cometeu. Ele é o assassino. Porém — prosseguiu Yukawa a Yasuko, que, perplexa, permanecia sem nada entender —, porém aquele cadáver não é o de Shinji Togashi. Não é o de seu ex-marido. Aparentava ser, mas é de um completo estranho.

Yasuko franziu as sobrancelhas. Não conseguia ainda entender o que Yukawa dizia. Mas então, ao fitar seus olhos, que piscavam tristonhos por trás dos óculos, compreendeu tudo em um instante. Ela respirou fundo e levou as mãos à boca. Espantada, quase soltou um grito. O sangue se agitava em todo o corpo para, em seguida, refluir.

— Vejo que finalmente a senhora percebeu — disse Yukawa. — Pois foi isso, Ishigami cometeu um outro assassinato para protegê-la, e isso no dia 10 de março, o dia seguinte ao assassinato do verdadeiro Shinji Togashi.

Yasuko sentiu a cabeça girar. A custo, permaneceu sentada. As mãos e os pés se congelaram, o corpo inteiro se arrepiou.

Observando Yasuko a distância, Kusanagi compreendeu que Yukawa lhe contara a verdade. Seu rosto empalidecia, como mesmo de longe se notava. Nem seria de se estranhar, pensou Kusanagi. Quem não se espantaria ao ouvir uma história como aquela? Ainda mais Yasuko, uma protagonista da história.

Nem Kusanagi a aceitava inteiramente. Não quis acreditar quando a ouviu pela primeira vez de Yukawa, pouco antes. Ele não brincaria de inventar algo como aquilo naquelas circunstâncias, mas a história lhe parecia demasiado fantasiosa para ser verdadeira.

— Impossível — dissera Kusanagi. — Cometer um novo assassinato para encobrir o de Yasuko Hanaoka? Uma besteira muito grande. E, se fosse verdade, quem seria então a nova vítima?

Fizera essa pergunta a Yukawa, que, com a tristeza estampada no rosto, abanara a cabeça:

— Não sei dizer o nome da vítima. Mas sei onde vivia.

— Como assim?

— Existem neste mundo pessoas que, mesmo que desapareçam de uma hora para outra, ninguém vai à procura delas, nem se preocupa com elas. Nesse caso, acho que nem o pedido de procura por desaparecidos tenha sido expedido, pois creio que a vítima vivia separada da família. — Yukawa apontou então para o caminho ao lado da barragem do rio, por onde acabavam de vir. — Você deve ter reparado, não? Aqueles ali?

Kusanagi não entendeu de imediato. Algo, contudo, lhe ocorreu ao olhar à direção apontada, e ele susteve a respiração.

— Você se refere ao desabrigado, que vivia ali?

Yukawa deixou de assentir, mas contou o seguinte:

— Reparou que havia ali um catador de latas vazias? Ele sabe de tudo a respeito dos desabrigados que vivem naquela região. Conversando com ele, vim a saber que um novo companheiro tinha se juntado a eles, cerca de um mês atrás. Um companheiro, ou seja, um outro sem-teto a viver com eles no mesmo grupo. Esse sujeito ainda não havia montado sua cabana e parecia não gostar da ideia de fazer das caixas de papelão a sua cama. No começo, são todos assim, me ensinou o catador de latas. Parece que os homens custam a deixar de lado o orgulho, mas é apenas uma questão de tempo, segundo ele. Pois esse homem desapareceu um dia de repente, sem nenhum aviso. O catador de latas estranhou um pouco no começo, mas foi só isso. Os outros desabrigados também devem ter percebido, só que ninguém comenta. Sumiços repentinos são corriqueiros entre eles.

— A propósito — continuou Yukawa —, ao que parece essa pessoa desapareceu ao redor do dia 10 de março.

Teria uns cinquenta anos, pela aparência. Possuía um físico apropriado para a idade, talvez um pouco acima do peso.

O cadáver fora descoberto à margem do antigo rio Edo no dia 11 de março.

— Ishigami deve ter se inteirado de alguma forma do crime cometido por Yasuko Hanaoka e decidiu colaborar no acobertamento. Ele pensou com certeza que não bastaria simplesmente se desfazer do cadáver. A polícia o identificaria e viria, sem dúvida, procurar Yasuko. Então ela e a filha não poderiam continuar alegando inocência por muito tempo. Pensando nisso, Ishigami arquitetou um plano: arrumaria um novo cadáver e faria a polícia acreditar que era de Shinji Togashi. A polícia iria descobrir, aos poucos, onde e como a vítima tinha sido assassinada. Quanto mais prosseguissem na investigação, mais se afastariam de Yasuko Hanaoka. É claro, pois a vítima não foi assassinada por ela. Não se tratava mais do assassinato de Shinji Togashi. Vocês, da polícia, estavam investigando um outro crime totalmente fora do contexto.

Não dava para acreditar que a fria narrativa exposta por Yukawa tivesse de fato ocorrido. Kusanagi balançava negativamente a cabeça enquanto a ouvia.

— Quem sabe Ishigami tenha concebido esse plano maluco ao caminhar por aquela ribanceira como sempre fazia, vendo todos os dias aqueles desabrigados. Para que eles viviam? Aguardavam apenas a chegada da morte, sem ter nada que fazer? E se morressem, alguém sentiria sua falta, alguém se entristeceria? Assim ele pensava — bem, são apenas suposições minhas.

— Está dizendo então que Ishigami achou que podia muito bem matá-los?

— Creio que ele não tenha pensado assim. Mas acredito que a presença deles tenha proporcionado subsídios ao seu plano. Ele é capaz de cometer qualquer crueldade desde que seja logicamente justificável. Creio que já te disse.

— Um assassinato fundamentado em lógica?

— Ele precisava de uma peça — um corpo produzido por assassinato. Essa peça era necessária para completar o quebra-cabeça.

A história era de toda forma incompreensível. Até Yukawa, que expunha essas coisas como se estivesse discorrendo em uma aula na universidade, estava lhe parecendo um anormal.

— Na manhã seguinte ao assassinato cometido por Yasuko Hanaoka, Ishigami foi se encontrar com um dos sem-teto. Com certeza, ofereceu a ele um biscate, não sei dizer em que condições. O trabalho a executar era, em primeiro lugar, ir até o quarto alugado por Shinji Togashi e passar um tempo ali, até a noite. Ishigami já teria apagado na noite anterior os vestígios da presença de Togashi. Assim, só teriam restado no quarto as impressões digitais e os cabelos do sem-teto. Com a chegada da noite, o homem vestiu a roupa dada por Ishigami e se dirigiu ao ponto indicado por ele.

— Ou seja, a estação Shinozaki?

Yukawa abanou a cabeça.

— Não. Creio que tenha sido a estação anterior, Mizue.

— Mizue?

— Acredito que Ishigami tenha roubado a bicicleta em Shinozaki, para ir se encontrar com esse homem em Mizue. É muito provável que Ishigami tenha preparado uma outra bicicleta para o encontro. Os dois se deslocaram então até a ribanceira do antigo rio Edo, onde Ishigami o assassinou. Amassou o rosto da vítima, para ocultar sua identidade. Na verdade, não precisava ter queimado até as impressões digitais do homem. O quarto alugado por Togashi devia conter ainda impressões digitais dele, então a polícia iria tomar o cadáver como sendo de Togashi. Mas, já que amassou o rosto, seria conveniente destruir as digitais também, apenas por uma questão de coerência, o que o levou a queimar os dedos do homem. No entanto assim a polícia poderia ter trabalho em identificar o cadáver. Por isso, deixou a bicicleta sem apagar dela as impressões digitais. Por esse mesmo motivo, não deixou as roupas queimarem por completo.

— Mas então qual a necessidade de roubar uma bicicleta nova?

— Ele levou em conta eventualidades.

— Eventualidades?

— Para Ishigami, era essencial que a polícia determinasse com precisão a hora do crime. Enfim, isso foi relativamente alcançado pela autópsia, mas a polícia poderia ser incapaz de estimá-la com a devida acurácia, por exemplo, no caso de uma descoberta tardia do cadáver. Nesse caso, a estimativa do horário poderia ser ampliada, e isso era o que ele mais temia. No pior cenário, poderia ser estendida até a noite anterior, ou seja, até a noite do dia 9, o que seria um desastre para ele. Pois essa foi a noite em que Yasuko e a filha assassinaram Togashi de fato, e assim elas não possuíam álibi. Para impedir que isso acontecesse, ele necessitava de uma prova de que a bicicleta tinha sido roubada depois do dia 10. E aí entra aquela bicicleta. Uma bicicleta sem risco de estar abandonada por mais de um dia, uma que o dono pudesse se recordar da data em que ela foi roubada — em suma, só podia ser uma bicicleta nova.

— Não podia ser uma bicicleta qualquer, pelo jeito — Kusanagi bateu a própria testa com o punho.

— Pelo visto, a bicicleta estava com ambos os pneus furados quando foi descoberta. Isso é bem típico de Ishigami. Acredito que ele tenha feito isso para impedir que alguém fugisse com ela. Enfim, ele tomou cuidados minuciosos para garantir o álibi das Hanaoka.

— Mas o álibi delas não era tão seguro assim. Não há prova concreta de que elas estiveram no cinema o tempo todo.

— Por outro lado, a polícia não conseguiu também provar que elas não estiveram no cinema, não é? — Yukawa pontuou a Kusanagi. — Um álibi aparentemente frágil, mas indestrutível. Aí está a armadilha preparada por Ishigami. Se ele tivesse preparado um álibi inabalável como rochedo, a polícia iria desconfiar. E então talvez ocorresse a eles que o cadáver não fosse o de Shinji Togashi. Isso Ishigami temia. O cenário por ele criado apontava Shinji Togashi como vítima de assassinato, e Yasuko Hanaoka como suspeita do crime, para que a polícia o engolisse.

Kusanagi suspirou. Fora exatamente como Yukawa dizia. Quando se identificou o cadáver como sendo de Shinji Togashi, a suspeita recaiu imediatamente sobre Yasuko Hanaoka, pois o álibi por ela alegado não era perfeito. A polícia continuou suspeitando dela. E com isso admitia implicitamente que o cadáver, sem dúvida, era o de Togashi.

— Que homem assombroso — murmurou Kusanagi.

— Concordo — disse Yukawa. — Mas eu consegui desvendar essa espantosa armadilha por uma pista que você me forneceu em uma conversa.

— Que eu forneci?

— Lembra o que Ishigami fazia para preparar uma prova de matemática? Abordava falsas premissas. A questão parece ser de geometria quando, na verdade, é de álgebra.

— E o que tem isso?

— O padrão é o mesmo. Parece ser um truque de álibi, mas, na realidade, é um truque para esconder a identidade do cadáver.

— Oh!

— Lembra também que te pedi para me mostrar o registro de presença de Ishigami no colégio? Por ele, Ishigami não compareceu à escola no período da manhã do dia 10 de março. Creio que você não deu importância ao fato, pois acreditava que isso nada tinha a ver com o crime. Mas isso me fez perceber. O incidente maior, que Ishigami mais queria esconder, se deu na noite anterior.

O incidente maior, que Ishigami mais queria esconder, era, sem dúvida, o assassinato de Shinji Togashi por Yasuko Hanaoka. A conversa de Yukawa se mostrava inteiramente coerente. A questão do roubo da bicicleta e das roupas mal queimadas, objeto da sua atenção, tinha muito a ver com o incidente. Kusanagi era obrigado a reconhecer que ele e a polícia haviam caído na armadilha preparada por Ishigami.

Contudo, a impressão de irrealidade persistia. Haveria algum ser humano que, para ocultar um assassinato, se prontificasse a cometer um novo assassinato? Mesmo que fosse um truque bem pensado, inconcebível e inimaginável por pessoas normais?

— Esse truque possui um significado muito relevante — disse Yukawa, como se houvesse percebido a dúvida de Kusanagi. — Ele cristaliza a decisão de Ishigami de se apresentar à polícia em lugar de Yasuko, caso a verdade viesse à tona. Mas por que não se apresentar simplesmente, então? Ishigami temia voltar atrás na decisão. Havia também a possibilidade de acabar confessando a verdade, pressionado por uma severa inquisição da polícia. Agora, porém, ele já não está mais vulnerável. Poderão interrogá-lo como quiserem, não há mais como voltar atrás. Continuará afirmando que cometeu o crime, mesmo porque foi ele, sem dúvida, que matou a vítima encontrada no antigo rio Edo. Ele é um assassino, merece ir para a cadeia. Mas em troca conseguiu proteger com segurança a sua amada.

— Ishigami suspeitou que a verdade estava prestes a ser revelada?

— Fui eu quem o avisou. Contei ter descoberto o seu plano, em uma linguagem só compreensível a ele — a mesma que empreguei há pouco com você. "Neste mundo, não há engrenagens inúteis, e são as próprias engrenagens que decidem seu papel." A esta altura, você com certeza já sabe o que quero dizer com "engrenagem", não é?

— A peça anônima, utilizada por Ishigami em seu quebra-cabeça!

— O que Ishigami fez é imperdoável. Naturalmente, ele deve se apresentar. Falei da engrenagem com ele para induzi-lo, mas jamais pensei que ele o fizesse daquela forma. Ele se degradou, se mostrou um assediador, só para protegê-la... Foi então que percebi essa outra face do truque.

— Mas onde está o cadáver de Shinji Togashi?

— Isso nem eu sei. Ishigami se desfez dele, com certeza. Pode ser, neste momento, que alguma polícia provinciana já o tenha descoberto, ou talvez não.

— Polícia provinciana? Quer dizer, fora da nossa jurisdição?

— Ele deve ter evitado esta jurisdição, pois teme que a descoberta seja vinculada ao caso Shinji Togashi.

— Então foi por isso que você examinou os jornais na biblioteca! Procurava verificar se não haviam descoberto um cadáver anônimo...

— Pelo que pesquisei, parece que não descobriram nenhum que pudesse ser vinculado ao caso. Mas não vai demorar. Não creio que Ishigami tenha se empenhado em esconder o cadáver. Mesmo porque ninguém mais vai desconfiar de que seja de Shinji Togashi.

— Vou então investigar imediatamente — disse Kusanagi.

Mas Yukawa se opôs. Não queria, não fora esse o trato, retorquiu.

— Eu te disse desde o início. Estou revelando essas coisas a um amigo, e não a um policial. Se mesmo assim você pretende investigar tomando por base esta minha conversa, considere que a nossa amizade acaba aqui. — O olhar de Yukawa estampava seriedade, não dava margem a contestações. — Eu quero apostar nela — disse Yukawa, apontando para o Benten-tei. — Ela provavelmente desconhece os fatos. Não sabe quanto sacrifício Ishigami fez por ela. Pretendo contar a ela sobre isso e aguardar sua decisão. Ishigami, com certeza, desejaria que ela permanecesse sem nada saber e fosse feliz. Mas isso eu não suportaria. Ela precisa saber!

— Acredita que ela vá se entregar depois de ouvi-lo?
— Não sei. De qualquer maneira, não acho que ela deva se entregar. Quando penso em Ishigami, sinto até vontade de salvá-la, pelo menos ela.
— Se ela demorar a se entregar, não terei alternativa senão começar a investigar, mesmo que tenha que abrir mão da sua amizade.
— Até entendo — assentiu Yukawa.

Kusanagi fumava um cigarro após o outro enquanto observava o amigo conversando com Yasuko Hanaoka. Ela se mantinha cabisbaixa havia muito tempo, sem alterar sua postura. Yukawa movia apenas os lábios, o rosto impassível. A tensão entre ambos chegava até ele.

Yukawa se ergueu. Curvou-se para Yasuko, em uma mesura, e se pôs a andar em direção a Kusanagi. Yasuko permaneceu como estava. Parecia incapaz de se mexer.

— Desculpe a demora — disse Yukawa.
— A conversa terminou?
— Sim, terminou.
— E ela, o que vai fazer?
— Não sei. Eu só falei, não perguntei o que pretende fazer. Nem dei conselhos quanto a isso. A decisão é dela.
— Como já te disse, se ela não se apresentar...
— Já sei — Yukawa estendeu a mão para interrompê-lo e começou a andar. — Não precisa me falar mais sobre isso. Quero te pedir uma coisa.
— Quer se encontrar com Ishigami, não é?

Yukawa arregalou um pouco os olhos.
— Como adivinhou?

— É óbvio. Nos conhecemos há quanto tempo?
— Transmissão de pensamento? Bem, neste momento, ainda somos amigos, não? — Yukawa sorriu tristemente.

19

Sem conseguir se mexer, Yasuko permanecia sentada no banco do jardim. Pesada, chocante, a conversa daquele físico desabava em sua alma como um fardo esmagador. Pensava no professor de matemática, seu vizinho. Esse homem chegara a esse ponto. O que teria ele feito do cadáver de Togashi? Sobre isso, nada lhe dissera. Não se preocupe com essas coisas, foi sua sugestão. Yasuko bem se recordava das suas palavras, ditas ao telefone em tom casual: ele resolveria tudo da melhor forma, não havia com que se preocupar.

Era estranho. Por que a polícia lhe perguntava sobre o álibi de 10 de março, um dia depois do crime? Por antecipação, Ishigami a instruíra quanto às atividades da noite desse dia: ir ao cinema, à casa de *ramen*, ao karaokê, telefonar a altas horas da noite. Tudo isso tinha sido feito rigorosamente conforme as instruções, sem, contudo, que ela entendesse o porquê. Quando os investigadores a inquiriram sobre seu álibi, ela contou honestamente o que fizera, embora tenha desejado lhes perguntar de volta por que se preocupavam com o dia 10 de março.

Agora, tudo se esclarecia. As investigações incompreensíveis da polícia resultavam da armadilha preparada por Ishigami, uma sinistra armadilha! Yasuko permanecia ainda incrédula, mesmo após a exposição de Yukawa, embora não pudesse encontrar outra explicação para os fatos senão aquela. Aliás, não queria acreditar. Não queria crer que Ishigami chegasse a tal ponto: sacrificar sua vida inteira por uma mulher de meia-idade como ela, trivial e pouco atraente. Sua alma era frágil demais para aceitar um sacrifício como esse.

Yasuko cobriu o rosto com as mãos. Não queria pensar em mais nada. Yukawa lhe dissera que, por ele, nada diria à polícia. Que tudo não passava de conjecturas destituídas de prova e, assim, competia a ela escolher o caminho a seguir — uma escolha odiosa! Ela ainda se mantinha curvada, com o corpo enrijecido, feito pedra, sem saber o que fazer e sem forças para se erguer, quando alguém lhe tocou o ombro. Assustada, ergueu o rosto. Havia alguém ao seu lado — Kudo, que a observava apreensivo.

— O que aconteceu?

Yasuko não entendeu de imediato por que ele se achava ali, mas, aos poucos, enquanto o via, começou a se lembrar de que havia marcado um encontro com ele. Kudo viera certamente à sua procura, pois ela estava atrasada.

— Me desculpe! Estou... cansada. — Não conseguia pensar em outra desculpa e, de fato, sentia-se exausta, não de corpo, mas de alma.

— Sente-se mal? — perguntou Kudo com carinho.

Porém até esse carinho lhe pareceu despropositado naquele momento. Constatava que o desconhecimento da verdade poderia se constituir, em si mesmo, como uma maldade. Maldade que ela mesma vinha cometendo até havia pouco.

— Estou bem — respondeu e tentou levantar-se. Ao vê-la cambalear, Kudo lhe estendeu a mão. — Obrigada — agradeceu ela.

— O que aconteceu? Está pálida...

Yasuko balançou a cabeça. Não poderia revelar-lhe o que houve, nem a ele, nem a ninguém neste mundo.

— Não foi nada. Eu me senti mal e tive que descansar um pouco, foi só isso. Já estou bem. — Quis mostrar energia, mas lhe faltavam forças.

— Deixei o carro estacionado logo ali. Quer descansar mais um pouco antes de ir?

A essa pergunta, Yasuko se voltou para ele.

— Ir para onde?

— Fiz uma reserva no restaurante, para as sete horas. Podemos atrasar uns trinta minutos.

— Ah, sim...

A própria palavra "restaurante" lhe soava como algo de outro mundo. Teria então de jantar em um lugar como esse? Manejar garfo e faca com elegância, forçando sorrisos, com a alma naquele estado? Logicamente, não cabia qualquer culpa a Kudo.

— Me perdoe — murmurou Yasuko. — Não me sinto disposta hoje. Gostaria de estar em melhores condições para poder jantar. Hoje, não sei explicar, não me sinto bem...

— Entendo — disse Kudo, estendendo a mão para contê-la. — Tem razão. Muitas coisas aconteceram, e é natural que se sinta cansada. Trate de descansar hoje. Pensando bem, foram dias seguidos de tensão. Eu devia ter dado tempo para que você se descontraísse. Fui indelicado, me desculpe.

As desculpas de Kudo eram sinceras. Também ele tinha um bom coração, constatou Yasuko. Tratava-a com todo carinho. E por que não conseguia ser feliz, cercada de homens que tanto a amavam? Ela se entristecia.

Começou a andar, amparada por Kudo. O carro dele se achava estacionado na rua, a poucos metros dali. Ele se ofereceu a levá-la de volta para casa. Talvez devesse recusar, mas resolveu aproveitar. A casa lhe parecia excessivamente distante.

— Está mesmo tudo bem? Se houve algo, gostaria que me contasse, sem esconder — disse Kudo, já dentro do carro. Vendo o estado dela naquela hora, talvez a preocupação fosse compreensível.

— Sim, estou bem. Me desculpe — sorriu Yasuko. Atuava da melhor forma possível. Sentia-se culpada, sob todos os aspectos. E nisso lembrou-se de que Kudo a procurara por um motivo, não sabia qual. — Senhor Kudo, queria falar comigo?

— Ah, é verdade, mas vamos deixar para outro dia.

— É mesmo?

— Sim. — Ele deu partida ao motor.

Embalada pelos balanços do carro conduzido por Kudo, Yasuko se distraía à janela. O dia chegara ao fim, a cidade exibia sua face noturna. Quanto alívio seria se o mundo terminasse ali naquele instante, extinguindo tudo em meio às trevas!

O carro estacionou diante do prédio do seu apartamento.

— Descanse bem, eu volto a ligar.

Yasuko concordou e levou a mão à maçaneta da porta do veículo. Foi então que Kudo disse:

— Espere um pouco.

Yasuko se voltou. Kudo bateu no volante com o punho e depois enfiou a mão no bolso.

— Acho que agora é um bom momento para te contar.

— O quê?

Kudo sacou do bolso uma pequena caixa. Yasuko percebeu à primeira vista de que se tratava.

— Isto parece até cena de programa de tevê, até gostaria de evitar, mas, seja como for, é o protocolo — disse ele, abrindo a caixa diante de Yasuko. Continha um anel. Um enorme diamante refulgia.

— Oh, senhor Kudo! — Yasuko fitou perplexa o rosto dele.

— Não precisa me responder agora — disse ele. — Será preciso levar em conta os sentimentos de Misato e, é claro, os seus sentimentos também são importantes. Mas quero que saiba, não estou brincando. Estou certo de que serei capaz de fazê-la feliz. — Kudo tomou as mãos de Yasuko, para nelas depositar a caixinha. — É apenas um presente, não se sinta nem um pouco comprometida ao aceitá-lo. Passará a ter outro significado no dia em que você se decidir a vir morar comigo. Por favor, pense bem.

A caixinha pesava em suas mãos. Metade da declaração de Kudo se perdera obliterada pelo assombro, mas Yasuko compreendera. Estava atônita e confusa.

— Me perdoe. Será que fui inconveniente? — Kudo esboçou um sorriso acanhado. — Não se afobe em me responder. Converse também com Misato. — Kudo fechou a caixinha sobre as mãos de Yasuko. — O que decidir.

Yasuko se perdia. Inúmeras preocupações tumultuavam sua mente congestionada, entre as quais Ishigami — aliás, a maior de todas elas.

— Vou pensar... — foi tudo o que conseguiu dizer.

Kudo assentiu compreensivo. Ela saiu do carro. Decidiu acompanhar com a vista ele se afastar, para depois voltar ao seu apartamento. Ao abrir sua porta, lançou um olhar à do vizinho. A caixa de correspondências estava abarrotada, mas não se viam jornais. Ishigami certamente suspendera a entrega deles antes de se apresentar à polícia. Detalhes como esse nada representavam a ele, que os tratava como mera rotina.

Misato ainda não regressara. Yasuko sentou-se e soltou um longo suspiro. De repente, puxou uma gaveta ao alcance da sua mão, retirou dela uma caixa de doces e a abriu. A caixa guardava antigas correspondências. Extraiu do fundo dela um envelope sem inscrições. Nele havia uma folha de papel densamente escrita.

Ishigami o deixara na sua caixa de correspondências, na porta do seu apartamento, pouco antes do seu último contato por telefone. Junto, havia outros três envelopes, todos eles com bilhetes que evidenciavam o assédio a Yasuko, os quais já estavam nas mãos da polícia.

A mensagem continha instruções minuciosas sobre a utilização dos bilhetes de assédio e sobre como responder às perguntas dos investigadores que não tardariam em aparecer. Havia instruções também a Misato. O texto, redigido com todo o cuidado, permitia a Yasuko e sua filha responderem sem titubear a quaisquer perguntas presumíveis dos investigadores, considerando todas as eventualidades imagináveis. Assim, elas haviam enfrentado o inquérito com segurança e de peito aberto. Yasuko tinha plena consciência de que qualquer hesitação da sua parte poderia levar à exposição da verdade, comprometendo todo o esforço de Ishigami. O mesmo valia para Misato.

Ishigami concluía as instruções com o seguinte texto:

O senhor Kuniaki Kudo me parece ser um homem íntegro e confiável. Seguramente, tanto você quanto sua filha terão maior probabilidade de encontrar a felicidade junto com ele. Esqueçam tudo o que diz respeito a mim e não sintam remorso, jamais. Afinal, tudo o que fiz de nada valerá se vocês não forem felizes.

Lágrimas voltavam ao reler o texto. Nunca havia testemunhado um amor tão profundo como esse, nem imaginara que pudesse existir algo assim neste mundo. No entanto, era o que Ishigami ocultava sob aquela máscara de insensibilidade — uma paixão inconcebível a pessoas normais.

Ao saber que Ishigami se apresentara à polícia, Yasuko julgara a princípio que ele tentava apenas a acobertar. Entretanto, os sentimentos de Ishigami expostos por aquela mensagem se cravavam mais fundo em sua alma, agora que ouvira Yukawa. Pensou em ir de uma vez à polícia, para confessar tudo. Mas isso não salvaria Ishigami. Ele também cometera um assassinato.

A caixinha com o anel que recebera de Kudo lá estava. Abriu-lhe a tampa. O anel brilhava. Quem sabe fosse melhor, naquela altura, procurar a própria felicidade, como desejava Ishigami. Se desistissem, o sacrifício dele se faria inútil, conforme ele mesmo escrevera.

É árduo esconder a verdade. Mesmo que pudesse alcançar a felicidade dessa forma, ela não seria real. Teria de passar o resto da vida sob o peso de sua consciência, sem nunca encontrar a paz. Seria a devida penitência.

Experimentou colocar o anel no dedo. O diamante era belo. Como seria feliz se pudesse lançar-se nos braços de Kudo sem nada a lhe pesar na consciência. No entanto, tratava-se de um sonho irrealizável. Sua alma estaria sempre nublada. Só Ishigami teria a alma livre de qualquer nódoa.

Yasuko devolvia o anel à caixa quando o seu celular tocou. A tela exibiu um número desconhecido.

— Pois não — falou.

— Alô, estou falando com a mãe de Misato Hanaoka? — A voz era masculina. Desconhecida.

— Sim, ela mesma — Yasuko teve um mau presságio.

— Aqui é Sakano, funcionário do Ginásio Sul de Morishita. Queira me desculpar por esta ligação repentina.

Misato frequentava de fato aquele ginásio.

— Aconteceu algo?

— Descobrimos agora há pouco a senhorita Misato caída no terreno atrás do ginásio desportivo. E, ao que parece, ela feriu o próprio pulso com algum instrumento cortante...

— Como?! — O coração saltou em seu peito, bloqueando a respiração.

— Nós a levamos para o hospital, pois a hemorragia era forte. Mas sossegue, não há risco de vida. Porém queremos que saiba que há suspeita de tentativa de suicídio...

Yasuko quase não ouviu as últimas palavras.

Havia manchas espalhadas na parede diante dele. Escolheu algumas delas e interligou-as com retas, obtendo com isso uma conjunção de formas triangulares, quadrangulares e hexagonais. Em seguida, passou a preencher essas figuras utilizando quatro cores. Para cada uma delas, uma cor, e figuras adjacentes em cores distintas. Tudo isso em sua mente.

Em menos de um minuto, Ishigami concluía o exercício mental. Então, apagava uma vez o quadro todo, escolhia novos pontos e repetia o exercício. Muito simples, mas não se enjoava em repeti-lo. E, se viesse a se enjoar, poderia ainda criar problemas de geometria analítica utilizando os pontos da parede. Com certeza, levaria muito tempo para calcular as coordenadas de cada mancha nela.

A prisão não lhe enfastiava nem um pouco. Com lápis e papel, poderia até se aplicar em resolver problemas de matemática. E o faria até mesmo com as mãos e os pés amarrados. Bastaria utilizar o cérebro. Poderiam privá-lo da visão e da audição, mas ninguém impediria a sua mente, um paraíso infinito para Ishigami. Esse paraíso comportava uma mina inesgotável — a matemática. A vida inteira seria um prazo até curto demais para explorá-la.

Sim, ainda lhe restava a ambição de publicar teses para serem devidamente reconhecidas, mas, afinal, a essência da matemática não estava nisso. Se importava ao público saber quem galgara primeiro uma determinada montanha, ao autor da façanha bastava saber que fora ele. Ishigami se convencia agora de que o reconhecimento público não importava para nada. Contudo, mesmo ele levara muito tempo para atingir essa postura espiritual. Em uma fase não muito distante da sua vida, estivera a ponto de perder o sentido de viver. Se ele, que outro dom não possuía senão o da matemática, não conseguia progredir por esse caminho, então sua existência perdia sentido. Passara os dias pensando apenas em morrer. Sua morte não traria tristeza nem problemas a ninguém, e talvez nem viesse a ser percebida.

Um ano atrás, Ishigami se achava em sua sala com uma corda nas mãos. Procurava um lugar para pendurá-la. Quartos de apartamentos em geral não possuem pontos como esse. Acabou metendo um prego grosso em uma coluna de madeira. Passou por ele a corda, na qual fez um laço em uma ponta, e testou para ver se aguentaria o peso do seu corpo. A coluna rangeu um pouco, mas nem o prego nem a corda cederam.

Nada mais o prendia à vida. Não havia um motivo para morrer. O que lhe faltava era motivo para viver. Subiu em um banco e se preparava para passar a corda no pescoço quando a campainha da porta soou. A campainha do destino.

Não a ignorou, porque alguém se achava atrás da porta, quem sabe por algum motivo urgente. Abriu-a e deparou com duas mulheres. Pareciam ser mãe e filha. A que pela aparência era a mãe se apresentou como a sua nova vizinha. A menina o cumprimentou com uma mesura. Algo lhe trespassou a alma ao vê-las.

Que belos olhos! Ishigami até então jamais se encantara ou se emocionara com a beleza, fosse do que fosse. Nem entendia o que era arte. Mas agora passava a entender. Em essência, era a mesma maravilha que sentia ao resolver um problema de matemática. Nem se lembrava muito bem do que elas lhe disseram, no entanto, ainda hoje, aqueles olhos que se moviam e piscavam ao voltar-se a ele permaneciam nitidamente gravados na memória.

A vida de Ishigami passou por uma brusca mudança a partir do encontro com as Hanaoka. O desejo de se suicidar se fora, substituído pela alegria de viver. Sentia-se feliz só de imaginar o que estariam fazendo as duas, e onde. Duas novas coordenadas surgiam no mundo, Yasuko e Misato, um milagre.

Aos domingos, a felicidade atingia então o ápice. Bastava abrir a janela para poder ouvir a voz das mulheres. Não chegava a entender o que diziam, mas as vozes tênues que a brisa vinha carregando eram para ele a mais melodiosa das músicas. Não alimentava pretensão alguma por elas.

Julgava-as fora do seu alcance. Enfim, coisas sublimes traziam felicidade só de se estar, de alguma forma, associado a elas. Se não quisesse prejudicar a dignidade desse relacionamento, não deveria buscar reconhecimento nenhum. Como acontecia com a matemática.

Prestar socorro à mãe e à filha era uma decorrência apenas natural. Não se sacrificava por elas, saldava apenas um débito de gratidão, pois, se não fosse por elas, Ishigami não estaria mais ali naquele momento. Com certeza, elas nem sequer tinham consciência disso. Não importava. As pessoas, muitas vezes, socorrem alguém sem saber, enquanto enfrentam a vida com bravura.

No mesmo instante em que pusera os olhos no cadáver de Togashi, Ishigami já montava um programa em sua mente. Seria difícil sumir com o corpo sem deixar vestígios. Por mais cuidadoso que fosse, a probabilidade de encontrarem e identificarem o cadáver não seria nula. E mesmo que, por sorte, conseguisse ocultar com sucesso a identidade do cadáver, não poderia tranquilizar a mãe e a filha, que passariam a viver temerosas de que, em algum momento, tudo seria descoberto, e isso Ishigami não admitia.

Só restava um jeito de lhes devolver a paz. Bastava isolar completamente as duas do crime. Colocá-las sobre uma reta que se ligasse aparentemente ao crime, mas que não possuísse nenhum contato com ele. Decidiu então se valer do Engenheiro.

Engenheiro — o sem-teto que começara a viver nas proximidades da ponte Shin-Ohashi. Ishigami se aproximara dele na manhã do dia 10 de março, bem cedo. Como de costume, o Engenheiro estava sentado em um ponto distante dos demais desabrigados.

Ishigami começou dizendo que queria lhe pedir um favor. Precisava de um observador que o acompanhasse por alguns dias nas obras em andamento nas margens do rio. Ishigami já percebera que o Engenheiro havia trabalhado em construção civil.

O Engenheiro estranhou. Por que ele?

Havia uma razão, de acordo com Ishigami. A pessoa que contratara para esse serviço sofreu um acidente e, sem ele, não poderia obter a licença para a liberação das obras. Precisava de um substituto — assim justificou.

Entregou-lhe a título de adiantamento a quantia de 50 mil ienes, o que levou o Engenheiro a aceitar a proposta. Ishigami o conduziu em seguida ao quarto alugado por Togashi. Nele, instruiu-o a vestir as roupas de Togashi e ordenou-lhe que permanecesse sem sair até a noite.

À noite, Ishigami convocou-o à estação Mizue. Já tinha roubado a bicicleta na estação Shinozaki. Havia escolhido uma bicicleta tanto quanto possível nova, pois lhe convinha que o dono denunciasse o roubo. Na verdade, havia preparado uma outra bicicleta, esta roubada na estação Ichinoe, anterior a Mizue. Uma bicicleta velha, com o cadeado quebrado.

Entregara a bicicleta nova ao Engenheiro, e se dirigiram ao local do crime, à margem do antigo rio Edo. A recordação do que aconteceu depois enchia a sua alma de trevas. Com certeza, o Engenheiro se perguntara até o último instante por que ele devia morrer.

Ninguém deveria saber sobre o segundo assassinato, particularmente as Hanaoka, mãe e filha. Por isso, empregara a mesma arma do crime e assassinara o Engenheiro por enforcamento, da mesma maneira.

No banheiro do seu apartamento, Ishigami esquartejara em seis partes o cadáver de Togashi, atara um peso em cada uma delas, e as atirara ao rio Sumida, em três locais distintos, à noite. Para isso, empregara três noites. Seriam descobertas algum dia, mas não importava. A polícia jamais descobriria a identidade do cadáver. Togashi já constava como morto em seu registro. Um homem não morre duas vezes.

Só Yukawa percebera essa armação e, por esse motivo, Ishigami decidira apresentar-se à polícia. Contudo, a decisão estava prevista desde o início, e ele até se preparara para isso. Provavelmente, Yukawa relataria a Kusanagi suas suspeitas, que seriam transmitidas por ele ao seu superior. Mas a polícia não teria como se mexer. A essa altura, não haveria como provar que houve engano na identificação do cadáver. O julgamento estava para ocorrer em breve, calculava Ishigami. Retroceder seria impossível, e não havia motivos para isso. Por mais brilhantes que fossem as deduções desse físico genial, não poderiam suplantar a confissão do autor do crime.

Eu venci, Ishigami pensou. A campainha soou. Ela sinalizava entradas e saídas do setor da carceragem. O guarda se ergueu. Depois de uma breve negociação, alguém entrou. Kusanagi estava diante da cela de Ishigami.

Por ordem do guarda, Ishigami deixou sua cela. Passou por uma revista e, depois, foi entregue aos cuidados de Kusanagi, que se mantinha calado o tempo inteiro.

Ao sair do portão do setor de carceragem, Kusanagi se voltou a Ishigami:

— O senhor está bem?

O investigador ainda o tratava em linguagem formal. Se teria motivo para isso, ou se seria apenas por decisão própria, Ishigami não sabia dizer.

— Eu me cansei. Pediria, se possível, que apresse os trâmites legais.

— Então, faremos deste interrogatório o último. Quero que se encontre com uma pessoa.

Ishigami franziu as sobrancelhas. Quem seria? Yasuko? Esperava que não. Diante da sala de interrogatórios, Kusanagi abriu a porta. Lá se encontrava Manabu Yukawa. Encarou Ishigami em silêncio, com um olhar sombrio.

O último obstáculo a vencer — Ishigami se preparou.

Dois gênios se defrontavam em uma mesa, calados por um momento. De pé, Kusanagi os observou, encostado em uma parede.

— Emagreceu um pouco, não? — lançou Yukawa.

— Será? Eu me alimento bem.

— Isso é muito bom. Então... — Yukawa umedeceu os lábios. — Você se conforma com a pecha de assediador que te impingiram?

— Não sou assediador — respondeu Ishigami. — Eu estava protegendo a senhora Yasuko Hanaoka em segredo. Já disse isso diversas vezes.

— Eu sei. E a protege até agora.

Desgostoso, Ishigami ergueu os olhos a Kusanagi.

— Não posso acreditar que diálogos como esse possam de alguma forma contribuir nas investigações.

Kusanagi permanecia calado. Yukawa continuou:

— Contei a ele as conclusões a que cheguei. O que você fez e quem você matou.

— Você tem plena liberdade para manifestar suas conclusões.

— Falei disso também a ela, Yasuko Hanaoka.

Um tique nervoso perpassou pela face de Ishigami, logo disfarçado em sorriso irônico.

— Aquela mulher chegou a demonstrar algum remorso? Se mostrou agradecida? Fui eu quem acabou com aquele importunador, mas, ao que parece, ela anda dizendo descaradamente por aí que nada tem a ver com isso.

Ishigami contorceu os lábios e se esforçou para bem desempenhar o papel de um cínico malfeitor, e Kusanagi se surpreendeu. Acabava de constatar que o ser humano era capaz de amar até aquele ponto! Impressionante!

— Você parece acreditar que a verdade nunca virá à tona enquanto você não a confessar, mas não é bem assim — disse Yukawa. — Um homem desapareceu no dia 10 de março. Um inocente. Se descobrirmos quem ele é e quem são seus familiares, poderemos realizar um teste de DNA. E se confrontarmos com o DNA do suposto cadáver de Togashi, descobriremos a verdadeira identidade do morto.

— Não faço ideia do que você está falando — Ishigami exibiu um sorriso. — E se o homem não tiver família? Talvez a identificação seja possível por outros meios, mas exigiria trabalho e tempo descomunais. A essa altura, o meu julgamento estaria terminado. Claro, eu não vou recorrer, qualquer que seja o resultado. Proferida a sentença, o caso estará encerrado. O assassinato de Shinji Togashi acabou. A polícia nada mais pode. Ou quem sabe... — Ishigami voltou os olhos a Kusanagi — ... a polícia mudaria de atitude, com a conversa de Yukawa? Mas, nesse caso, ela precisaria me soltar. E que motivos teria para isso? Porque não sou eu o assassino? Mas eu sou. O que fariam com a minha confissão?

Kusanagi se mantinha cabisbaixo. Ishigami tinha razão. A polícia não poderia alterar o rumo do processo enquanto não pudesse comprovar que a confissão era falsa. Coisas do sistema.

— Só mais uma palavra — disse Yukawa.

Ishigami voltou-se a ele com um olhar interrogativo.

— Lamento, lamento mesmo que você tenha utilizado esse seu cérebro... esse seu cérebro fantástico para coisas desse tipo. Sinceramente, estou muito triste, ainda mais porque perdi, para sempre, um competidor único e inigualável neste mundo inteiro...

Com os lábios fortemente cerrados em uma reta, Ishigami baixou o olhar. Parecia lutar para se conter. Mas depois ergueu os olhos a Kusanagi:

— Acredito que ele já disse o que tinha a dizer. Podemos encerrar?

Kusanagi voltou-se a Yukawa. Ele assentiu em silêncio.

— Vamos então — disse Kusanagi e abriu a porta.

Ishigami saiu por ela seguido por Yukawa. Kusanagi se preparava para conduzir Ishigami de volta ao cárcere quando Kishitani surgiu, da esquina do corredor. Uma mulher o seguia.

Era Yasuko Hanaoka.

— O que está acontecendo? — perguntou Kusanagi a Kishitani.

— Pois é... Essa senhora ligou porque queria conversar. E nos contou uma terrível história...

— Só a você?

— Não, o chefe também estava presente.

Kusanagi voltou os olhos a Ishigami. Ele estava pálido. Seus olhos, injetados, observavam Yasuko.

— O que a senhora faz aqui?... — murmurou.

O semblante cristalizado de Yasuko se desmanchava à vista de todos, e lágrimas afluíam dos seus olhos em profusão. Ela se pôs diante de Ishigami. De repente, lançou-se ao solo.

— Me perdoe, sinto muito! Só por nossa causa... por causa desta mulher imprestável... — Suas costas estremeciam em convulsão.

— Mas o que está dizendo? A senhora... o que... o que está acontecendo? — a voz que lhe escapava da boca soava como mantra.

— A felicidade, só para mim e para minha filha... não pode ser! Também devo ser punida! Devo ser castigada ao seu lado, senhor Ishigami! É tudo o que posso fazer, o que posso fazer pelo senhor! Me perdoe, me perdoe, por favor!

Com ambas as mãos sobre o solo, Yasuko esfregava a cabeça no piso.

Ishigami recuou, abanando a cabeça, o rosto distorcido pelo sofrimento. Ele se virou de costas, envolvendo a cabeça em suas mãos. Urrava feito um animal — o seu gemido de angústia e desespero era de abalar a alma de quem quer que o ouvisse.

Guardas acorreram para imobilizá-lo.

— Parem! Não toquem nele! — Yukawa se interpôs diante deles. — Deixem, pelo menos, que ele chore...

Pelas costas de Ishigami, Yukawa pôs as mãos sobre os seus ombros. Ishigami continuou urrando. Pareceu a Kusanagi que ele expelia a própria alma.

ESTE LIVRO FOI COMPOSTO EM GATINEAU CORPO 11 POR 14,6 E IMPRESSO
SOBRE PAPEL AVENA 80 g/m² NAS OFICINAS DA RETTEC ARTES GRÁFICAS
E EDITORA, SÃO PAULO – SP, EM JANEIRO DE 2025